은의 왕국

The Kingdom of Silver

3

신지연 판타지 장편 소설

도서출판

청어람

은의 왕국 3

신지연 판타지 장편 소설

초판 1쇄 찍은 날 § 2000년 9월 25일
초판 1쇄 펴낸 날 § 2000년 9월 30일

지은이 § 신지연
펴낸이 § 서경석
펴낸곳 § 도서출판 청어람

등록번호 § 제 1081-1-89호
등록일자 § 1999. 5. 31

주소 § 경기도 부천시 원미구 심곡1동 350-1 남성B/D 3F (우) 420-011
전화 § 032-656-4452   팩스 § 032-656-4453

© 신지연, 2000

값 7,500원

※ 잘못된 책은 바꿔드립니다.
※ 저자와 협의하여 인지를 붙이지 않습니다.

ISBN 89-5505-000-3(SET) / ISBN 89-5505-003-8 04810

The Kingdom of Silver

3

목차

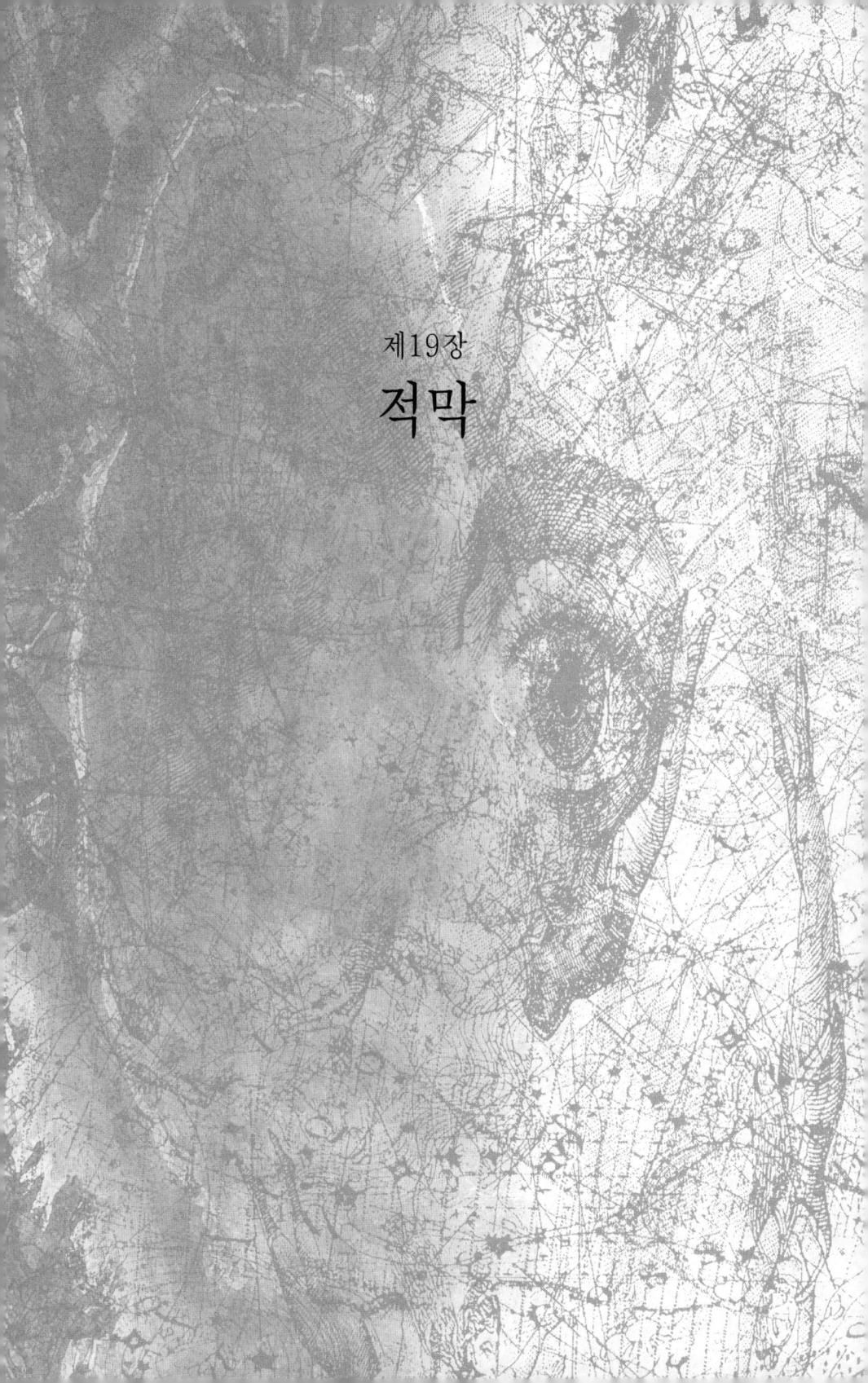

제19장

적막

조용함이 지나쳐서 불안할 정도의 고요가 온 세상을 감싸고 있었다. 언젠가 느껴본 적 있는 이 감각은 결코 달갑지 않은 익숙함으로 다가왔다. 뇌리 속에 깊게 새겨져 있는 흐린 회색 빛의 기억이 또다시 되살아나려 하고 있었다.

'여긴… 어디지?'

손 하나 까딱할 수 없을 정도의 나른함이 부드러운 비단 이불처럼 온몸에 휘감겨 있었다. 나른함 때문에 사고마저 보통 때처럼 원활하게 할 수 없게 되어버린 듯, 유하는 한동안 자신이 처한 상황을 이해할 수 없었다.

어떤 소리도 들리지 않는다. 그리고 오직 흑백의 영상만이 시야를 가득 채우고 있었다.

'그래, 이건 꿈인가……'

지독한 꿈.

단 한 번의 경험만으로도 잊혀지지 않을 정도로 깊게 새겨지는 강렬한 충격. 유하는 몸을 일으키려 노력했다. 이것이 꿈이라면 그것을 지배하는 것은 자신이다. 아무리 지쳐 있다고 해도 자신의 의지를 반영할 수 없다면 그것은 자신의 꿈이 아니다.

주위의 공기는 싸늘함을 품은 채 고요 속에 가라앉아 있었다. 마치 이른 아침 희뿌연 안개에 감싸인 숲길처럼 고요하게, 그러나 을씨년스럽게.

'일어나지 않는 편이 좋을까. 그냥 이곳에 가만히 누운 채로 잠이 깨는 것을 기다리자. 지난번처럼 지독한 광경을 보고 싶진 않아.'

회색으로 칠해진 세상에서 유일하게 선명한 빛을 발하는 붉은 피. 구겨진 인형처럼 널브러진 몸. 축축하게 온몸을 휘감아 오는 비릿한 향기와 불길함.

그리고 소름 끼치도록 차가운 그의 미소.

그런 생각을 떠올리자 마자 유하는 몸을 움직이려던 시도를 그만두고 조용히 눈을 깜박였다. 항상 자신이 불만처럼 여기고 있던 것. 지나친 호기심은 화를 부른다.

차라리 뒤에 일어날 일을 모른다면 그 순간에 어떤 일을 맞이하든 간에 마음만은 편할지 모른다. 하지만 그것은 이기적인 거짓이었다. 유하인 자신은 뒤에 일어날 일을 알든 모르든 간에 고뇌할 수밖에 없다. 아무리 자신은 아니라고 부정해 보아도 자신의 몸 속에 흐르고 있는 사제로서의 피와 기억은 유하를 결코 자유롭게 풀어주려 하지 않았다.

일어나요. 어서 일어나서 밖으로 나가는 거예요.

'싫어.'

어딘가에서 음산한 울림이 자신을 불렀다. 하지만 유하는 굳게 눈을 감아버린 채 거부의 의사를 나타냈다.

그 일은 오직 당신만이 볼 수 있어요.

이번에는 유혹하듯 부드럽게 끊어졌다가 다시 이어지는 여인의 목소리.

'더 이상 미래를 책임지고 싶지 않아.'

그건 헛된 투정이에요.

'싫어.'

헛된 투정이라 해도 좋다. 정말이지 자신에게 감당하지 못할 정도의 지나친 책임이 주어져 있다는 사실은 유하에게 지독한 부담을 안겨주었다. 그리고 지금 자신에게 말을 거는 것은 누구인가. 지금까지 단 한 번도 이런 식으로 자신에게 말을 걸어온 존재는 없었는데. 두 개로 나뉘어 있던 서희와 유하의 영혼도 더 이상은 둘이 아닌데.

현실 도피.

머리 속에 갑작스럽게 떠오른 단어. 인간으로서의 자신이 가장 싫어했지만 언제나 그렇게 행동하고 말았던 자신. 지금의 자신도 역시 현실 도피를 하고 있는 것인가.

유하는 눈을 떴다. 여전히 시야를 가득 메우고 있는 것은 지겹도록 가라앉은 창백한 회색 빛. 이제 몸을 구속하는 어떤 방해물도 존재하지 않았다. 조금 전까지만 해도 손가락 하나 움직이기 힘들 정도로 나른했던 몸이 가벼워져 있었다. 분명 어떤 치유의 힘으로도 이런 효과는 내지 못할 것이다.

'결국 내게 열려 있는 길은 오직 앞을 향한 길뿐인가.'

유하는 자조적으로 웃으며 몸을 일으켰다.

아무리 부정하고 벗어나려고 해도 자신은 결국 주어진 길로만 나아간다. 중간에 몇 번이나 그것에서 빠져 나가기 위해 색다른 시도를 했지만 그것들도 결국에는 무위로 돌아가 버렸다. 자신이 만났던 무수한 인연과 아직도 연결되어 있는 인연, 그리고 앞으로 만날 인연. 언제까지 이어질지 모르는 자신의 삶. 두 영혼의 결합으로 예전과 같은 몸에 대한 불안은 느껴지지 않지만, 그것이 확신이 되지 않는다는 것은 스스로도 잘 이해하고 있었다.

'결국엔 가야 한다는 말이겠지. 억지로 이끌려 가는 것은 질색인데 말이야.'

결코 바라지 않았던 미래가 계속 자신의 앞에 놓이고 있다는 확신이 들자 유하는 세상에는 어쩌면 신이, 혹은 질서를 주관하는 어떠한 절대자가 있는 것은 아닌가, 라는 생각이 들었다. 잘 짜여진 시간의 틀이라고 설명하기에는 미심쩍은 무엇. 앞에 펼쳐진 것은 대체 무엇일까. 무엇이 자신을 기다리고 있을까. 유하는 한 발한 발을 내디딜 때마다 머리 속에 저절로 그려지는 핏빛 영상을 지워가며 앞으로 나아갔다. 그때와 마찬가지로 또다시 앞에 기다리고 있는 것이 그것이라면 자신은 어떻게 해야 할까. 꿈이 반영하는 것은 현실의 투영인가, 그렇지 않으면 현실의 거울인가.

삐걱—

굳어진 회색 빛 영상을 깨는 음산한 소리가 귓가에 울려퍼졌다. 유하는 익숙하게 걸어왔던 한 장소가 순식간에 수백 년의 시간을 품고 쇠락해 가는 과정을 바라보며 걸음을 옮겼다. 매끄럽게 반짝이고 있던 금빛의 장식물들이 빛을 잃고 검은빛으로 감싸여 가고, 바닥과 벽과 문들이 낡아 빠져 먼지를 피워올리며 삐걱인다.

'이건 미래의 영상?'

서희는 자신이 걸음을 옮기는 동안에도 점점 바스러져 가는 주위를 바라보며 쓴웃음을 지었다. 삐걱이는 소리를 내며 흔들리는 창문에 손을 가져가자, 마치 오랫동안 공기와 접하지 못했던 물건들이 부서지듯 창문은 바닥으로 떨어져 내렸다.

사르륵…….

그리고 또다시 소리가 들려왔다. 여전히 회색 빛의 영상으로 가득 채워져 있는 세상이었지만 소리가 하나둘씩 그 세상을 채워가고 있었다. 이번의 소리는 천의 마찰음. 누군가가, 자신 이외의 누군가가 이곳에 존재하는지도 모른다. 과연 누가 자신에게 미래의 비전을 보여주기 위해 이곳에 존재할 것인가. 과거에 핏빛 영상을 보여주었던 황금색 뿔을 가진 자, 금의 일족의 수 노하일 것인가, 그렇지 않으면 생각지 못했던 전혀 의외의 인물일 것인가.

'직접 보면 알겠지.'

결국 유하는 모든 것을 자신이 직접 마주 대하고 그 순간에 내려질 판단에 맡기기로 했다.

털썩!

이번에는 좀더 가까운 곳에서 어떤 무거운 물건이 바닥으로 떨어져 내리는 소리가 들려왔다. 엷은 불안감과 불길한 향기가 건물 전체에 떠돌고 있는 것 같았다. 그러나 유하는 서두르지 않았다.

어떻게 해서도 벗어날 수 없는 일이라면, 반드시 보아야만 할 일이라면 어떤 식으로든 마주하게 될 테니까. 유하는 이제 흉가처럼 변해버린 건물 안을 빠른 속도로 걷기 시작했다. 귓가에 울려오는 생생한 소리보다 빨리 움직이지 않으면 주위의 모든 것이 먼지로 화해 사라져 버릴지도 모른다는 생각이 유하의 걸음을 빠르게 만들고 있었다.

'이건……'

그리고 바스러져 버릴 듯한 주위의 광경 속에서 유일하게 빛을 발하는 황금색의 문이 자신을 기다리고 있었다. 어떤 무늬도 새겨져 있지 않은 매끄러운 문에 비치는 것은 창백한 안색의 자신의 모습. 유하는 천천히 손을 뻗어 문을 밀었다. 바닥을 스치는 작은 마찰음과 함께 문이 열리고 세상은 순간 총천연색으로 바뀌었다.

"늦었구나."

'……?!'

언제나와 같은 부드러운 미소.

"왜 그렇게 서 있니?"

앞치마를 두른 채 환하게 미소 짓고 있는 것은 분명 어머니의 얼굴.

"어머니?"

"새삼스럽게 어머니라니. 참… 너도 다 컸구나. 그런 소릴 다 하다니."

"어……."

순간 어떤 말을 꺼내야 할지 막막해졌다. 황금색의 문 안쪽에서 자신을 기다리고 있는 것이 이런 광경일 줄은 단 한 번도 생각해 본 적이 없었다. 끔찍하도록 잔인하고, 지독한 피비린내를 풍기는 광경일 거라고 막연하게 생각했었는데, 자신이 바래왔던 가장 평화로운 정경이 자신을 맞이하자 반가움보다 먼저 곤혹스러움이 피어올랐다.

"밥 먹어야지. 저녁 아직 안 먹었지?"

"네······."

기계적으로 대답을 하고 있었지만 여전히 머리 속은 혼란스러웠다. 그 어떤 말로도 받아들일 수 없는 지금의 현실.

'역시 꿈이구나.'

자신도 모르게 한숨이 새어나왔다.

그렇게 한참을 서 있다가 문득 지금 자신이 어떤 모습을 하고 있는지 궁금해졌다. 자신의 몸은 사라진 지 오래. 하지만 이곳은 꿈의 공간이다. 그렇다면 이 속에서 만큼이라도 자신의 옛 모습으로 돌아갈 수 있지 않을까? 이제는 어느 것이 진실이고 어느 것이 거짓인지도 파악할 수 없게 돼버리긴 했지만. 천천히 고개를 숙이자 길다란 머리채가 어깨를 타고 흘러내렸다. 여전히 밝고 아름다운 빛을 내는 은청색의 머리카락, 그리고 거추장스러울 정도로 긴 옷자락. 머리 위에 자리하고 있는 뿔까지. 변한 것은 아무것도 없었다. 자신과 같은 눈높이였던 어머니의 얼굴마저도 한참 아래에 있었다.

"역시 꿈이야······."

유하는 고개를 숙인 채 중얼거렸다.

이것이 꿈이라는 것은 알고 있는데, 그저 두 눈에 보이는 것이 현실이 아닌 자신이 만들어낸, 혹은 누군가가 보여주는 꾸며진 영상이라는 것을 알고 있음에도 불구하고 가슴속에서 피어오르는 그리움이라는 감정을 지우기는 불가능했다. 지금 자신의 눈앞에서 자연스럽게 모습을 드러내고 말을 걸고 있는 것은 바로 어머니. 비록 둘에서 하나가 되었지만 가슴속에서 언제나 그리워하고 있는 어머니의 모습이었다. 두 개의 기억 중 하나에는 처음부터 존재하지 않았지만 다른 하나에는 가슴 깊숙한 곳에 새겨져 있었던 소중한 존재. 어머니에게는 자신의 이런 모습이 이상하게 느껴지지 않는 것일까? 아무리 꿈이라고는 하지만 어째서 저토록이나 자연스러운 미소를 지을 수 있을까. 어머니라는 존재는 그토록이나 포용력이 강한 존재인가. 유하의 머리 속에는 끊임없이 의문들이 떠올랐다 사라져 갔다.

'돌아가야겠군.'

유하는 마음속으로 결심하고 눈앞에서 움직이고 있는 어머니의 모습에서 고개를 돌렸다. 아직 뒤편에는 찬란하게 빛을 발하는 황금색의 문이 열린 채로 자신을 기다리고 있었다.

'이건 피 냄새보다 더한 악몽이야.'

결코 돌아갈 수 없는 현실의 투영.

유하는 자신을 부르는 어머니를 무시하고 빠른 걸음으로 문을 향해 나아갔다. 이렇게 하지 않으면 꿈이라는 사실을 알고 있으면서도 이곳에 남아 있게 될 것 같았기 때문이다.

쾅!

유하는 뒤도 돌아보지 않고 세차게 문을 닫았다. 다시 돌아온 세상은 여전히 회색으로 물든 채 자신을 맞이했다.

"젠장!"

금방이라도 먼지로 화해 사라져 버릴 듯한 쇠락한 풍경이 시야를 가득 메운 채 을씨년스러운 소리를 내며 삐걱거렸다. 이제 뒤돌아보는 짓 따위는 하고 싶지 않았다. 저 찬연한 황금색의 문 밖에 기다리고 있는 세상은 두 번 다시 보고 싶지 않았다. 유하는 뒤돌아선 자세 그대로 잠시 멈춰서 있다가 눈에 보이는 길로 바로 들어섰다. 아직 들어가 보지 않은 나무 복도로 연결된 길은 길게 뻗어나간 채 유하를 기다리고 있었다. 유하는 나지막한 한숨을 내뱉으며 발을 내디뎠다. 이제 저 앞에 무엇이 기다리고 있든지 자신에게는 어떠한 위협도 되지 않을 것이다. 그렇게 생각한 순간 또다시 둔중한 무언가가 바닥으로 떨어져 내리는 소리가 들려왔다. 물건이라기엔 소리가 날카롭지 않은, 마치 누군가 바닥에 무너져 내리는 듯한 소리.

'이 두 눈으로 확인해 주지.'

유하는 다시 암울한 회색 빛의 잔영 속으로 걸어 들어갔다.

＊　　　　　＊　　　　　＊

"정신이 드셨나요."

선명하게 들려오는 밝은 음색. 분명 그 목소리는 낯설지 않은 여인의 것이었다.

"사야……."

유하는 주의 깊게 듣지 않으면 결코 알아들을 수 없을 정도로 작은 목소리로 말했다. 그러자 그 소리를 들은 사야는 기쁜 듯이 웃었다. 유하는 한동안 눈을 깜박여 흐릿한 시야를 바로잡으려 노력했다. 아직도 나른한 꿈속에 젖어든 것처럼 손 하나 까딱할 수 없을 만큼 무기력함이 온몸을 지배하고 있었다.

"편히 주무셨나요? 아직도 잠 속에서 헤어나오지 못한 모습인데요?"

달콤하게 느껴질 정도로 부드러운 사야의 음성에 유하는 불현
듯 자신의 몸에 어떤 일이 일어났었는지를 깨달았다. 자신을 정신
없이 취하게 만든 기이한 향기가 아직도 주위에 떠돌고 있는 듯
한 느낌이 들었다.

"이 향기는······."

"눈치 채셨나요?"

사야는 침상 위에 걸터앉은 자세로 유하를 내려다보며 다시 미
소 지었다. 지금까지 자신이 봐왔던 가식이 담긴 미소가 아니라
진심에서 우러나온 듯한 맑은 미소.

"유하님을 이곳에 붙잡아두기 위한 거예요. 잘 알고 계시겠지만
흔히 차로 즐겨 마시는 향차 잎에 특수한 잎을 조금 넣으면 이런
효과를 내지요. 마치 술에 취한 것처럼 자신의 의지대로 몸을 움
직일 수가 없게 되지요. 아마 지금 그런 감각을 느끼고 계시는 것
같은데?"

유하는 느긋한 그녀의 말에 화가 났지만 대꾸할 기운조차 없었
기 때문에 조용히 그녀와 시선을 마주쳤다. 부드러운 갈색 눈동자.
그녀의 눈동자에 담겨 있는 것은 자신의 얼굴이었다.

"내게서 무얼 바라지?"

유하는 한숨 섞인 목소리로 물었다. 항상 자신에게 매달려오던
귀찮은 고양이 같던 그녀가 언제 이렇게 변했을까. 아니, 어쩌면
처음부터 이런 모습이었던 그녀를 자신이 알아차리지 못했는지도
모른다.

"바라는 것이라······ 글쎄요."

해맑게 웃는 그녀를 보면서 유하는 자신이 그녀에게 질문을 던
지는 것 자체가 헛된 일이 아닌가, 라는 생각이 들었다. 차라리 예

전에 보여주었던 모습처럼 무언가를 꾸미는 듯한 날카로움을 보이고 있었다면 마음이 편했을 텐데. 지금의 그녀에게서 느껴지는 것은 단지 편안하게 대할 수 있는 동생 같은 느낌뿐이었다.

"전 단지 유하님을 이렇게 바라보는 게 좋아요. 항상 멀리서 바라보기만 했었거든요. 직접 얼굴을 마주 대한 적도 있었지만 그건 진정한 제가 아니었어요. 지금은 백의 수 유현의 딸 사야가 아닌 그냥 사야예요."

"대체 네가 가진 모습은 몇 개지?"

진지한 유하의 물음에 사야는 큰 소리를 내며 웃었다. 그리고는 걸터앉아 있던 침상에서 일어나 활짝 열려 있는 창문을 향해 걸어갔다. 어떤 다른 색도 섞이지 않은 새하얗고 하늘거리는 화의를 입은 그녀는 무척이나 순결한 인상을 전해주었다. 창틀에 손을 짚은 채 밖을 내다보며 사야는 불어오는 작은 바람에 몸을 맡겼다. 머리카락이 흩날리는 미세한 움직임. 방 안으로 들어오는 차갑게 가라앉은 겨울의 공기.

"전 겨울이 좋아요. 그리고 눈이 좋아요. 하얗고 하얘서 모든 것을 덮어버리는 새하얀 빛깔이."

유하는 말없이 눈동자만을 움직여 사야의 뒷모습을 응시하고 있었다. 대체 그녀는 무엇을 말하고 싶어하는 것일까.

"하얀색은 당신을 닮았어요. 유하님, 다른 이들은 푸른색이 당신과 어울린다고 하지만, 그건 아니에요. 푸른 물빛의 눈동자와 어울리는 것도 흰색이에요."

대체 무슨 소리를 하는 거지? 라는 물음이 금방이라도 목구멍에서 빠져 나올 것 같았지만 결국 유하는 침묵을 지켰다. 이상하게도 지금 그녀가 하는 말을 끊어버리고 싶지 않았다.

"당신은 하얀빛 속에 있을 때 본래의 자신이 될 수 있어요. 다른 이들에게 보이는 모습이 아니라 원래부터 당신이 가지고 있던 모습."

"이게 내 본모습이야. 청의 사제 유하라는 이름. 그대도 알고 있을 텐데?"

어째서 그녀가 저런 소리를 하는지 유하는 이해할 수 없었다. 결코 흰색은, 어떤 것에도 물들지 않는 태초의 흰색은 자신이 가질 수 있는 색이 아니다. 그리고 무엇보다 중요한 것은 지금 이런 곳에서 시간을 허비하고 있을 수 없다는 것이다. 아무리 벗어나려고 해도 자신에게는 사제라는 지위가 있다. 그리고 자신을 기다리는 이들이 있다. 내키지는 않지만 이곳에 있는 것보다는 돌아가는 편이 더 나았다.

"아니에요."

중얼거림처럼 작은 목소리로 말하며 사야는 부드러운 몸놀림으로 창문을 닫고 침상 오른편에 놓여 있던 탁자로 손을 뻗었다. 그곳에는 화려한 꽃 무늬가 새겨진 머리 크기 정도의 향로 하나가 놓여 있었다. 눈을 뜬 순간부터 느껴지던 희미한 향기의 근원지는 바로 그곳이었다. 지금은 아주 희미한 연기만이 피어오르고 있는 향로에 사야는 손을 뻗어 뚜껑을 열었다.

"이제 유하님을 기다리고 있는 건 깊은 잠뿐이에요. 당신을 놓아주기 싫어하는 몽환의 세계."

사야는 길게 늘어져 있던 소매에서 주먹만한 비단 주머니 하나를 꺼내더니, 그 속에 들어 있던 내용물을 남김 없이 향로 안에 넣었다. 짙은 풀색과 갈색의 마른풀들은 금세 향로 안으로 자취를 감추었다.

"사야, 그대는 대체……."

"그냥 마음 편하게 이 향기에 모든 걸 맡기세요. 아무것도 생각할 필요 없어요."

"난 돌아가야 해."

"언젠가는요. 하지만 지금은 아니에요. 지금 당신이 해야 할 일은 그저 눈을 감는 것뿐이에요. 편안하게. 조용한 안식의 세상으로……."

다시 사야가 향로의 뚜껑을 덮자 조금 전보다 뚜렷하게 진한 향을 풍기는 연기가 방 안에 차오르기 시작했다. 그와 동시에 점점 머리의 움직임도 둔해져만 갔다. 자신이 사야에게 무슨 말을 하려고 했었는지, 지금 이곳이 어디인지 모든 것이 몽롱하게 안개에 파묻혀 가는 느낌.

"부디 편히 잠드시길… 유하님……."

또다시 사야의 목소리가 자장가처럼 길게 여운을 남기며 퍼져 나갔다.

정말이지 누군가를 기다리는 시간은 지겹도록 느리게 흐른다. 그 사실은 애써 증명하지 않아도 될 만큼 모두가 공감하는 사실이다. 그리고 그것이 이곳 유하의 처소에서 그를 기다리는 자들이라면 더 더욱.

시라와 미르 자매는 유하가 일이 생겨서 자리를 비울 때마다 언제나 그를 기다려 왔기 때문에 이런 기다림은 익숙한 편이라고 말할 수 있었다. 하지만 이상하게도 이번만은 겨우 열흘을 넘겼을 뿐인데 이상한 불안이 전신에 피어올라서 하루에도 몇 번씩이나 밖으로 나가 서성이곤 하는 것이다. 자신들에게는 유하와 같은 미래를 보는 힘 같은 건 없는데도 무언가 피부에 파고드는 예감이 그들을 불안하게 만들었다.

"어쩌면 유하님의 힘이 우리들에게도 영향을 미치는지 몰라."

미르는 혼잣말처럼 작게 중얼거렸다.

"글쎄, 나도 불안하기는 한데……."

바사기가 답하자 미르는 눈을 동그랗게 뜨고 그와 언니 시라를 번갈아 바라보았다.

"혹시… 혹시라도 유하님이 무슨 일이 생겨서 돌아오지 않으면 어쩌지?"

"그럴 리가 없잖아, 미르. 설사 무슨 일이 생긴다 해도 그걸 알아채지 못할 유하님이 아니시니까."

"하지만 만약이란 게 있잖아."

"미르는 그렇게 되길 바라는 건가?"

바사기가 놀리는 투로 묻자 미르는 금방 토라져서 고개를 돌려 버렸다.

"바보같이… 그럴 리가 없잖아요!"

그리고 등을 돌린 자세로 앙칼지게 쏘아붙이는 목소리.

미르의 행동 덕분에 바사기와 시라는 몸 안에 자리하고 있던 긴장감을 털어버리고 웃을 수 있었다. 아주 잠시 동안에 불과한 일일지라도 그 시간만큼은 희미하게 퍼져 가는 불안을 지울 수 있었기에 둘은 평상시와 별다를 바 없는 미르의 행동에도 크게 반응하고 있는 것이다.

"미르, 너도 이리로 와서 같이 앉아라. 토라진 척해도 소용없어."

"언니는……."

미르는 금세 샐쭉하던 표정에서 생글거리는 얼굴로 되돌아와 바사기와 시라 사이에 앉았다. 늘 앉던 나무 탁자와 의자가 아니라 평평한 바닥에 앉은 세 사람은 저녁 식사를 끝마치고 난 지금에도 누가 먼저랄 것없이 모여 앉아 유하를 기다리고 있었다.

"아! 유하님 빨리 돌아오셨으면 좋겠다."

미르는 편한 자세로 바닥에 앉아 낮은 반상 위에 놓인 식어버린 찻잔을 만지작거렸다.

"유하님이 사제가 아니었다면 이렇게 자주 집을 비우시지는 않을 텐데."

"그리고 사제가 아니었더라면 우리와 만날 수도 없었을 거야."

푸념 섞인 미르의 말에 시라는 곧장 굳어진 어조로 대답했다. 딱딱하긴 했지만 차갑지 않은 그녀의 어조는 동생을 생각하는 언니로서의 배려가 담긴 것이었다.

"항상 하는 말이지만 미르, 우리가 유하님의 사비가 된 건 정말 최대의 행운이야."

"나도 알아, 언니. 하지만 이렇게 기다리기만 하는 건 싫어."

'저것이 피를 나눈 자의 모습인가……'

조용한 시선으로 자매를 지켜보며 바사기는 생각에 잠겨들었다. 자신의 형제도 이처럼 스스럼 없이 자신을 대해주었더라면 얼마나 좋았을까. 다른 일족들에게 떠받들어지는 위대한 존재가 아니라 피를 나눈 육친의 시선으로 자신을 바라보고 말을 걸어주었더라면 얼마나 좋았을까. 하지만 그것은 부질없는 바램에 불과하다. 자신의 형제는 태어날 때부터 다른 이들의 위에 군림하기 위한 존재였고, 자신은 그런 그의 부속물에 불과했기 때문에.

"이번에도 많은 성과를 보여주겠지?"

냉랭하게 빛나는 그의 눈동자가 내리꽂혔다. 어떠한 반발의 말도, 대꾸도 바라지 않는 절대적인 시선. 바사기는 그 시선을 대할 때마다 온몸이 차갑게 굳어져 버리는 듯한 감각에 사로잡혔다.

"지금까지 네가 보여준 힘은 꽤 칭찬할 만하지."

뒤를 이어 내뱉어진 그의 말에 바사기는 겉으로는 나타내지 않았지만 기뻤다. 자신의 형제에게 조금이나마 인정받았다는 사실에.

"하지만 그런 작은 힘 따위로 자만해선 안 돼. 넌 다른 일족들보다 더 강한 힘을 지니고 태어났으니까. 나와 같은 피를 이은 네가 보통 일족들과 같다는 건 말이 되질 않지."

어떤 힘도, 도구도 사용하지 않았지만 바사기는 마치 날카로운 칼날에 베인 듯한 기분이 들었다.

"저 우둔한 은의 일족들을 하나라도 더 처단하는 것이 너의 일이다. 그렇지 않으면 네 존재 가치는 없어. 잘 알고 있겠지만 우리들 금의 일족은 피보다 힘을 더 중요시하지. 일족에게 수는 단 한 명뿐이다. 그리고 나머지는 다 충실한 심복이야. 그렇지?"

입술 끝을 살짝 들어올리며 비웃음을 띠는 것은 그만이 가진 습관. 바사기는 절대자인 자신의 형제를 조용히 올려다보며 보통 때와 마찬가지로 고개를 숙였다. 고개를 숙이자 두 눈에 들어온 자신의 옷. 보통 일족들이 입는 청의가 아니라 감시자들에게 주어지는 짙은 청색의 무복. 두 개의 옷이 다르듯이 자신과 자신의 형제는 다르다. 말뿐인 혈연 관계.

처음부터 그의 형제는 그와 달랐다.

접경 지역.

금의 일족의 영토와 맞닿아 있는 은의 일족의 영토는 모두 세 곳. 청의 영토와 적의 영토, 그리고 흑의 영토이다. 가장 안쪽에 위치하고 있는 백의 영토는 유일하게 금의 일족의 땅에 맞붙어 있지 않아 긴장감이 덜한 곳이었다. 날카로운 이빨을 가진 맹금류의 동물들처럼 민첩하고 유연한 몸 동작으로 금의 일족임을 나타내주는 유일한 증거인 약간 짧은 뿔을 가진 금의 일족의 감시자들이 접경 지역을 향해 움직이고 있었다. 그들이 노리는 것은 은의 일족에 대한 경고다. 비록 사신을 교환하고 겉으로는 우호적인 관계를 유지하고 있지만, 금의 일족인 자신들이 절대적인 우위에 있다는 것을 보여주기 위한 경고. 그것은 마치 호랑이가 자신의 숲속에 살고 있는 초식 동물들에게 한번의 포효로 경고를 하는 것과 같은 행동이었다.

"저쪽으로."

공격을 할 때에는 어느 누구도 길게 말을 꺼내지 않는다. 무엇보다 중요한 것은 상대방의 목숨을 얼마나 빠른 순간에 빼앗느냐 하는 것이지 결코 말은 필요하지 않았다. 길게 자란 풀들로 가득 찬 두 일족의 접경 지역은 그곳에서 삼엄하게 주위를 둘러보고 있는 은의 일족의 감시자가 아니었더라면 그냥 지나쳐도 모를 정도로 평화로운 풍경을 가진 곳이었다. 군데군데 솟아나온 나무들과 커다란 돌덩이 몇 개를 제외하고 그곳을 가득 채우고 있는 것은 허리 높이까지 자라나 있는 길다란 풀들, 그리고 그 풀 사이사이에 한시도 주위 둘러보는 것을 게을리 하지 않는 검은 무복 차림의 감시자들이 있었다. 길고 가늘게 뻗어 있는 하얀색의 뿔만이 검은 옷 가운데서 유난히 눈에 띄게 빛을 발했다. 금의 일족보다 훨씬 매끈한 아름다움을 가진 뿔은 금의 일족의 표적이 되어 무방비 상태로 놓여져 있었다.

열 명 남짓한 감시자들로 구성된 매서운 처벌자들은 소리없이 은의 일족들이 경계의 시선을 던지며 응시하고 있는 접경 지역에서 몸을 움직였다. 그리고 눈에 보이지도 않을 만큼 빠른 동작으로 은의 일족의 뒤로 다가섰다. 실로 감탄이 나올 만큼 재빠른 동작.

"컥!"

"어!"

작게 터져 나온 경악성을 시작으로 주위는 금세 환한 금색의 빛으로 가득 찼다. 그와 동시에 퍼져 나오는 바람을 가르는 날카로운 소리와 무언가 타오르는 소리, 그리고 비릿한 혈향. 환한 금빛의 중간중간에 은은한 은색 빛이 퍼져 나왔지만 그것은 잠시였다. 은빛은 금세 찬란한 금색에 묻혀 두 번 다시는 빛을 발하지 못했다.

마치 가축을 도살하듯이 손쉽게 은의 일족들을 죽음으로 몰아넣은 금의 일족 감시자들은 매끄러운 빛을 발하는 하얀 뿔을 잘라 품 안에 넣었다. 그것은 자신들의 승리가 준 전리품이었다.

"상황은?"

바사기는 딱딱하게 굳어진 시선으로 뿔이 잘린 채 쓰러져 있는 은의 일족의 사체를 응시했다.

분명 언젠가는 자신이 저런 모습이 될 수도 있겠지.

"이곳에 있던 흑의 일족 감시자 23명 중에 총 19명을 처치하였고, 넷은 중상을 입은 채 도망쳤습니다. 추격할까요?"

바사기는 고개를 저었다.

"돌아간다."

"알겠습니다."

다른 감시자들은 입가에 만족스런 미소를 떠올린 채 미련없이 등을 돌렸다. 배부른 맹수는 결코 상처 입은 동물을 죽이지 않는다. 다만 장난삼아 가지고 놀 뿐. 하지만 바사기는 상처 입은 은의 일족을 추격까지 해서 죽이고 싶은 마음은 들지 않았다. 그들의 능력이라면 충분히 따라잡고 처치할 수 있겠지만, 그것은 헛된 일이다. 길게 자란 풀숲으로 들어선 바사기는 바람에 묻어오는 혈향에 희미하게 눈썹을 찌푸렸다. 그것은 지독할 정도로 지겨운 냄새였다.

제20장

회오리

"글쎄요. 이곳에서 떠나신 지는 며칠이 지났으니, 아마 지금 가고 계시는 중이든지, 그렇지 않으면 다른 곳으로 떠나셨는지도 모르지요."

상대의 눈은 정면으로 자신을 바라보고 있지 않았지만 비스듬히 내리깐 그 눈에 담긴 의심의 표정을 그녀는 읽을 수 있었다.

"그렇습니까?"

"유하님은 청의 사제입니다. 설사 다른 곳으로 가셨다고 해도 언젠가 돌아갈 곳은 일족이 있는 곳이지요."

조금 창백한 얼굴색을 가진 유원이라는 이름의 감시자는 숙이고 있던 고개를 들어올렸다. 특이하게 인상에 남는 얼굴은 아니었지만 무언가 보통 사람과는 다른 어떤 것을 가진 듯한 느낌을 막연하게 풍기고 있었다. 그러나 사야는 그런 그에게 잠시 시선을 던졌을 뿐, 그 이상은 어떤 관심도 보이지 않았다. 그저 백의 수 유헌의 딸다운 도도한 표정을 떠올리며 그의 질문에 답하고 있을 뿐이었다.

"직접 유헌님을 만나서 말씀드리고 싶은 것이 있는데, 말씀을 전해주실 수 있습니까?"

"물론 알고 계시겠지만 지금 적의 영토에서 일어난 사건이 언제 이곳까지 번져 올지 모르기 때문에 아버님께서는 감시자들과 함께 계십니다. 당신도 분명 청의 영토로 돌아간다면 그렇게 행동하겠죠?"

"하지만 이것 역시 청의 수 시류님의 말씀을 전하기 위한 것입니다. 위급한 사태인 것은 알고 있지만 조금만 양해를 부탁드립니다."

사야는 생각에 잠긴 듯 잠시 말을 멈추고 고개를 기울였다. 그리고 나서 그녀는 부드럽게 미소를 지으며 말을 꺼냈다.

"그렇다면 우선 제게 말씀해 주세요. 아버님이 자리를 비우고 계실 때는 제가 대부분의 일을 맡아 하고 있으니까요."

유원은 잠시 망설이는 표정을 지었다. 그러나 그것은 잠시 동안의 일이었을 뿐, 곧 고개를 끄덕였다.

"알겠습니다. 그렇게 말씀하신다면. 하지만 반드시 유헌님께 확답을 받고 싶으니 그렇게 해주십시오."

오가는 것은 지극히 정중한 말투. 그러나 그 말을 내뱉고 있는 사야도, 유원도 말만큼 정중한 생각을 띠고 상대를 대하는 것은 아니었다. 얼굴에 나타내지는 않고 있었지만 유원 역시 청의 영토 전체에 떠도는 희미한 불안을 몸으로 감지하고 있었다. 그것의 원인은 적의 영토에서 일어난 일 때문이기도 했지만, 그것보다 이런 때에 행방을 알 수 없게 돼버린 유하 때문이라고 말하는 편이 더 옳았다. 유원은 이번에 일어난 일로 인해 은의 일족이라면 당연히 해야 할 일을 끄집어내어 사야에게 말을 전했다. 물론 그것은 자신이 이곳에 온 목적과는 별 상관이 없는 것이었지만, 아무래도 마음속에 피어오른 미심쩍음이 사라지지 않았기에 시류를 핑계로 시간을 벌 생각이었다.

"잠시 이곳에서 기다려 주시면 제가 아버님께 답을 듣고 알려 드리도록 하겠습니다."

그 말을 내뱉고 나서 사야는 조심스러운 몸짓으로 방을 빠져 나갔다.

'유하님은 대체…….'

몇 해 전부터 확연하게 느껴질 정도로 변해버린 유하는 예전에 자신에게 보여주었던 장난스러운 활발함을 잃은 듯이 보였다. 처음 만났을 때의 유하는 정말이지 자신과는 존재 가치 자체가 다른 사제라기보다는 대하기 편한 형제 같은 느낌이었다. 그리고 그 감각은 유하와 이야기해 보고 나서 더욱 짙어졌다. 유하가 가진 장난스러운 미소와 눈빛은 자신이 생각하고 있던 사제와는 전혀 부합되지 않는 것이었지만 유원은 오히려 그런 그에게서 호감을 느꼈다. 지나치게 어려운 상대였다면 아무리 자신이 존경하는 상대라 해도 그렇게 쉽게 다가설 순 없었을 것이다.

"유하!"

시류의 목소리에 반응하는 것은 차갑게 식어버린 눈빛뿐, 처음 만났을 때 보았던 배려와 따스함이 담긴 눈빛은 어느 곳에도 남아 있지 않았다. 그러나 이상하게도 유하에게는 지금의 차가움이 더 어울리는 것 같았다.

"그렇게 불러 세우시지 않아도 모습을 감추는 일은 없을 겁니다."

그 말에 시류의 얼굴은 금세 빛 바랜 종이처럼 침울함으로 들어찼다.

"내가 말하는 것은 그것이 아니지 않은가."

"무엇이 어떻든 간에 전 더 이상 이곳에 머물고 싶지 않습니다. 그래서 돌아가는 것뿐입니다."

"그래."

그때의 그 모습은 청의 일족의 수 시류가 아니었다.

유원은 시류의 그런 모습을 보고 솔직히 놀라움을 감출 수가 없었다. 자신이 알고 있던 유하와 다른 유하도 그렇거니와 시류 또한 보통 때의 모습과는 확연히 달랐던 것이다.

'나로서는 이해할 수 없지만⋯⋯.'

유원은 자신과 같은 피를 가지고 있는 청의 수 시류를 떠올렸다. 그리고 그와 깊이 연관되어 있는 유하 역시. 지난번 금의 일족들이 변경 지역에 침입했을 때 입은 상처로 인해 유원은 오랫동안 제대로 힘을 쓸 수 없었다. 몸을 움직이는 것조차 힘겨울 정도의 나날들을 보내며 유원의 마음속에는 금의 일족에 대한 깊은 적대감이 싹텄다. 감시자가 되고 나서 접경 지역에서 그들의 움직임을 감시하던 일은 한두 번 해본 것이 아니었지만, 실제로 금의 일족들과 마주친 것은 그때가 처음이었다.

찬란한 황금빛이 눈앞에 퍼져 가는 것을 시작으로 주위는 순식간에 소름 끼치는 소리와 끔찍한 혈향으로 채워지기 시작했다. 칼날은 날카로운 바람과 온몸에 전율과 함께 죽음으로의 문턱으로 인도하는 전격이 일족들을 덮쳤다. 그리고 유원 역시 그 금빛의 제물이 되었다. 그것은 청의 수 시류가 가진 힘과 동류의 것. 번개의 힘을 조절하는 그 힘이 온몸에 퍼져 갔을 때, 유원은 무너지듯이 바닥에 주저앉으며 신음성을 내뱉었다. 끔찍할 정도의 통증이 모든 감각을 마비시키고 있었다. 그리고 그 순간 유원의 눈엔 많은 말을 나누지는 않았지만 감시자로서의 동료였던 누군가의 뿔이 바닥에 떨어져 내리는 광경이 비쳤다. 그 광경은 마치 시간이 멈춘 것처럼 천천히 주위의 모든 소리를 차단한 채 유원의 눈동자에 크게 들어왔다.

"어서!!"

누군가의 외침이 절규처럼 울려퍼졌다. 그 말에 담긴 의미는 분명 어서 다른 일족들에게 이 사실을 알리라는 것이었을 테지만 어느 누구도 자리에서 움직이지 못했다. 마음과 몸은 서로 다른 이에게 조종을 받고 있는 그림자 인형처럼 반대로 움직이고 있었다.

지금까지 감시자가 되기 위해 무수한 나날 동안 연습해 왔던 힘을 운용하는 방법과 접경 지역에서 항상 긴장을 풀지 않으며 그들을 만났을 경우 대처하겠다고 다짐해 왔던 것들은 모두 무용지물이었다. 그 압도적인 힘의 차이 앞에서는 몸이 굳어버린 것처럼 어떤 행동도 할 수 없었으니까.

압도적인 힘.

어떤 생각조차 떠올리지 못할 정도로 강대한 그 힘은 순식간에 청의 일족 감시자들의 몸을 무력화시켰다. 단지 금의 일족의 힘이 강하다는 사실은 단순한 말에 불과할 것이라는 생각은 여지없이 산산 조각나고 남은 것은 많은 일족들의 희생과 깊은 상처를 입은 몸뿐이었다.

*   *   *

"백의 영토에 다녀오려고 하는데, 허락해 주시겠습니까?"

정중하게 내뱉어진 유원의 말에 시류는 잠시 얼굴을 찌푸리며 생각에 잠긴 듯한 표정이 되었다. 분명 다른 이들이 이런 말을 했다면 단번에 거절의 말을 했겠지만, 시류와 같은 피가 흐르고 있는 유원의 말이었기에 시류는 생각에 잠긴 것이다. 그것보다는 마음속을 점령하기 시작한 불안이 점점 커지기 시작하고 있다는 탓도 있을 테지만.

"그래."

그리고 한참이 지나서야 터져 나온 시류의 대답. 지금의 시류는 분명 유원 자신이 알고 있는 강한 존재가 아니었다.

'시류님……'

드러내놓고 감정을 표현하지는 않았지만 시류가 변했다는 것은 궁 안의 모든 이들이 느끼고 있었다. 일족의 정신적 지주가 되어 주어야 할 사제의 부재와 그로 인해 딱딱하게 굳어져 버린 시류의 태도. 그 때문에 궁 안은 마치 살얼음판 위를 걷는 듯한 조심스러움으로 가득 차 있었다. 그리고 그런 시류를 보다 못해 자신이 나서서 허락을 구하고 이곳 백의 영토에 찾아온 것이었다.

사야는 처음부터 백의 수 유현이 있는 대전으로 갈 생각은 하지 않았다. 유하와 관련된 일은 모두 자신이 처리하기로 이야기해 두었기 때문이기도 했지만 그렇지 않았더라도 그녀는 일부러 아버지를 찾아가며 말을 묻겠다는 생각은 하고 있지 않았다.

'이제는 어느 누구에게도 돌려보내지 않을 테니까.'

그리고 자신도 모르게 저절로 피어오르는 웃음. 사야는 코를 자극하는 짙은 향기 속에서 조용히 잠들어 있는 유하의 얼굴을 떠올렸다.

"그래도 조금은 불안한 모양이지."

분명 지금쯤은 유하의 부재에 어떠한 이유가 있을 것이라는 사실을 알게 되었을 시류. 그러나 그 이유를 유하의 개인적인 이유라고 생각할 것이다. 자신의 과거와 이어진 어떠한 일이 그를 그렇게 행동하게 만들었을 것이라고.

사야의 머리 속에 떠오른 것은 청의 수 시류의 모습. 자신과 함께 이야기를 나누며 서로의 마음이 잘 통한다고 여겼던 것은 각자의 마음속에 숨기고 있는 진심이 있었기 때문이다.

"사야님."

사야는 어느 곳으로 발길을 옮길 것인지 잠시 망설였다. 유하가 있는 곳으로 가고 싶었지만 너무 자주 모습을 드러내는 것도 좋지 않다. 비록 유하가 자신의 모습을 알지 못할지라도, 자신의 시선이 그를 향하고 있다는 것을 알지 못할지라도 상관은 없다. 지금 가장 중요한 것은 그를, 유하를 바라볼 수 있는 것이 자신뿐이라는 사실이니까.

사야는 시선을 아래로 향한 채 자신을 부른 목소리가 있는 곳으로 고개를 돌렸다. 그리고 고개를 돌린 자리에는 자신에게 딸린 사비 중 한 명인 소녀가 있었다.

"무슨 일이지?"

2년 동안 달라진 것은 유하뿐만이 아니었다. 사야 역시 유하의 앞에서 보였던 지나칠 정도의 행동은 더 이상 보이지 않았다. 그리고 그것은 사비들 앞에서 그녀가 보이는 백의 수 유현의 행동과 일치하는 것이었다. 본래의 그녀는 너무나도 아버지를 닮아 있었다. 어느 누구에게도 진정한 자신의 속은 내비치지 않으며 자신이 대하는 상대에 따라 다른 모습을 드러낸다. 그것은 아버지인 유현에게도 똑같이 적용되었다.

"저… 유현님께서 부르십니다."

사비는 무척 조심스럽게 말을 꺼내고 사야의 대답을 기다렸다. 아직 100살도 되지 않았을 나이로 보이는 그녀는 보통 그 나이의 소녀들보다 훨씬 작은 몸집을 하고 있었다.

"대전에 있는 것은 감시자들뿐인가?"

"아니요. 장로들께서도 함께 계십니다."

사야는 방금 머리 속을 스쳐 지나간 상상을 슬며시 지워버리며 약하게 미소를 떠올렸다.

"알았다. 곧 가도록 하지."

사야는 목적한 곳으로 향하던 발걸음을 처음부터 가지 않으려 했던 아버지가 있는 곳으로 옮겨야 한다는 사실에 조금이지만 미래로 이어진 길이 이곳에도 적용된다는 사실을 깨달았다. 은의 일족이라면 누구나 굳게 믿는 사실이었지만 사야는 처음부터 그런 것은 믿지 않았다. 모든 것은 자신이 얻어내는 것, 그리고 자신이 이루어 가는 것이라고 생각했다. 그리고 그 사실은 지금도 변하지 않았다. 수년에 걸친 노력 끝에 지금은 유하를 자신의 손에 넣지 않았던가. 물론 마음까지는 아니지만. 그러나 아무래도 좋다. 지금은 아직 아무것도 시작되지 않았으니까.

'백의 수로서 방관만 하고 있을 순 없다고 판단한 모양이군.'

그러나 아버지라면 분명 이런 상황에서도 유하를 이용해서 이

득을 취할 것만을 생각하고 있을 것이다. 예전에 밝혔듯이 은의 일족에 속해 있는 네 일족의 수 가운데 가장 강한 힘을 가진 청의 수 시류의 유일한 약점은 바로 유하의 존재. 분명 지금까지는 약점이 아니라 강한 힘이었지만 이제부터는 아니다. 이제 열쇠를 쥐고 있는 것은 자신들이다.

앙상하게 말라붙은 나뭇가지를 스치며 바람이 불어왔다. 사야는 일부러 궁 안으로 통하는 길을 택하지 않고 정원이 내다보이는 길로 향했다. 어느 곳에서 걸음을 옮겨도 그곳에 도달하는 것은 마찬가지이므로. 언제나 푸르른 빛깔로 물들어 있던 나무들이 갈색으로 변하는 유일한 계절. 깊은 겨울 속에 남아 있는 것은 짙게 굳어져 있는 갈색의 대지와 봄을 준비하며 움츠리고 잠든 겨울 나무들, 그리고 이제 기나긴 겨울잠에서 벗어나 본래의 자신으로 되돌아오려는 자신. 이제 자신이 생각하던 모든 일이 다 잘 되어 갈 것이라는 예감이 들었다. 자신은 사제와 같은 능력을 가지지는 않았지만 생명을 가지고 살아가는 자라면 누구나 가지고 있을 본능과도 같은 감각이 그것을 알려주는 것 같았다.

'이 계절이 지나면 분명······.'

사야는 자신의 바램이 이루어지기를 바라며 시선을 아래로 돌렸다.

"그들이 금의 일족들을 막아준다면 우리야 더할 나위 없이 좋은 일이지요. 그들과 마주칠 때는 항상 일족들의 희생을 각오해야 하지 않습니까?"

"그렇습니다. 분명 일족에게 위기가 닥친 것은 사실이지만 이익을 얻을 수 있다면 때는 상관없다고 봅니다."

사야가 막 대전 앞에 도착했을 때 문 밖으로 그들이 내뱉는 목소리가 희미하게 새어나오고 있었다.

'흥!'

사야는 낮게 코웃음치며 자신의 등장을 알고 작게 고개를 숙이는 감시자들에게 손짓으로 답하며 문이 열리기를 기다렸다.

"사야님이십니다."

그리 크지는 않지만 뚜렷한 목소리가 울리고 사야는 자신에게 쏠려 있는 수십 개의 시선을 여유있게 받아내며 대전 안으로 들어섰다.

"부르심을 받고 왔습니다."

사야가 가볍게 주위에 모여 있는 감시자들과 장로들에게 인사를 전하고 나자 유현은 몸을 묻고 있던 의자에서 고개를 들어올렸다. 그런 그의 모습을 보며 사야는 약한 거부감을 느꼈다. 백의수를 상징하는 하얀 빛깔의 옷. 그의 몸을 감싸고 있는 순백색의 청의가 너무나 어울리지 않는다는 느낌이 강하게 그녀를 사로잡았다. 그리고 어울리지 않는 것은 옷뿐만이 아니었다. 머리 위에 돋아나 있는 순백의 뿔 역시.

'하얀색이 어울리는 것은 오직 한 명뿐이야.'

"조금 전 청의 일족이 왔다는 이야기를 들었는데, 어떤 말을 꺼냈지?"

사야는 곧은 시선으로 아버지를 응시하며 입술을 열었다.

"예상하셨던 것처럼 이번 일로 인한 일족간의 협력이에요. 그리고 유하님의 행방을 묻는 것 역시."

"그랬군."

순간적으로 침묵이 모든 것을 지배했다.

"결국 행동은 하나입니다. 처음부터 생각하셨던 것처럼."

먼저 입을 뗀 것은 장로 중의 한 명이었다. 300살 정도의 나이가 된 투박한 인상의 남자는 별달리 힘이 들어가지 않은 목소리로 말을 꺼냈다.

"물론 그렇다. 그건 어느 누구라도 부정할 수 없는 일이지."

유현은 잠시 말을 멈추고 자신에게 향해 있는 수십 개의 시선을 둘러보았다. 언제나 자신의 아래에서 자신을 응시하는 눈동자들. 유현에게 있어 그것보다 더 큰 즐거움은 없었다. 비록 아직 다음 백의 수가 될 후계자를 찾지는 않았지만, 지금과 같은 이런 즐거움이 있다면 일족을 위한 후계자를 찾는 일도 결코 하고 싶지 않다고 느껴질 정도로.

"우리가 가장 큰 열쇠를 쥐고 있는 이상 어떤 말을 한다 하더라도 결국 청의 일족은 우리의 방패가 되어줄 것이다."

그리고 나서 유현은 소리없이 웃었다. 유현의 미소에는 소름끼치게 만드는 무언가가 있었다. 표정 자체에는 그것이 떠올라 있지 않았지만 사야는 그것을 읽어낼 수 있었다.

'나와는 상관없어.'

중얼거리며 사야는 자신의 뿔을 만지작거렸다. 머리끝에서 몸끝까지 전해지는 날카로운 감각. 간지러움 같기도 하고 바람이 스쳐 지나갈 때 느껴지는 은근함 같기도 한 감각. 점점 목소리를 더하며 오고가는 일족들의 말은 더 이상 그녀의 귀에 들려오지 않았다.

*   *   *

조금의 움직임도 없이 굳어진 것처럼 아래를 내려다보고 있는 날카롭게 치켜 올라간 눈. 그 눈에 비치고 있는 것은 연기를 내며 타오르는 건물들. 언제나 활기에 찬 일족들로 가득 차 있던 마을의 모습은 온데간데없이 사라지고 남은 것은 오래된 폐허와 같은 회색의 재와 아직 꺼지지 않은 불이 타닥거리는 소리뿐이었다.

"어째서……."

그녀의 목소리에는 당혹감과 절망감이 뒤섞여 있었다.

"화월님."

언제나 단정하게 틀어올리고 있던 머리카락을 풀어둔 채 망연한 얼굴로 마을의 정경을 내려다보던 그녀는 자신을 부르는 목소리를 들었지만 고개를 돌리지 않았다. 자신을 부른 것이 누구인지, 그리고 그 이유가 무엇인지도 알고 있었지만 지금은 너무나도 가슴이 터질 듯이 괴로워서 어떤 행동도 하고 싶지 않았다.

"화월님, 이제 돌아가시지요."

이번에는 약간의 재촉이 더 첨가되어 있는 목소리. 하지만 화월은 아무런 반응도 보이지 않았다. 자신이 이토록이나 무력하다는 사실이, 그 때문에 일족들을 지켜내지 못했다는 사실이 너무나도 커다란 무게로 그녀를 짓누르고 있었다.

"그분의 인내심은 그리 깊지 않습니다."

감정을 배제한 싸늘한 목소리가 울리자 그제야 화월은 고개를 돌렸다. 자신과 마찬가지로 머리 위에 두 개의 뿔을 가지고 있는 존재. 자세히 살펴보지 않으면 알아채지 못할 정도로 미묘한 차이를 가진 그 뿔만이 그와 그녀의 차이를 드러내주고 있을 뿐이었다.

"어서 이리로 오십시오."

정중한 말투이기는 했지만 그의 눈에 담긴 것은 싸늘한 조소였다. 같은 수라는 지위를 가지고 있더라도 일족의 차이는, 그리고 지금까지 자신들이 속해 있던 모든 것들의 차이는 너무나도 큰 것이었다. 화월은 서서히 시선을 아래로 향한 채 걸음을 옮기기 시작했다. 이제 자신에게는 어떤 힘도 존재하지 않는다. 물론 뿔의 힘이 사라진 것은 아니지만 그녀는 더 이상 적의 일족의 수가 될 수 없었다. 일족과 영토를 잃은 자는 더 이상 수가 될 수 없으므로.

"약속은 지켜주겠지?"

"물론입니다."

화월은 가볍게 고개를 끄덕였다. 그러나 그녀의 시선은 바닥을 향한 채 결코 위로 올라오지 않았다. 마른 체구를 감싸고 있는 붉은색의 화의는 마치 지금 그녀의 심정을 말해 주기라도 하는 것처럼 더욱 선명하게 빛나고 있었다. 화월은 지금까지 궁에서 벗어날 때는 거의 푼 적이 없었던 자신의 검은 머리카락을 매만지며 한숨을 내뱉었다. 이렇게 될 일이었다면 적어도 한번쯤은 유하를 보고 난 이후였다면 좋았을 텐데. 운이 없었던 때문인지 자신의 대에서는 사제의 힘을 지닌 자가 태어나지 않았고, 적의 일족은 결국 이런 운명을 맞이하고 말았다. 아직까지도 선명하게 남아 있는 괴로운 기억.

화월의 힘 정도라면 금의 일족 몇 정도는 상대할 수 있었지만, 그것은 그녀 혼자만의 일이었다. 다른 일족들은 결코 금의 일족의 상대가 되지 못한다. 자신의 선택이 결코 돌이킬 수 없는 것이라고 하더라도 그녀는 이것이 가장 최선의 선택이라고 말할 수 있었다. 분명 후손들에게 그녀는 최악의 수로 기억될지 모르지만.

텅 빈 궁 안에 울리는 발소리는 여느 때보다도 더 크게 메아리치고 있었다.

"노하님."

감시자 기의 목소리에 가늘게 눈을 뜬 노하는 검은 머리채를 길게 내려뜨린 화월을 응시했다. 분명 그녀가 적의 수 화월. 자신에게 날카로운 눈빛을 던지며 항복을 선언했던 자였다.

"결정을 내렸다면 어서 그곳으로 안내하는 것이 좋겠지."

노하가 느긋한 어조로 말하자 화월은 갑자기 눈을 치켜 떴다. 금방이라도 독기를 뿜어낼 듯한 얼굴로.

"사제조차 가지지 못한 주제에 그걸 아직도 지켜내겠다고 생각하는 건가?"

비웃음이 담긴 어조로 노하는 말했다.

"어째서 은의 일족들은 한낱 돌덩이에 그토록 얽매이는가. 결국 그 돌덩이가 그들에게 준 것은 아무것도 없는데."

"약속은 반드시 지켜야 하는 법이지."

화월은 토해내듯이 말하고는 등을 돌렸다. 그녀의 마음속을 지배하고 있는 것은 이제 모든 것이 끝났다는 사실.

"한번쯤은 보고 싶었으니까."

노하는 중얼거리며 비스듬히 기댄 채 앉아 있던 몸을 일으켜 세웠다.

"이곳인가. 비전서가 있는 곳은?"

차가운 회색의 돌덩이, 그리고 빼곡이 들어차 있는 글자들. 오랜 시간 동안 이곳에 있으면 금방이라도 미쳐 버릴 듯한 폐쇄된 장소에 다다르자 화월의 표정은 눈에 띄게 굳어졌다. 자신과 사제이외에는 발을 들여놓을 수도 없는 성스러운 장소에 가장 마주 대하고 싶지 않은 상대와 함께 있다는 기분은 정말 말로는 표현할 수 없을 만큼 끔찍했다. 화월은 자신도 모르는 사이 입술을 깨물며 굳게 닫혀 있는 비전서의 방으로 통하는 단 하나뿐인 문을 열었다. 오랜 세월이 지나도록 단 하나의 변화도 보이지 않은 침침하게 가라앉은 회색의 방.

"이런 곳에 일족의 미래가 있다고 믿었다니, 너무나도 어리석군."

비전서의 방에 발을 들여놓자마자 노하가 내뱉은 말이었다. 그리고 아무 말도 하지 않고 있었지만 그림자처럼 노하의 뒤를 따라온 기 역시 입가에 냉소 섞인 비웃음을 떠올리고 있었다.

"이해를 바라는 것 자체가 무리라는 건 알고 있었으니까."

한숨처럼 내뱉은 화월의 말을 귀담아 듣는 자는 아무도 없었다.

"우리가 옳았다는 것을 보여주지. 미래 따위는 아무것도 아니야. 가장 중요한 것은 지금을 살아가는 데 필요한 힘이니까."

화월은 입을 꾹 다물었다. 이제 더 이상 아무 말도 하고 싶지 않았다. 속에서 격한 감정이 피어올라도 더 이상 자신이 어떻게 할 수 있는 일은 없다.

그저 조용히 사태를 관망할 자격만이 그녀에게 주어져 있을 뿐.

"어리석은 자들에게 남는 것은 아무것도 없다."

말의 여운이 채 사라지기도 전에 노하의 뿔에서 황금색의 빛이 피어올랐다. 마치 비전서의 글자들이 떠오를 때와도 같은 황금색의 빛이. 그러나 비전서가 어떤 식으로 자신들에게 미래를 보여주는지 한번도 본 적이 없는 화월로서는 노하의 뿔에서 흘러나오는 빛이 지나치게 눈부시다는 감각밖에는 느껴지지 않았다. 찬란한 황금빛은 그 눈부심만이 아니라 힘에서도 자신의 존재감을 과시했다.

화륵—

그리고 넘실거리는 물결과도 같은 붉은색의 불꽃이 회색을 덮었다.

'처음부터 이렇게 달랐었나……'

화월은 자신과 같은 힘을 가진 노하의 몸에서 뿜어져 나오는 강력한 힘의 흐름을 느끼고 절망했다. 같은 수라는 이름을 가지고 있어도 그와 그녀는 격이 다른 것이다. 마치 태양 앞의 반딧불처럼. 붉은색의 물결은 마치 살아 있는 것처럼 꿈틀거리며 회색의 벽을 집어삼키기 시작했다. 화월에게 그 광경은 미래가 부서져 버리는 듯한 절망과 충격으로 다가왔다.

'이젠 아무것도… 아무것도 남지 않았어.'

자신의 바램은 그저 자신과 자신의 일족들이 살아갈 미래의 길을 보다 빨리 바라보고 그것을 통해 지금보다 조금이라도 나아질 수 있기를 바란 것뿐이었는데, 자신과 일족들에게 찾아든 것은 넓은 미래로 이어진 길이 아니라 더 이상 어느 곳으로도 나아갈 수 없게 만드는 절단된 단면이었다. 화염은 너무도 간단하게 미래를 지워버렸다.

"……!!"

오랜 세월을 견뎌온 회색의 벽에 새겨진 글자들은 마치 처음부터 존재하지 않았다는 듯이 매끈하게 사라져 버렸다.

"별것 아니로군."

노하는 뿔의 힘을 거두고는 빙긋 웃으며 말했다. 그의 미소에는 눈에 거슬리는 무언가를 없애버린 자만이 가지는 상쾌함이 담겨 있었다.

"눈에 뚜렷하게 보이지 않는 것은 아무것도 말해 줄 수 없지. 결국 내가 옳았다는 말이로군."

화월은 넋을 잃은 채 멍한 시선으로 이제 보통의 평범한 돌덩이가 되어버린 비전서의 방을 돌아보고 있었다. 아직 단 한 번도 자신에게 무언가를 말해 주지 않았던 비전서는 이토록이나 허무하게 사라져 버린 것이다.

'그때 유하를 붙잡았다면 좋았을 텐데……'

하지만 그것은 너무 늦은 후회였다. 이제 비전서가 있다고 해도 자신과 자신의 일족들은 더 이상 과거와 같은 현실을 살아갈 수 없게 될 것이 분명했으므로.

"비전서라는 이름으로 존재하는 모든 것들은 이렇게 될 것이다."

노하의 음성은 벽에 부딪혀 옅은 여운을 남기며 울려퍼졌다.

"그건 안 됩니다!"

침묵만이 감돌고 있던 대전 안에서 울려퍼진 커다란 목소리. 고요함을 깨는 음성 때문에 모두의 시선은 동시에 그곳으로 향했다. 한눈에 보기에도 절망적이라고밖에 설명할 수 없는 표정을 짓고 있는 것은 과거에 적의 일족이라고 불렸던 자들 중에서 감시자의 역할을 하고 있던 자였다. 상당히 나이가 많아 보이는 그는 떨리는 시선으로 지금까지 자신이 모셔왔던 적의 수 화월을 응시했다. 그녀의 얼굴은 창백한 흰색으로 물들어 있었다. 그러나 그 얼굴에는 희미한 미소가 떠올라 있었다. 어떻게 이런 상황에서 미소를 떠올릴 수 있을까. 다른 이들은 그런 의문을 떠올릴지도 모르지만 모든 것에 초연한 자는 그것을 뛰어넘는 법이다.

"그대에게 말할 자격은 없다."

"하지만 이분은 지금까지 한 일족의 수였던 분입니다. 어떻게 그런 일을 할 수 있습니까!"

절규하듯 외치는 그의 목소리에 반응하는 것은 어느 누구도 없었다. 적의 일족이었던 자들은 생기없는 얼굴로 마치 영혼이 빠져나가버린 인형처럼 가만히 자리만을 지키고 있을 뿐이었다. 그리고 금의 일족들은 재미있다는 표정으로 절규하는 그를 가만히 바라보고 있었다.

"수이기 때문이다. 이건 시작에 불과해. 그리고 죽이지는 않으니까."

그 말과 함께 떠오른 비릿한 미소.

"시작해라."

그 말이 떨어진 이후로는 어떤 반론도 나올 수 없었다. 지금 절대자는 노하, 바로 그였으므로.

화월은 눈을 감았다.

미래가 사라진 자에게 남는 것은 역시 죽음뿐인지도 모른다. 그리고 지금 자신에게 행해지려는 것은 은의 일족, 아니, 모든 이들에게 있어서 가장 치욕적인 일. 하지만 자신에게 선택은 없다. 검은빛의 머리카락 사이에서 이질적인 흰색으로 빛나고 있는 한 쌍의 뿔. 곧고 바르게 뻗은 그것은 나선형의 모양으로 위쪽으로 향할수록 점점 뾰족해졌다. 은의 일족과 금의 일족 모두에게 가장 중요하게 여겨지는 것은 힘의 상징인 뿔. 단지 장식적인 용도만을 가진 것이었다면 불편하게 이것을 머리에 달고 있으려는 자는 아무도 없을 것이다. 그러나 뿔은 모든 이들에게 자부심과 함께 살아가는 힘을 주는 것이다.

"금방 끝날 테니……."

누구의 목소리인지는 알 수 없었다.

잠시 목소리에 정신을 빼앗기고 있는 동안 뿔에서 이질감이 느껴졌다. 눈을 감았기 때문에 보이지는 않았지만 그 때문에 감각은 더욱 생생하게 살아 있었다. 차갑고 섬뜩한 무언가가 뿔에 닿아 있었다. 그리고 그 뒤를 잇는 찢어질 듯한 격통.

"헉……."

누군가 크게 숨을 삼키는 듯한 소리를 들은 것을 마지막으로 화월은 정신을 잃었다. 그리고 그것은 끝을 알 수 없는 암흑으로의 추락이었다.

유원은 조용히 창 밖을 내다보고 있었다. 그렇다고 해서 무언가를 바라보고 있던 것은 아니었지만 딱히 다른 할 일도 없었다.

"아버님께서 말씀하셨습니다."

소리조차 내지 않고 다가선 사야는 등을 돌리고 있는 유원에게 말을 건넸다.

"우리 백의 일족은 우리의 영토를 지키겠다구요. 어떤 수도 자신의 일족을 보호하는 것 이외에 중요한 것은 없겠지요."

반 정도는 예상을 하고 있던 대답이었다.

본래 자신이 금의 일족의 공격에 대한 일로 이곳을 찾아왔다면 지금의 대답은 충분히 분노를 자아내게 할 만한 것이었다. 유일하게 금의 일족의 영토와 닿아 있지 않은 이곳은 다른 어느 곳보다도 안전한 것이다. 물론 그것은 다른 일족들이 자신의 영토를 지켜냈을 때의 이야기였지만.

"그 이외의 말씀은 없었습니까?"

유원은 가라앉은 목소리로 물었다. 마음속에 있는 물음은 다른 것이었지만 조금이라도 시간을 벌어 미심쩍음을 풀어보려는 의도에서였다.

"그리고 청의 일족의 힘을 빌리고 싶다고 하셨습니다."

유원은 잠시 사야가 한 말의 의미를 이해할 수 없었다. 힘을 빌려달라니, 대체 어떤 뜻으로 그런 말을 한 것일까.

사야는 의구심에 잠겨 고민하고 있는 유원을 보며 희미하게 웃었다. 유원은 고개를 숙이고 있었기에 그런 그녀의 표정을 보지 못했지만, 만약 그녀가 웃음 짓고 있는 것을 알았다면 충분히 의심했을 것이다.

"더 물으실 말이 없으시다면 어서 돌아가시는 것이 좋을 것 같군요. 조금 전에 들은 사실인데 적의 일족이 금의 일족에게 굴복했다고 하더군요. 그들이 밀려오는 것도 이제 시간 문제입니다."

자신과는 아무런 상관도 없다는 듯한 그녀의 말투에 유원은 묘한 분노를 느꼈다. 자신도 그녀와 마찬가지로 수의 피가 흐르는 자인데 그녀가 가진 무관심함과 도도함은 도를 지나친 것처럼 느껴지고 있었다. 아니, 그녀의 신분 때문이라기보다도 그녀의 여유로운 태도가 유원은 거슬렸다.

"빠른 시일 내에 시류님의 답을 전하러 오겠습니다."

더 이상은 유원으로서도 할말이 생각나지 않았다. 마음 같아서는 당장이라도 그녀를 밀쳐 버리고 궁 안을 샅샅이 뒤지고 싶었지만, 자신이 가지고 있는 입장이라는 것은 그것을 허용하지 않았다. 그리고 그런 자신의 행동에 곤란함을 느끼는 것은 당사자인 유하님일 테니까.

"그럼."

살짝 고개를 숙여 인사를 하고 난 후 유원은 발걸음을 옮겨 문 밖으로 빠져 나갔다.

"어떻게 되어도 상관없어."

사야는 한동안 침묵을 지키고 있다가 불현듯 입술을 움직였다. 자신이 한 말이 무엇인지 알고 있는지 의심스러울 정도로 그녀의 얼굴은 흐리게 가라앉아 있었다.

유원은 망설였다. 이대로 돌아가야 하는지. 아무래도 백의 일족들의 낌새가 이상하다는 느낌이 사라지지 않고 있었기에 발을 떼는 것은 정말이지 내키지 않는 일이었다. 그러나 조금 전에 전해들은 백의 수 유현의 말을 시류님께 전해야 하고, 이제 백방으로 유하님의 행방 또한 찾아다녀야 한다. 그렇지 않으면 방금 들은 것처럼 자신의 일족도 적의 일족과 같은 운명을 맞이할 것이다.

'유하님……'

유원은 쉬지 않고 발걸음을 옮기면서 속으로 유하의 이름을 불러보았다. 혹시라도 자신의 간절한 외침을 유하라면 들어줄지도 모른다는 생각에서였다. 그러나 그것은 단지 바램일 뿐, 유원 자신도 그것이 이루어질 것이라는 생각은 하고 있지 않았다. 유원은 어서 시류님께 백의 수 유현의 전언을 전하고 나서 다시 이곳으로 되돌아와야겠다고 결심했다. 다른 일보다 우선되어야 할 것은 유하를 찾는 일이기에. 그리고 일족에게 위기가 닥친다 하더라도 유원은 시류의 얼굴에 떠올라 있는 침울함을 지우고 싶었다.

*   *   *

"……."

여전히 코끝에 느껴지는 향기는 지독할 정도로 몽롱하게 전신을 감싸오고 있었다. 그러나 유하는 더 이상 그 향기에 모든 힘을 빼앗기지는 않았다. 정확하게 이유는 알 수 없지만 어쩌면 면역이 생긴 것인지도 모른다. 그렇지 않다면 자신의 몸에 일어난 변화 때문인지도.

유하는 나지막한 한숨을 내뱉으며 아직 제대로 힘이 들어가지 않는 손을 이마 위에 올려놓았다. 마치 비전서의 방에 들어갔다 나온 듯한 기분. 시간의 경과도 알 수 없고 몸은 피로조차 느끼지 못한 채 무언가에 열중해 있는 상태. 지금은 그것과는 약간 상황이 다르지만 유하는 두 개의 상황이 맞물려 있는 것 같다는 생각을 했다.

"정말 바보 같군."

작게 울려퍼지는 자신의 목소리에 유하는 쓴웃음을 지었다. 어째서 자신에게 다가올 미래조차 예측하지 못하고 이런 신세가 된 것인지. 어쩌면 처음부터 자신은 사제라는 자리에 어울리지 않았는지도 모른다. 능력이 아무리 뛰어나다고 해도 사제에게 가장 중요한 것은 다른 어떤 것에도 신경을 쓰지 않고 의무만을 다하는 것인데, 이미 자신은 그런 생각은 품고 있지 않았다. 아니, 처음부터 자신에게는 사제의 의무를 지켜야겠다는 생각은 존재하지 않았다. 그저 시류의 곁에 남아 있기 위해서 그런 선택을 했을 뿐.

"다시 되돌아가야만 하는 미래인가."

유하는 중얼거리며 천천히 몸을 일으켰다. 미미한 현기증이 일어났지만 다시 쓰러져 버릴 정도로 자신은 약하지 않다. 지금까지는 어땠는지 몰라도 지금은 아니다. 유하는 발소리가 울리지 않도록 주의하며 방 안을 걸어다녔다. 아직까지 남아 있는 진한 향을 창문을 열어 흘려보내며 유하는 계속 발을 움직였다. 이렇게 하지 않으면 온몸의 감각이 되살아나지 않을 테니까.

몸이 깨어날 때까지 몇 번이고 방 안을 돌고 있자 조금씩 자신이 이곳으로 오기 전의 일들이 떠오르기 시작했다. 지금까지 자신이 알고 있던 사야와는 완전히 다른 사야의 모습을 접하고 자신은 꼼짝없이 그녀가 의도한 대로 끌려다녔다. 자신을 취하게 만들 향은 어디에도 없다고 자부하고 있던 자신이었는데, 사야가 만들어낸 이 향만은 유독 어떤 것이 원료가 되었는지 알아낼 수 없었다. 그리고 그 사실은 유하의 신경을 건드리는 일이 되었다. 다른 일족들이 가진 자연의 힘을 빌리는 능력 대신 자신이 가진 것은 반대되는 성질의 것. 그러나 그 때문에 더 더욱 자신은 다른 이들은 알지 못하는 것들을 알고 있다고 생각했다. 그러나 그것은 자신만의 자만이며 오산이었다. 그 자만의 결과는 바로 이렇게 나타나지 않았던가.

'역시 내게는 사제의 자격이 없어.'

유하는 자책하며 시선을 돌렸다. 그러자 마치 기다리기라도 한 것처럼 눈앞에 거울이 놓여 있었다. 자신의 전신이 다 비춰질 정도로 큰 거울 속에는 조금 초췌해 보이는 인상의 남자가 들어 있었다. 아직까지 몽롱한 기색이 남아 있는 푸른색 눈동자는 낯선 표정으로 그 거울 안에 자리하고 있는 존재를 응시했다. 새하얀 색의 옷을 걸치고 있는 자신은 어째서인지 낯선 타인 같았다.

눈을 뜨면 세상은 달라져 있을 거예요.

머리 속에서 사야의 목소리가 되살아났다. 언제 그런 말을 들었는지는 떠올릴 수 없었지만 분명 사야는 그런 말을 했었다.

"불안하군."

이제 몸에 남아 있던 나른함이 거의 사라지고 나자 유하는 제대로 된 생각을 할 수 있었다. 자신이 의무와 타인과의 관계 때문에 모든 것에서 벗어나려고 발버둥치고 있을 때 세상은 이미 정해진 길을 따라 움직이기 시작했다. 아직 정확하게 얼마간의 시간이 흘렀고 어떤 일이 벌어졌는지는 알 수 없었지만, 온몸에 전해지는 감각은 분명 어떤 일이 발생했다는 것을 알려주고 있었다.

유하는 조심스레 문으로 향했다. 분명 누군가가 있는 듯 밖은 약간의 소란 속에 잠겨 있었다.

"감시하는 건가."

유하는 쓴웃음을 지으며 다시 방 한복판으로 되돌아왔다. 사야 정도의 성격이라면 분명 밖에 많은 이들을 세워두었을 것이 분명하다. 아무리 향으로 인해 자신이 잠들어 있다고 해도 확실하게 방비를 하기 위해서는.

"이곳에서 어떻게 빠져 나가야 할까……."

유하는 나직한 목소리로 중얼거렸다. 다른 누군가가 함께 있어서 해답을 제시해 줄 수만 있다면 좋겠지만 지금 자신은 혼자이다. 창문으로 나갈 수도 있겠지만 이곳은 상당히 높다. 그렇다고 당당하게 문을 통과해서 나갈 수도 없고 지금으로써는 아무런 방법이 없었다. 만약 자신에게 다른 힘이 있었더라면 이런 고민은 필요하지 않았을 텐데…….

'시류.'

어째서 갑자기 시류의 이름이 떠올랐는지는 알 수 없었다. 유하는 망연하게 웃었다. 항상 이율 배반적인 자신의 생각. 처음부터 자신은 시류의 곁에서 떠나겠다는 생각은 단 한 번도 품은 적이 없었는데. 처음부터 친구였고, 지금도 항상 곁에 있는 존재. 아무리 괴로워하고 괴로워했어도 결국 자신은 그의 곁을 떠나지 못했다. 자신과 그가 가진 지위 때문이라고 자위하면서.

'그래, 친구라는 이름이었지.'

유하는 과거를 떠올렸다. 혼자였던 자신에게 다가와 준 것은 시류였다. 그로 인해 유하는 친구를 얻었고 자신이 있어야 할 곳을 얻지 않았던가.

'시류, 뭘 하고 있지.'

유하는 자연스럽게 머리 속으로 생각을 집중했다. 자신만이 가지고 있는 힘. 물리적인 힘은 아니었지만 때로는 어떤 힘보다도 강해질 수 있는 것.

'시류, 바보같이 침울하게 앉아 있는 건 아니겠지.'

시류는 미동도 없이 의자에 몸을 기댄 채 생각에 잠겨 있었다. 그가 생각하는 것은 얼마 전 전해 들은 비보인지, 그렇지 않으면 유하의 부재에서 오는 것인지 정확하게 알 수 있는 자는 아무도 없었다. 금의 일족은 현재 적의 영토에 머물고 있었다. 적의 영토에서 잠시 동안의 휴식을 즐기며 그들은 적의 수 화월을 자신들의 방식으로 처단했다고 한다. 분명 그들이 일부러 흘린 사실이었겠지만, 그렇지 않다고 하더라도 은의 일족에게 있어 한 일족의 수가 가장 끔찍한 일을 당했다는 사실은 경악을 넘어선 것으로 다가왔다. 그리고 그것은 시작에 불과하다는 것도 모두 알고 있었다. 적의 일족이 가장 첫 번째로 선택되었을 뿐, 자신들 역시 시간의 차이로 그런 일을 맞게 될 것이라는 사실을.

"대책을 세워야 하지 않겠습니까, 시류님."

옆에서 몇 시간째 조용히 시류의 침묵을 지켜보고 있던 여산이 입을 열었다.

"가만히 기다리고 있는 것은 어리석은 일입니다."

적의 수 화월이 뿔을 잘린 채 비참한 운명을 맞았다는 사실은 은의 일족들에게 너무나도 큰 여파를 미치고 있었다.

"그런가……."

시류는 누가 듣기에도 관심이 담겨 있지 않다는 것을 알게 해주는 말투로 일관하고 있었다.

"시류님."

여산은 깊은 한숨을 내뱉었다. 유하의 부재가 이토록이나 시류를 무력하게 만들 것이라고는 생각하지 못하고 있었는데, 이런 모습의 시류는 본래의 시류가 아닌 것 같았다.

"아직은 시간이 있다."

시류는 여산에게 시선조차 돌리지 않은 채 말했다.

"그대는 일족들에게 생길 피해를 줄일 수 있도록 노력하게. 그것이 내가 그대에게 바라는 일이야."

"알겠습니다."

여산은 또다시 시류에게 시선을 던졌다. 그러나 눈에 보이는 것은 여전히 한곳을 향한 채 움직이지 않는 굳어진 눈동자뿐이었다.

[시류, 뭘 하고 있지.]

"유하?"

시류는 자신의 귀를 의심하며 자리에서 몸을 일으켰다.

"이건 분명……."

[시류, 바보같이 침울하게 앉아 있는 것은 아니겠지.]

시류는 어떻게 할 수 없을 정도의 기쁨을 느꼈다.

어린 시절 이후로는 단 한 번도 듣지 못했던 유하의 친구로서의 음성, 그리고 정신의 언어가 들려오고 있는 것이었다. 자신은 유하에게 의사를 전달할 수 없지만 듣는 것이라면, 그리고 유하의 뜻에 따라 움직이는 것이라면 가능하다. 아니, 그렇게 해야만 한다.

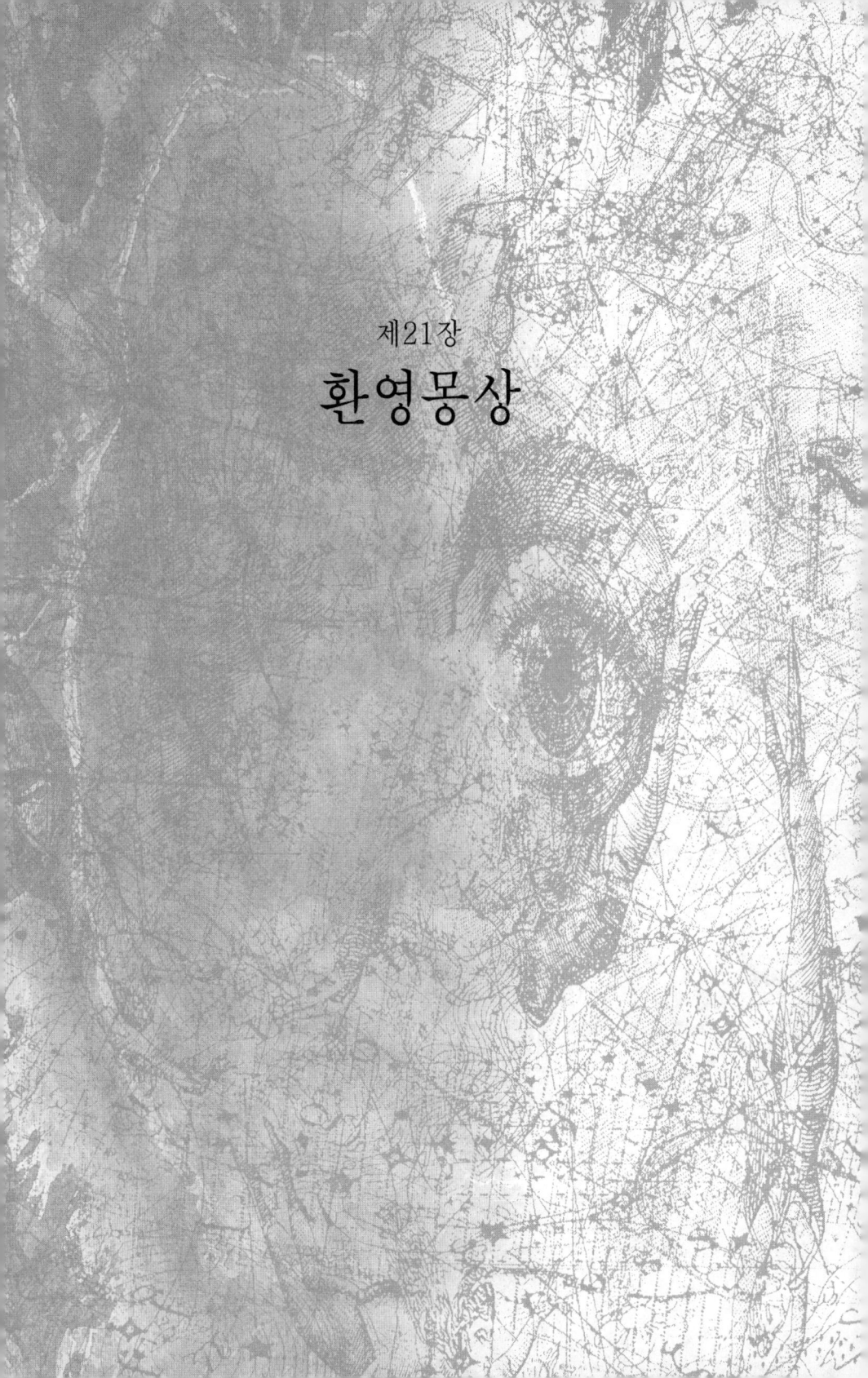

제21장
환영몽상

시류는 손을 내밀었다.

과거의 어느 날 그랬던 것처럼.

그리고 그 손을 잡은 것은 그때 그랬던 것처럼 환하게 웃는 얼굴. 마치 이것이 꿈이 아닌지 의심할 정도로 부드러운 그 미소는 아무것도 알지 못하고 단지 서로에 대한 우정만으로 가득 차 있던 그때로 되돌아간 것처럼 행복한 기분을 만들어 주었다.

"유하."

"돌아가자."

고개를 끄덕임과 동시에 시류 역시 환한 미소를 머금었다.

"시류님?!"

시류는 궁에서 밖으로 통하는 길다란 대로 위에 선 채 일각수를 기다리고 있었다. 얼마 전 갑자기 대전에서 몸을 일으킨 시류는 무엇에라도 홀린 것처럼 이곳까지 나와서 일각수를 데려오라는 명령을 내렸다. 주위에 있던 사비들은 시류의 행동의 저의를 알지 못한 채 안절부절못하고 있었다. 갑작스런 시류의 행동에 놀란 것은 사비들뿐만이 아니었다. 적의 영토에 밀어닥친 금의 일족들 때문에 한껏 긴장한 상태를 유지하고 있는 감시자들 역시 놀란 나머지 어떻게 해야 할지 갈피를 잡지 못하고 있었다.

"대체 어딜 가시려는 겁니까?"

급하게 연락을 받고 달려온 여산이 시류의 앞을 가로막은 채 물었다. 지금과 같은 상황에서 일족의 대표자인 수가 자리를 비운다면 일어나게 될 혼란과 불안은 누가 책임질 것인가.

"다시 한 번 생각해 주십시오, 시류님. 그렇지 않으면 어디로 가시려는 것인지 제대로 말씀해 주십시오."

진중하게 울려퍼지는 여산의 말에 시류는 퍼뜩 정신을 차렸다. 너무 흥분한 나머지 아무런 말도 하지 않은 채 무작정 몸을 움직이고 있었던 것이다.

"아, 여산이로군. 잠시 동안 일족들을 부탁하네."

"시류님? 대체 무슨 말씀을······."

당혹해하는 여산에게 시류는 웃음 띤 얼굴을 되돌려 주었다.

"유하의 행방을 찾았어."

"그게 사실입니까?"

시류는 크게 고개를 끄덕여 주었다.

"하지만 어째서 혼자 가시려는 겁니까?"

"장소가 장소이니만큼. 그리고 유하가 원한 바이기도 하고 말이지."

"유하님께서?"

의문을 떠올리는 여산을 제쳐 두고 시류는 재빨리 몸을 움직였다. 한시라도 빨리 유하의 곁에 가지 않으면 안 된다. 비록 지금은 아무런 이상이 없다고 하지만 앞으로 어떤 일이 생길지는 예측할 수 없으니까.

"그대를 믿겠네."

그 말을 끝으로 시류는 문 밖에 대기시켜 놓았던 일각수의 등에 올라탔다. 그리고 순식간에 점이 되어 시야에서 사라져 가는 시류를 보며 여산은 여러 가지 의미가 뒤섞인 미소를 지었다.

*   *   *

"소식 들었어요?"

오랜만에 마을에 다녀온다며 자리를 비웠던 시라는 돌아오자마자 심각하게 굳어진 얼굴로 바사기에게 말을 걸었다.

"무슨 안 좋은 소식이라도?"

시라는 한숨을 내쉬며 입을 열었다.

"금의 일족이 지금 적의 영토를 완전히 장악했다고 하더군요. 그리고 그저 소문에 불과할지도 모르지만, 적의 수 화월님께서 죽임을 당하셨다는 이야기를 들었어요."

"……!"

바사기는 놀란 눈으로 시라를 응시했다.

"금의 일족이… 말입니까?"

"그래요. 이번에는 금의 수도 직접 움직인 것 같아요."

바사기는 순간 온몸에 전류가 흐르는 듯한 충격을 받았다.

항상 은의 일족을 마음에 들어 하지 않던 노하였지만, 적어도 이렇게 갑작스럽게 공격할 것이란 생각은 하지 않았었다. 그러나 어째서, 아니, 어쩌면 자신 혼자만이 모르고 있었는지도 모른다. 자신에게 주어진 것은 절대 복종. 그리고 자신의 형제이기는 해도 금의 수인 노하를 지금까지 단 한 번도 형제로서 대하지 못했던 현실.

　죽여라. 필요없는 벌레 따위는 살아 있을 필요가 없어.

　싸늘한 미소와 함께 내뱉는 노하의 말은 어느 누구도 거부할 수 없는 절대적인 힘, 그리고 몇 해 전까지만 해도 자신 역시 그의 말을 이 세상 무엇보다 더 굳게 믿고 따랐었다.
　"유하님은 바로 시류님께 가셨겠군요. 아무래도 이번 일이 제대로 해결되지 않으면 뵙기 힘들 것 같아요. 이렇게 될 줄 알았다면 인사라도 미리 해두는 건데."
　시라로서는 드물게도 자신의 마음을 솔직하게 드러내는 말을 하고 있었다. 바사기는 아직도 미미한 흔들림을 감추지 못하는 눈동자로 그녀를 응시했다. 그러나 그녀는 그러한 바사기의 변화를 눈치 채지 못한 듯 한숨 섞인 말을 이어가고 있었다.
　"하지만 힘들 것 같군요. 금의 일족의 힘은 대단하니까요. 지난번에 당신의 힘을 단 한 번이지만 보고 절실하게 깨달았어요. 그 압도적인 힘 앞에서 저희는 아무것도 할 수 없다는 사실을요."
　"힘."
　바사기는 작게 중얼거렸다.
　이제 자신은 두 번 다시 과거의 힘을 사용할 수는 없지만 자신의 일족들이 가진 힘이 얼마만큼 강한지는 알고 있었다. 자신의 손으로 직접 목숨을 끊어지게 만들었던 은의 일족들 중 어느 누구도 단 한 번의 반항조차 하지 못한 채 허무할 정도로 금방 쓰러지곤 했다.

'하지만 지금에 와서 왜 갑자기……'

바사기는 노하의 행동을 이해할 수 없었다. 지금 당장 그의 앞에 선다면 따지며 묻고 싶을 정도로. 그러나 몇 해 전 결심했듯이 두 번 다시는 금의 일족의 곁으로 돌아가지 않을 것이다. 그 동안 자신이 행해왔던 일의 대가를 치르기 위해서라도.

"언니."

막 문을 열고 들어선 미르의 손에는 한아름의 풀이 들려 있었다. 짙은 녹색은 아니지만 겨울에 얻을 수 있는 풀로서는 싱싱한 빛깔을 띠고 있었다. 약초용으로 사용하기 위해 미르는 아침부터 산에 올라가서 풀을 뜯어온 것이다. 이 풀을 끓는 물에 넣어서 연한 풀색이 될 때까지 담가두고 손발을 담그면 추위를 그다지 느끼지 않게 된다. 분명 유하에게 그렇게 들은 적이 있었기에 미르는 그것을 시험해 보려고 풀을 뜯어온 것이었다.

"예전에 유하님이 말씀하신 몸을 따뜻하게 해주는 풀인데, 생각보다 쉽게 구할 수 있었어."

"그래, 그렇구나."

평소와는 조금 달라진 듯한 시라의 기색을 느끼고 미르는 의아한 듯 시라와 바사기를 연달아 바라보았다. 조금 굳어진 듯한 얼굴로 무언가를 생각하고 있는 바사기와 평소의 그녀답지 않게 긴장된 듯한 표정을 떠올리고 있는 시라는 어색해 보였다.

"무슨 일 있어?"

미르는 선반 위에 풀을 올려놓으며 물었다.

시라는 한숨을 내쉬었다.

"금의 일족이 공격해 왔다는구나."

"이번엔 피해가 심하대?"

미르는 보통 때와 마찬가지로 접경 지역 근처에서 일이 생긴 것이라고 생각하는 모양이었다.

"어쩌면 유하님을 뵙는 게 힘들어질 것 같아."

그제야 미르는 사태의 심각성을 이해한 듯 경악한 듯한 얼굴이 되었다.

"어떻게 하면 좋지."

그러나 그녀의 질문에 대답할 수 있는 것은 아무도 없었다.

멀리서부터 눈에 띄는 한 존재가 빠른 속도로 일각수를 몰아오고 있었다. 궁으로 통하는 길목을 지키고 있던 감시자 한 명은 급하게 달려오는 그를 보고 비보라도 가져온 전령이 아닌가 생각하며 조급한 마음을 애써 달래고 있었다. 그리고 그의 그런 마음을 알기라도 하는 것처럼 조금 전까지만 해도 멀게만 느껴지던 그는 금세 시야에 잡힐 정도로 가까워졌다.

"아니?!"

그리고 그는 일각수에 올라타고 있는 것이 자신이 생각하고 있던 전령이 아니라는 것을 확인하고 안도의 한숨을 내쉬는 한편 또 다른 의아함에 사로잡혔다. 멀리에서도 존재감을 드러내는 그는 분명 자신이 기억하고 있는 누군가의 모습을 하고 있었다. 잠시 고개를 기울이며 그는 생각에 잠겼다. 대체 누구인가. 저 당당함을 보면 보통의 일족은 아닌 듯하고.

"이곳을 통과하겠다."

언제 자신의 곁까지 왔는지 일각수 위에 올라타고 있던 남자가 자신에게 말을 건네고 있었다. 가까이에서 바라보자 더욱더 위압 감을 느끼게 만드는 남자. 외모만으로는 결코 그런 분위기를 가질 것 같지 않아 보였지만 은의 일족의 힘은 뿔을 통해 나오는 것이 지 몸과는 아무런 상관이 없는 것이다.

'설마…….'

잠시 멍한 얼굴로 상대방을 응시하고 있던 그는 순간적으로 자 신의 앞에 서 있는 것이 누구인지 알아차렸다.

"청의 수 시류님……?"

"그렇다."

자신의 앞에 있는 것이 누구인지 알아채자마자 그는 깊이 고개 를 숙였다. 언젠가 백의 수 유현이 청의 영토에 갈 때 함께 수행 하면서 본 적이 있는 젊고도 강한 청의 수 시류.

"잠시만 기다려 주십시오. 곧 안쪽에 연락을 취하겠습니다."

급히 몸을 움직이려는 그를 시류가 만류했다.

"오늘은 조용히 움직이고 싶다."

막 돌아서려던 자세 그대로 몸을 굳힌 채 그는 귓가에 내리꽂 히는 시류의 목소리를 들었다.

"원하신다면."

그리고 무의식적으로 자세를 바로하고 고개를 숙이는 자신. 백 의 수 유현에게서는 느낄 수 없었던 압도적인 감각은 자연스럽게 그의 움직임을 바꾸어놓고 있었다.

시류의 마음은 금방이라도 그 속에서 날뛰는 여러 가지 감각에 의해 터져 버릴 것만 같았다. 별다른 말을 듣지는 못했지만 유하 에게 무슨 일이 생긴 것이 아닌가, 라는 불안과 오랜 시간이 지나고서야 자신에게 말을 걸어준 유하에 대한 기쁨, 그리고 위기감이 팽배되어 있는 일족의 현실에 대한 자신의 행동이 어떠해야 하는가, 라는 물음이 정신없이 교차하며 시류를 괴롭혔다.

타닥타닥!

그런 시류의 급한 마음을 아는지 일각수는 단 한 번도 속력을 늦추지 않고 시류를 태운 채 궁으로 연결된 길다란 대로를 질주하기 시작했다.

유하는 침상 위에 걸터앉은 채 턱을 괴고 생각에 잠겨 있었다. 잠에서 깨어났더니 모든 것이 달라져 있었다, 라는 어딘가에서 들은 듯한 이야기를 믿는 것은 아니지만, 그래도 조금은 달라진 것 같았다. 의식의 바다에서 끝없이 헤엄치며 유하는 수도 없이 자신이 겪었던 모든 일들이 반복되는 경험을 했다. 그리고 그 속에서 유하는 생각하고 또 생각했다. 그러나 눈을 뜨고 나자 자신이 생각했던 대부분의 것들은 물에 씻겨나가 버린 것처럼 떠오르지 않았다. 그러나 자신이 느꼈던 기분만은 기억하고 있었다.

'한때는 소꿉 친구가 있는 것이 정말 부러웠는데…….'

이것은 인간으로서의 자신의 기억이 되뇌이는 말이었다. 태어났을 때부터 줄곧 곁에서 함께 지내온 친구를 가진 누군가를 보면서 너무나 부러워했던 그 느낌이 생생하게 되살아났다. 그때의 자신은 그런 친구가 있다는 것은 어떤 느낌일까, 그리고 외동딸이던 자신이었기에 더 더욱 그 친구라는 이름을 그리워했었다.

"친구… 친구란 말이지."

유하는 자신의 귀에도 들리지 않을 정도로 작게 중얼거렸다. 아직 어느 누구도 방 안에 들어선 이가 없기에 유하가 깨어나 있다는 사실은 알려지지 않았다. 그렇지만 침묵을 지키고 있지 않으면 금세 발각될 것이 틀림없었다.

"시류."

유하는 또다시 작게 중얼거렸다.

세상을 인식하기 시작한 무렵부터 늘 함께 있던 자신의 친구는 분명 시류라는 이름을 가지고 있었다. 어린 시절부터 다른 일족들과 확연히 다른 힘을 가지고 있던 시류는 30살도 되기 전에 전대 청의 수에게 선택되어 후계자로서 길러지기 시작했다. 그리고 그때 시류의 요구로 유하 역시 청의 수가 거처하는 궁에서 살게 되었다. 어린 눈으로 바라본 궁은 지나칠 정도로 화려하고 거대했다. 그러나 설마 자신이 죽을 때까지 그곳과 관여하게 될 줄은 몰랐다.

처음 자신의 힘을 안 것은 언제였던가. 조용히 책을 읽고 경치를 바라보는 것을 즐기던 자신이 어느 순간인가부터 하늘의 별을 보고 미래를 읽을 수 있게 되고, 말을 하지 않고서도 다른 이들에게 자신의 뜻을 전달할 수 있다는 것을 깨닫게 된 것은. 그 전까지만 해도 아무런 힘도 가지지 못한 약해빠진 아이라는 시선을 받고 있던 자신이었는데. 시류의 입김 때문에 어느 누구도 유하에게 불만을 표시하지는 않았지만, 그렇다고 우호적인 시선으로 그를 대한 것도 아니었다. 그리고 그것은 전대 수였던 기아도 마찬가지였다.

"머지 않아 큰 비가 올 거야."

어느 날엔가 시류와 함께 책을 읽고 있던 유하는 아무런 생각 없이 시류에게 말을 꺼냈다.

"큰 비?"

시류는 의아한 듯 고개를 한쪽으로 기울였지만 금세 아무렇지 않게 그것을 받아넘겼다. 그리고 유하는 그런 시류의 행동을 눈치채지 못했었다. 그렇게 아무렇지 않은 듯한 태도를 보였던 시류가 유하의 말을 받아들여 비로 인해 일어날 피해를 미리 막아냈다는 사실은 궁 안에 정해진 자신의 방 안에서밖에 움직이지 않는 유하로서는 알 턱이 없었다. 그리고 시류는 전대 수인 기아에게 다시 한 번 인정을 받았다.

"하긴 그렇게 영악하지 않다면 수의 자격이 없으니까."

유하는 쓴웃음을 지었다.

그렇게 감쪽같이 속여오던 시류의 저의가 어떤 것이었는지는 미래를 읽는 힘을 가졌다는 자신조차 알아채지 못했었다. 그런 것을 생각해 보면 미래라는 것은 정말 정해진 형태로 다가오지 않는다는 것을 느낄 수 있다. 자신을 보여주기는 하지만 항상 모든 것을 드러내지는 않는다. 그저 극히 일부분만을 보여주고 그것을 통해 짐작하게 만들 뿐. 그러나 어떤 모습을 하고 있든, 어떤 행동을 하든 간에 시류가 자신과 어린 시절을 함께 보낸 친구라는 사실에는 변함이 없었다.

'뭐, 이젠 나도 속지 않으니까. 그리고 이젠 예전과 정반대의 상황이지.'

유하의 쓴웃음은 금세 반대의 성질을 가진 것을 바뀌었다. 과거에는 자신이 시류에게 매달렸지만 이젠 그 반대이다. 마음만 먹는다면 얼마든지 괴롭혀줄 수 있다.

'기대해도 좋아.'

유하는 또다시 빙긋 웃었다.

그렇게 생각에 잠겨 있던 유하는 피부로 느껴지는 술렁거림에 정신을 차리고 문으로 시선을 던졌다. 웅성거림이 들려오는 것 같

왔다. 그러나 그것도 잠시 일 뿐, 누군가에 의해 문이 열리고 많은
이들의 시선이 방 안으로 쏟아졌다. 검고 푸른 눈동자가 마주쳤다.

"늦었어."

유하는 냉정하게 한마디를 내뱉고는 자리에서 몸을 일으켰다.
유하의 움직임을 보고 아무런 이상이 없다는 것을 알아낸 시류는
안심한 듯이 웃었다.

"미안하다."

그리고 그 뒤를 이어 나오는 시류의 목소리. 그것은 정말이지
어린 시절로 되돌아간 듯한 그리운 감각이었다.

"유하님을 데려갈 수는 없어요."

날카롭게 올라가는 듯한 목소리.

둘의 시선은 동시에 문 앞에 선 채 베어버릴 듯한 시선으로 시
류를 응시하고 있는 사야에게로 옮겨졌다.

"데려갈 수 없다라……."

시류는 어울리지 않는 비웃음을 머금은 얼굴로 사야를 응시했
다. 지금의 사야는 분명 자신이 알고 있던 그녀와는 완전히 다른
인물이다. 마치 예전의 그녀는 거짓된 환영에 불과하고 지금이 진
실된 모습인 것처럼.

"유하님은 사제에는 어울리지 않는 분이에요."

"그렇다면 유하에게 어울리는 것은 무엇이지?"

시류와 사야가 서로를 응시하며 결코 편안한 표정은 아니었지
만 이야기를 나누는 모습을 바라보며 유하는 묘한 표정을 지었다.

'하~ 재미있게 되었군.'

예전부터 시류와 사야의 특이한 공통점을 읽어온 유하에게 있
어서는 상황이 어떤 상황이든 간에 둘을 바라보는 것은 무척 재

미있는 일이었다. 자신이 상당히 중요한 위치에 놓여 있음에도 불구하고 유하는 아무렇지 않다는 표정을 하고 그들을 응시하고 있는 것이다.

"유하는 청의 사제다."

"알고 있습니다."

둘의 침묵과 동시에 흐르는 주위의 술렁임.

만약 조금 더 주위가 소란스러워진다면 시류 혼자만의 힘으로는 이곳을 나가지 못하게 될 수도 있었다. 그것은 만약의 경우에 해당되는 것이었지만, 유하가 물리적인 힘을 쓰지 못한다는 것을 누군가 약점으로 잡는다면 그렇게 되는 것은 불을 보듯 뻔한 일이었다. 그러나 시류는 그런 사실은 전혀 생각하지 않고 있었다. 유하가 바로 자신의 곁에 있다는 사실. 별것 아닌 일 같아 보였지만 그것은 시류에게 있어 어떤 용기보다 더 큰 것을 불러 일으켜 주고 있었다.

"돌아가자. 더 이상 시간 낭비하고 싶지 않으니까."

한참 동안 이상한 기류가 흐르고 있는 둘의 모습을 바라보던 유하는 아무렇지 않은 얼굴로 시류의 어깨를 치며 말했다. 그 작은 동작 하나가 그들 사이에 흐르고 있던 미미한 흐름을 단번에 깨뜨려 버렸다.

"사야, 넌 날 단순히 맹목적으로 바라보던 것이 아니었나? 네 목적에 이용하기 위해서?"

유하의 얼굴은 별다른 표정의 변화를 보이지 않은 것이었지만 사야는 그의 목소리에서 알 수 없는 위화감을 느꼈다.

"물론 그런 것도 있지요. 부인하지는 않아요. 하지만… 그것보다 더 제가 바라는 것은 유하님이 자유로워지는 거예요."

"후, 과연."

유하는 빙긋이 웃었다.

"가자, 시류."

유하는 사야의 얼굴에서 시선을 떼고 등을 돌렸다.

사야의 얼굴은 눈에 띄게 창백하게 굳어져 가고 있었다. 사비들은 그런 그녀의 얼굴과 시류와 유하를 번갈아 바라보며 어떻게 행동해야 할지 고민하고 있었고, 몇 안 되는 감시자들 역시 청의 수 시류를 어떻게 대해야 할 것인지에 대해 고민하며 몸을 굳히고 있었다. 눈에 띄지 않게 한 명의 감시자가 백의 수 유현에게 알리러 갔지만 아직까지 다른 이들이 오고 있는 기색은 느껴지지 않았다.

"얻을 수 없다면 어느 누구도 함께하지 못하도록……."

마치 주문과도 같은 사야의 목소리. 유하는 순간적으로 온몸에 피어오른 전율을 느끼고 몸을 피하려 했다. 그러나 그것은 생각일 뿐, 몸은 지금까지와 마찬가지로 느릿하게 반응했다. 환하게 피어오른 은색의 빛은 섬전과도 같은 속도로 유하의 머리를 감싸며 빛을 뿜어냈다.

"……"

어느 누구도 사야의 행동을 예측하지 못했다. 그 때문에 더 더욱 그녀의 행동을 막아낸다는 것은 불가능한 일이었다. 그것은 시류에게도 마찬가지인 일이었다.

"유하!!!"

머리 속에서 무언가 환한 빛이 터져 나가는 느낌. 마치 누군가 자신의 몸 안에서 불꽃 놀이를 하고 있는 듯한 느낌이었다. 그리고 강한 흡인력에 의해 끌어당겨지는 느낌. 세상이 색색가지의 빛깔로 물들어가고, 또 정신없이 뒤섞이기 시작했다.

미치도록 혼란스러운 색채의 조합.

유하는 바닥으로 허물어졌다. 그리고 그와 동시에 주위의 세상은 술렁임과 소란으로 가득 찼다. 터져 나오는 비명과 암울한 회색으로 물들어가는 세상. 언젠가 꿈에서 보았던 적이 있는 지독한 적막의 회색 빛으로 세상은 색채를 바꾸어 버렸다.

＊　　　　＊　　　　＊

오랜 꿈을 꾼 듯한 기분이 든다.

서희는 천천히 눈꺼풀을 들어올렸다. 눈앞에 비쳐 들어오는 포근한 햇살은 변함없는 위치에서 자신을 향해 떨어져 내리고 있었다. 눈부신 황금색의 빛.

화병에 꽂혀 있는 이름 모를 꽃에서 풍겨나오는 향기가 코를 자극한다.

'방에 꽃을 놓아둔 적은 없었는데, 아마 어머니가 가져다 놓은 모양이지.'

언제나와 같은 단조롭고 평화로운 아침. 아침 특유의 나른함과 깨어 있는 공기의 진동이 기분 좋게 몸을 이완시킨다. 담요의 감촉이 기분 좋게 몸을 감싸고 조금 더 잠의 나라 속에서 유영하도록 권유한다. 그러나 더 잠을 자야겠다는 생각은 들지 않는다. 책상 위에 빼곡이 늘어서 있는 중국어 사전과 원서들. 모든 것들이 자신이 펼쳐 놓은 그대로 놓여 있었다.

'몇 시지?'

서희는 졸음이 채 가시지 않은 눈을 비비며 책상 위에 놓여 있는 시계로 눈을 돌렸다.

10시 24분.

'아, 또 늦잠 자버렸다.'

서희는 하품을 하며 몸을 일으켰다. 역시 집에 있다 보니 몸도 둔해지고 잠만 느는 것 같았다. 별로 하는 일도 없는데 피곤한 것처럼 느껴지고 말이다.

"아, 그나저나 혼자 아침 먹기 싫은데……."

서희는 중얼거리며 화장실로 걸음을 옮겼다. 매일매일 같은 일상의 반복. 지나치게 단조롭고, 느긋하고, 지겹지만 결코 하루아침에 이것이 뒤집어지는 일은 없을 것이다. 이것이 바로 현실이라는 것이므로.

서희는 잠을 깨기 위해 일부러 찬물로 세수를 했다. 피부에 와닿는 차가운 물의 감촉이 피부 세포 하나하나를 일깨우고 서희를 확실하게 현실로 되돌려 놓았다. 물이 묻어 있는 얼굴을 하얀 수건으로 닦은 후 서희는 거울 속에 비친 자신을 응시했다.

"진짜 키 정말 안 크네."

작게 투덜거리며 서희는 싱긋 웃었다. 그 순간 거울 속에 자신이 아닌 어느 누군가가 비치고 있는 듯한 기분이 들었다. 자신의 모습 위에 겹쳐진 채 아련한 시선으로 자신을 응시하고 있는 누군가의 모습. 마치 손을 내밀고 서희를 끌어당기려는 것처럼 그 눈동자에 담긴 것은 서희의 마음을 뒤흔들어 놓았다.

"무슨……."

거울 속에서 겹쳐지는 누군가의 영상. 꿈처럼 희미하고 어딘지 모르게 아련한 그리움을 자아내게 만드는 그것은 어렴풋이 윤곽만을 드러내고 있을 뿐, 뚜렷하게 서희에게 자신을 드러내지 않았다.

마치 스스로 기억해 내라는 것처럼 흔들리는 희미한 그림자, 흔들리는 은색의 빛, 연하고 부드러운 하늘색의 눈동자, 눈부시게 아름다운 은청색의 비단 같은 머리카락이 눈앞을 스치고 지나갔다.

"뭐지?"

서희는 어리둥절한 표정으로 다시 한 번 눈을 비비고 나서 거울을 들여다보았다. 거울에 비치는 것은 160을 조금 넘는 키를 가진 긴 커트 머리의 여자아이가 비치고 있었다. 달라진 것이 있다면 왠지 마른 듯한 자신의 얼굴. 갑자기 자신의 모습이 생소하게 다가왔다. 뺨을 덮는 갈색의 옆머리와 아래로 향한 검은 눈동자와 멍한 기색이 남아 있는 표정. 왠지 모르게 낯설다.

19년 동안 자신의 것이었던 몸이, 얼굴이 이상하게도 낯설음을 풍기고 있었다.

'나… 이런 얼굴이었나?'

서희는 거울에 손을 가져갔다. 차갑게 손끝에 와닿는 매끄러운 감각. 미끌어지듯이 아래로 떨어져 내리는 손가락.

"……?"

이 감각을 기억하고 있다.

어딘가에서 느껴본 듯한 익숙한 감각. 거울과 같이 차가운 매끄러움이 아닌 다른 종류의 것을 항상 느끼고 있었다. 그것은 무엇이었을까. 머리 속이 꽉 막힌 것처럼 답답하다. 아무것도 떠오르지 않는다. 답답하고 답답해서 어떻게 해야 할지 알 수 없을 정도로. 새하얗고 새하얀 아름다운 그것의 존재. 마음속에서 따끔거리는 통증이 피어오르고 있었다.

"나… 병이라도 생긴 걸까?"

자신에게 물었지만 대답은 돌아오지 않았다. 어째서 정체를 알 수 없는 통증이 피어오르는 것일까. 그리고 이 안타깝고도 안타까운 감각의 정체는 무엇일까.

눈앞을 스치는 하얀 옷자락. 고대 중국의 의상 같기도 했지만 그것이 아니라는 것은 알고 있다. 저것의 이름은… 그리고 순간적으로 떠오른 청의라는 이름.

'나는 어째서 저것을 알고 있지?'

서희의 혼란은 가라앉을 기미를 보이지 않고 있었다. 어째서… 어째서…….

그저 보통 때와 마찬가지로 늦잠을 자고 일어났을 뿐인데 세상은 이토록 달라진 것일까. 아니, 자신이 변한 것인지도 모른다.

"유하……?"

무의식 중에 서희의 입에서는 누군가의 이름이 흘러나왔다. 머리 속으로는 확실히 기억하고 있지 않지만 몸은 기억하고 있었다. 이름을 부르는 순간 서희는 그것을 확실하게 느꼈다. 온몸에 약한 전류가 흐르는 것처럼 짜릿한 느낌이 퍼져 갔다. 어째서 자신은 이런 것을 기억하고 있는 것일까. 자신이 지금까지 누려왔던 일상 속에서는 도저히 만날 수도 없고 만나서도 안 되는 일을.

'돌아가고 싶어.'

마음속에 떠오른 생각. 서희는 놀라며 자신에게 되물었다.

'어디로?'

마음속의 혼란이 겉으로 드러났다.

자신의 의지를 배반한 채 흐려지는 눈동자. 더 이상 거울에 비친 자신의 모습이 뚜렷하게 보이지 않았다. 안개에 감싸인 것처럼 뿌옇게 흐려져 가고 있을 뿐.

'돌아가고 싶어.'

또다시 이유 모를 그리움이 강하게 온몸에 퍼져 가고 있었다.

기다리겠다. 너를.

익숙한 중저음이 귓가에 맴돌았다. 부드러우면서도 무게감을 가지고 있는 그 소리는 이상하게도 마음을 편안하게 만들어주는 힘이 있었다.

"……누구?"

서희는 흐려진 시선으로 거울 속을 바라보려 애쓰며 물었다. 그러나 방금 자신이 들은 것은 환각인지도 모른다. 주위는 여전히 고요했다. 그 속에서 소리를 내고 있는 것은 서희 혼자뿐이다. 조금 전까지 들려오던 작은 물소리조차 이제는 들리지 않는다. 시계 바늘이 움직이는 소리 이외에는 어떤 소리도 들려오지 않는 완벽한 고요. 이따금씩 창 밖에서 들려오는 동네 아이들의 목소리와 자동차 소리만이 정적을 깨뜨리고 있을 뿐.

회색 빛의 도시. 자신이 지금까지 머물러온, 그리고 앞으로도 머물러야 할 곳. 그러나 머리 속은 너무나도 혼란스러웠다. 자신이 있어야 할 곳은 어디인가. 마음속에서 솟구치는 정체를 알 수 없는 그리움은 어디로부터 연유한 것인가. 서희는 미칠 듯한 괴로움과 애틋한 그리움에 사로잡혔다. 마치 약에 중독되어 금단 증상에 시달리는 사람처럼. 거울 위에 올려놓았던 손에서 힘이 빠지며 손은 천천히 아래로 떨어져 내렸다. 손등 위로 방울져 떨어져 내리는 것은 자신의 눈물.

'나는 왜 울고 있지?'

"돌아가고 싶어. 이런 현실은 바라지 않아……."

왜인지도 모른 채 서희는 흐느낌 섞인 목소리를 내뱉었다. 돌아가고 싶다. 미치도록 돌아가고 싶다. 자신의 마음이 이끄는 장소로. 그리운 누군가가 기다리고 있는 곳으로.

'난 이런 아이가 아니었는데……. 대체 무슨 일이 생긴 거지?'

어떤 일에 맞닥뜨린다 해도 항상 밝게 대처할 수 있는 것을 유일한 장점으로 삼고 있는 자신이었는데 지금은 마치 자신이 아닌 타인이 된 듯한 기분이 들었다. 지금의 현실이 꿈인지, 그렇지 않으면 자신의 마음속에서 애틋한 그리움으로 자신을 끌어당기고 있는 것이 꿈인지는 알 수 없었다. 그러나 확실한 것은 이토록 혼란스러운 자신의 감정은 진실이라는 것이다.

기억해 내야 한다. 대체 어떤 이유로 자신에게 이런 감정이 용솟음치는지.

서희는 아직 채 눈물이 마르지 않은 눈을 감았다.

눈을 감자 미미하기는 했지만 혼란스러운 마음이 어느 정도 가라앉은 것도 같았다.

"기억해 낼 거야."

서희는 굳게 다짐하듯 말했다.

또다시 머리 속을 스쳐 지나가는 희미한 영상. 순백의 뿔과 그 뿔에서 뿜어져 나오는 은빛과 금빛의 향연. 아름답지만 왠지 모르게 전율스러운 광경이 펼쳐지고 있는 듯한 기분이 들었다.

살아 있는 모든 것들은 항상 꿈을 꾼다. 육체의 휴식과 동시에 깨어나는 정신의 움직임. 항상 자신의 눈으로 보고, 귀를 통해 듣고, 몸으로 경험한 것이 사실인지는 알 수 없다. 시간은 영원히 앞을 향해 흘러갈 것이고, 그 속에 속해 있는 자들은 그 시간의 틀에서 헤매인다. 무엇이 꿈이고 무엇이 현실인가. 진실은 항상 자신의 마음속에 있다. 그리고 그것을 찾아내는 것 또한 자신.

"보름달이네."

서희는 옥상에 올라 오랜만에 하늘을 응시했다. 평소에는 생활에 쫓겨서 바라볼 생각조차 하지 않고 있던 하늘을 무슨 이유인지 갑자기 보고 싶은 마음이 생겼다. 구름이 낀 듯이 하늘은 흐렸다. 검게 잠겨 있는 하늘임에도 불구하고 뿌옇게 흐려져 있다는 것은 누가 봐도 알아볼 수 있을 정도였다. 간간이 빛을 발하고 있는 작은 별들 사이로 환하게 존재를 드러내며 빛을 뿌리고 있는 보름달은 오늘따라 더욱 커다랗게 보였다. 마치 그 속에 담겨 있는 무언가를 보여주기라도 하는 것처럼. 서희는 조용히 그것을 바라보았다.

"만월의 밤……."

서희는 무엇에라도 홀린 것처럼 그 말을 반복했다.

쏟아질 듯 빛을 내뿜는 별무리가 그립다. 잔잔하게 물결처럼 흔들리는 방울꽃의 바다와 정교한 예술 작품을 보는 것처럼 아름답게 지어진 집들이, 그림처럼 아름다운 연못과 호수와 길들이, 그리고 무엇보다 그 속에서 살아가고 있는 희미한 모습의 누군가가 미치도록 그립다. 자신이 있어야 할 곳, 반드시 돌아가야만 하는 곳.

서희는 마치 손에 잡힐 듯이 커다랗게 빛나는 달을 향해 손을 뻗었다.

제22장

함몰

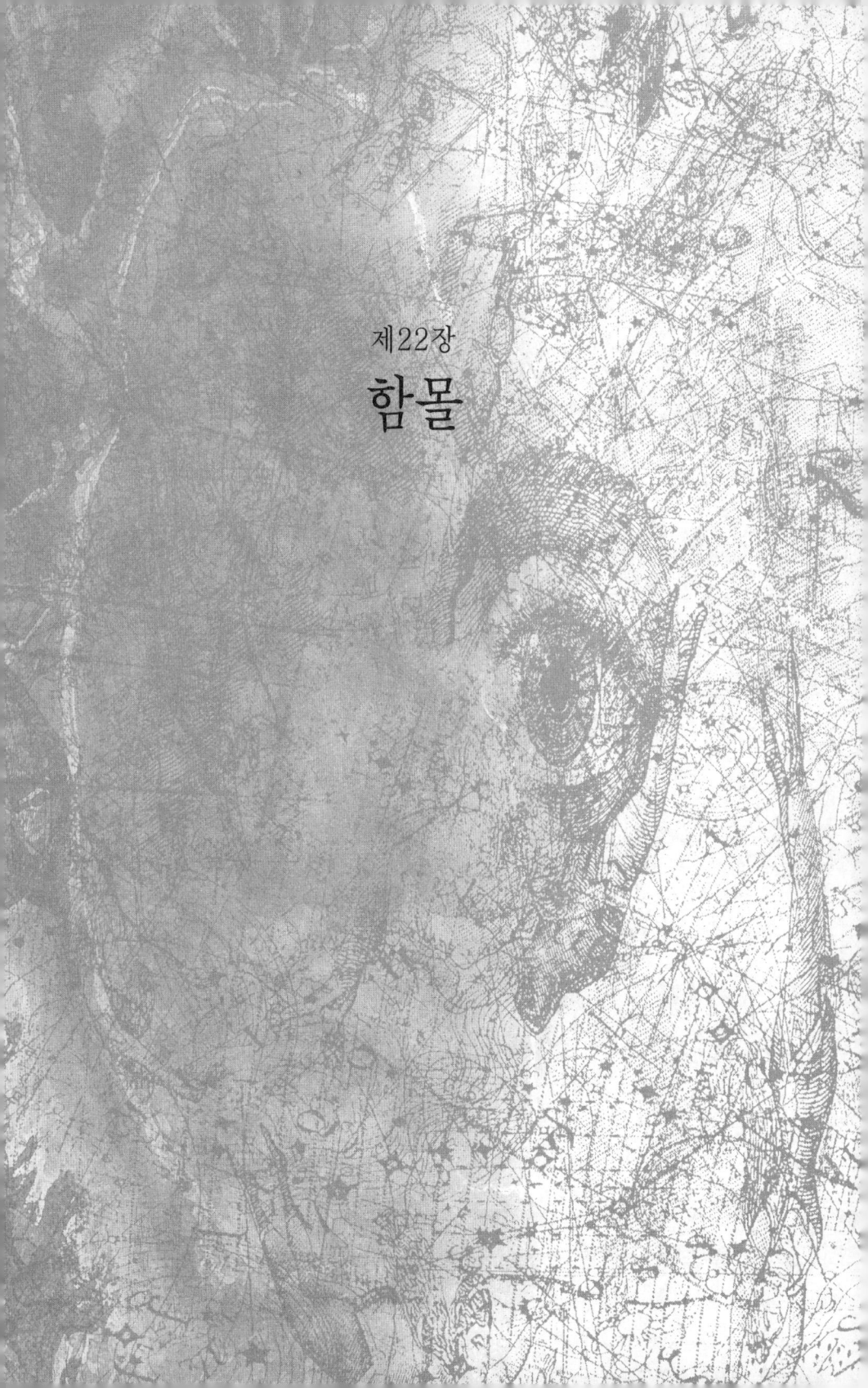

"어째서 넌 이런 눈을 하고 있지?"

돌아오는 대답은 없다. 자신이 바라던 모든 것들은 이미 얻은 지 오래인데 어째서 마음의 갈증은 채워지지 않는 것일까.

노하는 신경질적으로 웃으며 인형처럼 스스로의 의지로 움직이지 않게 된 유하를 응시했다. 길게 어깨를 타고 흘러내린 은청색의 머리카락과 단정하고 하얀 얼굴. 은청색의 머리카락 사이에 솟아올라 있는 나선형의 새하얀 뿔.

분명 숨을 쉬고 있음에도 불구하고, 파란 눈동자를 드러내고 있음에도 불구하고 유하의 눈동자에 새겨진 것은 텅 빈 공허. 마치 영혼이 사라져 버린 듯한 적막감.

이제 특별히 사제로서의 유하는 필요하지 않다. 그가 읽어내야만 할 비전서도 노하의 손에 의해 부서져 버렸고, 그가 속해 있던 청의 일족이라는 이름도 사라진 지 오래다. 처음부터 아예 존재하지 않았던 것처럼 은의 일족들은 사라졌다. 모습이 사라진 것이 아니라 금의 일족들의 틈에서 숨을 죽인 채 살아가고 있는 것이다.

벌레만도 못하게 여기고 있던 은의 일족 중 하나일 뿐인데, 어째서 유하만이 다른 빛을 품고 있는가.

노하는 후회하고 있었다. 모든 것을 얻은 후 남은 것은 지독한 고요함뿐이었다. 되돌릴 수 있다면 시간을 거슬러서 올라가고 싶을 정도로.

스르륵……

매끄러운 비단 천의 감촉처럼 유하의 머리카락은 부드럽게 손가락 사이에서 흘러내렸다. 한여름의 계류를 연상시키는 아름다운 머리카락의 움직임.

노하는 그 움직임에 매혹당한 듯 몇 번이고 유하의 머리카락을 손가락 사이로 통과시켰다.

그렇게 얼마나 시간이 흘렀을까. 노하는 자신을 부르는 목소리가 있다는 것을 느끼고 유하에게 향해 있던 몸을 돌렸다.

"들어가도 되겠습니까?"

기의 목소리다.

"들어와라."

노하는 몇 걸음 걸어나와 유하가 앉아 있는 창가에서 등을 돌린 자세로 의자에 앉았다.

"노하님을 뵙습니다."

은의 일족들을 공격할 때 큰 도움이 되었던 기. 물론 처음부터 그의 능력을 알고 있었기에 장로라는 지위를 그에게 준 것이었지만 기의 활약은 기대 이상이었다. 그때의 싸움으로 인하여 오른쪽 뿔 끝이 잘려지고 다리에 깊은 창상을 입었지만 지금의 그는 예전과 전혀 다름없이 절제된 모습으로 노하의 앞에 서 있었다.

"그래, 무슨 재미있는 일이라도 생겼나?"

시큰둥한 표정으로 자신을 바라보는 노하에게 입끝을 틀어올리는 미소를 보이며 기는 답했다.

"특별한 일은 없지만 시류에 대한 처분을 어떻게 하실 것인지 여쭙고 싶어서 이렇게 찾아왔습니다."

"그건 네게 일임한 것으로 아는데. 시류뿐만이 아니라 다른 수였던 자들의 처분은."

"그건 그렇지만 제가 관심을 가지고 있는 것은 시류뿐이라서요."

노하는 말없이 기를 응시했다. 자신과 같은 피를 가지지 않았음에도 불구하고 자신과 너무나도 흡사한 기는 마치 자신의 동생이 아닌가 싶을 정도로 많은 공통점을 가지고 있었다. 실제 자신의 동생은 살았는지 죽었는지도 알 수 없게 되긴 했지만. 눈을 뜬다 해도, 그리고 영원히 뜨지 않는다 해도 노하에게는 아무런 상관이 없었다.

노하는 어느 누구도 믿지 않는다. 아무리 자신의 심복인 기라고 할지라도. 본래부터 자신의 유일한 친혈육이었던 바사기조차 그는 믿지 않았었다. 마치 혈육이나 인연이라는 말이 그에게 어떤 감흥도 가져다 주지 못하는 것처럼. 단지 바사기가 자신과 같은 생각을 품고 있지 않았고, 자신에게 반기를 들었다는 사실이 기분 나빴을 뿐이다. 그래서 그는 바사기에게 가차없이 자신의 힘을 보여주었다. 압도적인 힘의 차이를 느끼고 그에게 깨달음을 느끼게 해주기 위해서. 그러나 바사기는 피를 흘리면서도, 일어서지 못할 정도로 깊은 상처를 입고 나서도 결코 자신에게 진심이 담긴 눈빛을 보여주지 않았다. 노하는 그것이 너무나도 마음에 들지 않아서 바사기를 일어서지 못할 정도로 만들어 버렸다. 그리고 뒤도 돌아보지 않고 청의 영토를 떠났다.

"더 이상 내게 그걸 물을 필요는 없다. 죽이든 살리든 그건 네 마음이니까."

"알겠습니다."

기는 그것을 다시 확인하고 싶었던 듯 노하의 입에서 만족할 만한 답이 나오자 담담하게 웃으며 고개를 숙여 보였다.

"그건 그렇고, 그 사야라든가 하는 여자는 어떻게 하고 있지?"

노하는 문득 유하를 지금처럼 만들어놓은 장본인인 사야라는 여자에 대한 이야기를 물었다. 어리석고 둔하기 짝이 없는 은의 일족과는 조금 다른 여자. 눈에 띄는 화려한 외모 때문만은 아니었다. 자신이 원하는 것을 위해서라면 어떤 행동도 서슴치 않는 성격. 노하는 그녀의 그런 뒤틀린 성격이 마음에 들었기 때문에 그녀에게는 아무런 상처도 입히지 않고 자신의 궁으로 데려온 것이다. 그리고 마음대로 밖에 나올 수는 없지만 자유롭게 지낼 수 있는 방 하나를 주었다.

"유하님을 만나게 해달라고 하더군요."

그 말에 노하는 피식, 하고 웃음을 흘렸다.

재미있다. 무척 재미있는 성격이다, 사야라는 여자는.

*   *   *

대체 무엇이 꿈이고 무엇이 현실일까.

서희는 아직도 생생한 은의 영토에서의 기억을 되새기며 생소한 시선으로 자신의 두 손을 내려다보았다. 여전히 작고 아담한 자신의 손. 남들이 작다고 놀리면 여자다운 손이라고 소리 높여 반박하던.

분명 자신의 몸은 없어졌다고 들었었는데 어찌 된 일인지 눈을 뜬 순간 모든 것은 다시 본래대로 되돌아와 있었다. 자신이 새로운 운명의 길에 빠져들기 전으로.

어쩌면 길고도 생생한 꿈을 꾼 것인지도 모른다. 너무 리얼해서 현실과 착각할 정도의 꿈. 그것은 분명 꿈이었기에 가능한 일이었을 것이다. 모든 것은 예전과 조금도 달라지지 않은 채 존재했다.

집안 사정은 자신이 절망할 정도의 것이 아니라는 사실과 이제 보통 때와는 확연히 다른 생각을 품게 된 자신. 달라진 것은 이 두 가지뿐이었다.

'꿈. 정말 꿈이었을까?'

서희는 가볍게 고개를 저으며 스스로에게 질문을 던졌다.

진정으로 그것이 꿈이었다면 서희는 그 길고도 오랜 꿈을 통해 몇 년은 성숙된 자신을 얻게 된 것이다.

"지독한 꿈이야."

서희는 힘 빠진 목소리로 중얼거렸다.

그 지독하도록 그리운 꿈은 서희에게 기이한 향수를 품게 만들었다. 너무나도 현실적인 감각으로 남아 있어서 오히려 꿈이라 여기게 된 그것은 서희를 조금씩 바꾸어놓았다. 현실로만 눈을 돌리던 서희를 어둠으로 뒤덮인 막막한 밤하늘로 이끌어가는 것이다. 금방이라도 쏟아질 것처럼 무수한 별이 빛나던 하늘은 이곳에 없다. 간혹 가다 한두 개쯤 고개를 내미는 별인지, 그렇지 않으면 과학의 부산물인지 알 수 없는 빛만이 반짝일 뿐.

'꿈이라고는 해도 정말 엄청난 경험을 했잖아.'

서희는 잠에서 깨어난 이후로 밤이면 옥상에 올라와 하늘을 바라보는 습관이 생겼다. 약간의 공포감을 느끼게 만드는 검은색의 하늘은 그 어둠과는 반대로 편안한 느낌을 자아낸다. 이렇게 바라보고 있으면 한없는 그 어둠에 빨려 들어갈 듯이 편안하고 편안해서 눈물이 날 정도로 하늘은 깊었다. 한낮의 푸른색의 하늘보다 밤 속에 잠겨 있는 검은색의 하늘이 서희는 더 포근하고 좋았다.

"서희야, 또 옥상에 있니?"

벌써 오랫동안 옥상 위에 있었던 모양이다. 일을 마치고 돌아온 어머니가 자신을 부르고 있었다.

"네, 지금 내려가요."

서희는 큰 소리로 답하고는 이제 상현달이 된 노란 달에 시선을 던졌다.

그렇다. 저것이 현실이다. 은백색으로 빛나는 찬란하고 아름다운 별무리 속에 묻힌 달 따위는 환상에 불과하다.

서희는 얇은 소매 때문에 서늘해진 팔을 문지르며 옥상에서 내려갔다. 어떻게 되었든 간에 자신이 속해 있는 일상이 변하는 일은 없을 것이다. 아무리 리얼하다 해도 꿈은 꿈. 현실 도피 따위는 아직 자신이 어리다는 증거에 불과하다. 서희는 엄하게 자신의 마음을 다스렸다. 이 잠깐의 방황이 끝나고 나면 자신은 이제 어른이 될 것이다. 현실에 괴로워하며 도망치지 않아도 될 정도의 어른이.

"밥이나 먹자."

서희는 버릇이 된 혼잣말을 계속하며 힘차게 계단을 내려가 집으로 향했다.

피곤한 몸을 이끌고 돌아왔지만 항상 밝은 미소로 자신을 대해주는 어머니에게 마찬가지로 미소를 보여주기 위해서.

자신이 할 수 있는 일은 분명 이것일 테니까. 물질적인 도움보다도 자식으로서 어머니에게 할 수 있는 단 하나의 최선. 서희는 미소가 그 답이 될 수 있다고 믿었다.

"서희 너, 표정이 달라졌다?"

"응, 그래?"

서희는 가만히 콜라를 마시다 말고 빤히 자신을 바라보며 말하는 은선의 표정에 약간의 당혹감을 느끼며 되물었다.

"뭐랄까. 예전의 너는 나름대로 쌓아놓은 무언가가 얼굴을 채우고 있다랄까? 여하튼 그런 느낌이었는데, 지금은 무언가를 깨달은 자의 얼굴이야. 뭐, 그렇다고 해서 대단해 보이지는 않지만."

"뭐야, 싱겁기는……."

"혹시 너……."

서희는 심각해진 은선의 얼굴을 마주 보며 의문을 떠올렸다.

"너, 뭐?"

"남자 생긴 거 아냐?"

그 말을 듣자 순간적으로 누군가의 얼굴이 떠올랐다 사라졌다. 서희는 당황했다. 지나치게 황당한 감정 때문에 지금 무슨 소리를 하고 있는 것인지 알 수 없어졌다.

"하~ 너, 지금 뭐라고 했냐? 사람 약올려?"

한참 뒤에야 서희가 열을 올리자 은선은 싱긋 웃었다.

"하긴 내가 남자라도 너처럼 작.은.애랑은 안 놀겠다."

"뭐야, 너!"

한참 동안 열을 내며 투닥거리고 나자 온몸에 힘이 빠져 버렸다. 며칠간 은선과 만나지 못했던 것뿐인데도 마치 오랫동안 헤어졌다가 만난 것처럼 모든 것들이 반가웠다. 매일같이 계속되는 은선의 놀림도 이젠 즐거운 감정으로 다가올 뿐이었다.

"그런데 말이야."

"응?"

은선은 다 마셔버린 콜라 잔에서 얼음을 이리저리 뒤섞으며 서희의 눈을 바라보았다. 햇빛을 받아 더 옅어 보이는 갈색의 눈동자. 자신의 검은 눈과는 대조되는 빛깔이었다.

"우리 여행이나 갈래?"

"여행? 갑자기 무슨 바람이 불어서?"

"가을인데 낙엽이 다 지기 전에 어딘가로 다녀와야지. 안 그러면 너무 허무하잖아. 봄에도 학교 다니느라고 아무 데도 못 갔었는데."

생각해 보니 여행이라는 단어를 떠올린 지 꽤 오래된 것 같았다. 올해 초는 학교다 뭐다 바빠서 그럴 여유가 없었고, 학교를 쉬게 되고 나서는 혼자서 이것저것 신경 쓰느라 생각할 겨를도 없었던 것이다.

"음, 그럼 어디로 갈까?"

"산도 좋고 바다도 좋고. 바람 쐴 수 있는 곳이면 어디든 좋을 것 같아. 넌?"

서희가 묻자 은선은 왼손을 턱에 괸 채 다시 얼음을 이리저리 뒤섞었다. 잔 바닥에 조금 남아 있던 짙은 갈색 빛의 콜라가 유리

잔에 비쳐 이리저리 빛을 뿜어내고 있었다.

"역시 바닷가가 좋을까?"

은선의 중얼거림에 서희는 빙긋이 웃으며 말을 받았다.

"괜히 폼잡지 말고 빨리 대답이나 해. 안 어울리게시리."

"으이구~ 부러워하긴."

그렇게 한참을 티격태격하다 보니 어느새 두 시간이 훌쩍 지나가 있었다. 계산을 하고 자리에서 일어서며 서희는 빙긋이 미소지었다. 어떤 때가 되었든 간에 친구와 만나 이야기를 한다는 것은 참 즐거운 일이다. 자신의 마음을 이해해 주는 존재이자, 시답지 않은 농담을 하는 동안에는 마음속에 쌓여 있던 고민거리도 떠오르지 않으니 정말 일석이조다.

하지만 서희는 조금 놀랐다. 평소에는 아무 생각 없이 노는 것만 좋아하는 줄 알았던 은선에게도 의외로 무언가를 간파하는 능력이 숨어 있는지도 모른다. 아직 자신조차 정확하게 파악하지 못하고 있는 변화를 단 한 번에 알아냈으니 말이다.

'하지만 뭐, 남이니까 더 잘 보였는지도 모르지.'

"지금 바로 집으로 들어갈 거야?"

서희가 묻자 은선은 고개를 흔들며 대답했다.

"아니, 오빠 만나서 놀고 가야지. 요새 통 못 만났었거든."

서희는 자신도 모르게 속으로 꿍얼거리고 있었다. 지금은 별로 남자를 사귀고 싶다는 생각은 없었지만, 그래도 은선의 태도를 보면 불만스러움이 터져 나왔다.

'쳇! 그래, 그 오빠랑 잘 먹고 잘 살아라.'

"서희야, 질투하지 마. 내가 항상 말했잖아. 내 꿈이 뭔지……."

"그 소린 이제 지겹다. 넌 그렇게 일찍 집에서 썩고 싶니?"

"뭐, 나름대로 내 꿈인걸. 재밌을 것 같아. 아이 키우는 재미는."

그 말을 하는 은선의 눈에서는 마치 별이 반짝이고 있는 것 같았다. 서희는 자신도 모르게 한숨을 내뱉으며 고개를 저었다.

'무슨 애 낳는 공장이니? 서른 되기 전에 애 다섯을 낳게?'

서희는 허무맹랑한 꿈을 꾸는 친구에게 한심하다는 눈빛을 보내며 작별을 고했다.

"그래, 잘 먹고 잘 살아라!"

"네가 말 안 해도 그럴 거야."

은선은 한마디도 지지 않고 되받아치고는 경쾌한 걸음 걸이로 모습을 감춰버렸다.

'니가 그렇지 뭐.'

서희 역시 속으로 툴툴거리며 걸음을 옮겼다. 막 해가 기울기 시작해 도시의 하늘을 붉게 물들이고 있었다.

"노을이네……."

서희는 작게 중얼거리며 다시 걸음을 재촉했다. 오늘은 빨리 집에 들어가서 어제 다 못 본 책을 마저 읽어야겠다는 생각으로.

무언가 상당히 기분 나쁜 감각이 온몸을 얽어매고 있는 것 같았다. 말로 설명할 수는 없지만 불쾌한 무언가가 전신을 훑어내리고 있는 기분. 서희는 자신이 지독한 악몽 속에 붙잡혀 있다는 것을 알았다. 하지만 다른 때 같았으면 꿈이라는 것을 깨닫는 순간 금방 마음이 편해졌을 텐데 지금은 그렇지 않았다. 무언가 알 수 없는 것이 옥죄어드는 듯한 숨막히는 감각만이 온몸에 파고들어 올 뿐.

얼마나 시간이 흐른 것일까.

계속 악몽에서 깨어나려고 몸부림을 쳐봤지만 손가락 하나 움직이지 않았다. 대체 무엇이 자신을 괴롭히고 있는 것일까? 서희는 그것에 대한 궁금증과 검은색의 어둠이 가져다 주는 공포 속에서 몸부림치고 있었다.

……?

무언가 알 수 없는 소리가 들리는 것 같은 기분이 든다.
정확하게 의미를 이해할 수는 없지만 자신에게 무언가를 묻고 있는 듯한 음성. 서희는 그 말의 의미를 이해하기 위해 애썼다. 그러나 귓가에 울려퍼지는 소리는 단지 웅얼거림일 뿐, 뚜렷한 형태를 가지고 자신을 이해시켜 주지 않고 있었다.
'대체 뭐야!'
서희는 소리지르고 싶었지만 입술조차 움직일 수 없었다.

어째서…… 않지?

이번에는 좀더 뚜렷한 음성이 들려왔다. 아직 희미하긴 했지만 이제는 몇 부분을 알아들을 수 있을 정도의 나지막한 음성.
'대체 뭐라고 지껄이는 거야?'
서희는 윙윙거리는 음성으로 말을 뱉어내는 정체 모를 누군가에게 화를 냈다.

어째서 돌아오지 않지?

화를 내자마자 마치 그것을 알아들은 듯이 완벽한 문장이 들려왔다. 애타게 무언가를 찾는 듯한 음성. 서희는 왠지 모르게 그 음성이 귀에 익다고 느꼈다. 하지만 그것은 잠시 동안이었을 뿐, 잠시 후에는 그것이 누구의 목소리였는지, 음성에서 느껴지는 감정이 무엇이었는지도 알 수 없게 되어버렸다.

어째서, 어째서 돌아오지 않지?

서희는 서서히 의식하지 못하는 동안 잠의 나락으로 빠져 들어가고 있었다. 귓가에 파고드는 웅성거림을 자장가 삼아 서서히 서희의 몸은 이완되어 갔다.

'뭐였지? 그건……?'

서희는 한순간 머리 속에 피어오른 의문도 채 정리하지 못한 채 깊은 수면의 강 속으로 함몰되어 갔다. 온몸을 잡아누르던 감각도 어느새 사라지고 서희를 기다리는 것은 포근하게 감싸오는 이불의 감촉뿐이었다.

제23장

별이 흐르는 강

우리의 세상은 본디 하나였다. 서로가 알지 못하는 무수한 것들이 함께 얽히고설켜 숨을 쉬며 살아갔다. 그러나 시간이 흐르고 세상은 공통적인 분모를 가진 것들로 서로 나뉘기 시작했다. 그리하여 세상에 속한 것들은 자신들의 영혼 깊숙한 곳에 새겨진 기억을 잃고, 오직 눈앞의 순간만을 바라보며 살아가게 되었다. 아무것도 알지 못한 채 그렇게.

*　　　　*　　　　*

"그것이 사실입니까, 린화님?"

언제나처럼 침착하게 고개를 끄덕이는 흑의 수 린화에게 다그치듯 의문을 제기한 것은 장로가 된 지 얼마 되지 않은 청년 교였다. 그는 자신도 모르는 사이 흥분 때문에 뿔로 힘이 모아지고 있다는 사실도 알지 못하는 듯 얼굴에 떠오른 표정을 바꿀 생각도 하지 않고 있었다.

"하지만 믿을 수 없습니다. 그것이 사실이라면 어째서 그들은 모르고 있는 것입니까? 우리에 비해 헤아릴 수 없을 정도로 많은 이들이 그곳에서 살아가고 있는데 모른다는 것은 말이 되질 않습니다."

"흥분할 필요는 없지 않나."

한동안 교가 정신없이 말을 꺼내는 것을 바라보기만 하던 혹의 수 린화는 작게 웃으며 말했다. 말은 그렇게 했지만 린화는 그가 흥분하는 것이 당연하다는 것을 알고 있었다. 오히려 그 사실을 알아내고도 놀라지 않은 자신이 이상한지도 모른다.

린화는 천천히 몸을 움직여 아직 자신의 손에 들려 있던 얇은 석판을 나무 탁자 위에 내려놓았다. 두터운 책 한 권 정도의 무게밖에 나가지 않는 석판이었지만, 오랫동안 들고 있으려니 손가락에 무리가 가는 것은 사실이었다.

짙은 회색의 석판에 새겨져 있는 것은 보통 쓰이는 글자와는 확연히 달랐다. 얼핏 봐서는 글자인지 그림인지 구별할 수 없을 정도로 해괴한 모양을 하고 있었기에, 린화는 그 글자에 담긴 뜻을 알아내기 위해 오랜 시간을 보내야 했다.

"그것이 바로 시간이 가져온 쓴 약이라는 것이지. 우리는 기억하고 있으나 그들은 알지 못하는 것. 그리고 지금은 우리들 중에서도 그것을 기억하는 자들은 무척 드물지. 그들과 마찬가지로 먼 옛날부터 전해져 온 단순한 이야기라고 생각하는 자들이 더 많을 거야."

"그렇다면 린화님은 어떻게 하실 생각이십니까. 다른 일족들에게 사실을 알리시겠습니까?"

"아니, 아직 너무 성급하게 행동해서는 안 된다. 이 사실을 아는 것은 각 영토의 수들 정도면 충분하다. 더 이상 알려진다면 혼란이 일어날지도 모르지."

"그렇군요."

흑의 수 린화.

올해로 흑의 영토를 이끈 지 200년이 된 그는 조용하면서도 현명한 처사로 일족들을 아무런 문제 없이 이끌어왔다. 다른 수들이 가진 것처럼 강력하고 파괴적인 능력을 지니지는 못했지만, 그는 역대의 어느 수들보다도 지혜로운 머리를 가지고 있었다. 그리고 다른 수들이 뿔을 힘의 도구로 사용하던 것과 달리 그는 자신의 지혜를 보다 효과적으로 이용하는 데 그것을 사용했다. 일족이 탄생하고 모여서 살아간 지 꽤 오랜 시간이 흘렀지만 자신들이 가진 신체의 일부분인 뿔을 제대로 활용하는 자는 극히 드물었다. 그저 장식을 위해 존재하는 것이 아닌가 의심될 정도로.

린화는 시선을 몇 년째 내용을 알아내기 위해 고심하고 있던 석판으로 돌렸다. 누가 남겼는지도, 어째서 자신의 영토에 이것이 존재하고 있었는지도 알 수 없지만, 어쨌든 수년 전 자신은 그것을 얻었고, 마음 속에 자리하고 있던 깊은 학문에의 호기심은 낯선 글자로 이루어진 그 석판의 내용을 알아낼 것을 요구하고 있었다.

그리고 오랜 시간을 고생한 끝에 알아낸 석판의 내용은 엄청나다는 말 이외의 것으로는 설명할 수 없는 내용으로 가득 차 있었다. 이것이 사실이라면 지금까지 자신들은 닫힌 세계에서 오직 하나만을 보고, 듣고, 생각하며 살아왔다는 말이 된다. 그리고 자신들보다 더 많은 자들이 더 넓은 장소에서 숨쉬고 살아 있다는 사실을 알게 된다면 일족들이 느낄 혼란의 강도는 상상할 수 없을 만큼 클 것임이 분명했다.

"인간. 인간이라……."

린화는 몇 번이고 그 말을 중얼거리며 그들의 존재를 생각했다. 같은 시간대를 살아가고 있지만 그 존재와 자신들이 걸어가는 길은 완전히 다르다. 자신이 알아내게 된 엄청난 사실은 그저 혼자만이 알고 있어서는 안 된다는 건 너무나도 당연한 것이다.

"각 영토의 수들에게 연락을 취해라. 그리고 이 내용이 새어나가지 않도록 각별히 주의하도록."

"네, 린화님."

린화는 자신이 수가 되었던 그때부터 충실하게 자신의 곁에서 자리를 지켜온 교에게 명을 내리고는 다시 생각에 잠겼다.

어떤 식으로 일을 해결해 나가는 것이 좋을까. 다른 수들에게 사실을 전하고 생각을 모은다면 해결하지 못할 일은 아닐 것이다. 그러나 마음 한구석이 불안감으로 물들어가는 것은 어쩔 수 없었다.

"청의 수 륜님이십니다."

딱딱하게 굳어진 표정을 떠올린 청의 수를 필두로 각 영토의 수들이 들어섰다. 한자리에 모인 그들은 같은 위치에서 일족을 다스리는 자들임에도 불구하고 간단한 인사를 나눈 것 이외에는 아무 말도 꺼내지 않은 채 침묵만을 지키고 있었다.

린화는 조용히 그들을 바라보며 어떻게 말을 꺼낼지 고심했다. 분명 함부로 이야기를 꺼내서는 어떤 결과가 나올지 알 수 없었기에.

"번거롭게 여러분들을 한자리에 모시게 되어 죄송스럽게 생각합니다."

린화는 수들의 얼굴을 다시 한차례 바라보고는 천천히 말을 꺼냈다.

"제가 한 유물을 가지고 오랫동안 그것을 살피고 있었다는 것은 다른 수들께서도 잘 알고 계시리라 생각합니다."

"물론. 그대가 쓸데없는 것에 시간을 낭비하고 있었다는 사실은 알고 있었다."

청의 수 륜은 린화와 비슷한 연배였음에도 거만한 음성으로 말했다. 그렇지만 린화는 그것으로 인해 감정을 상한 것 같지는 않았다.

"오늘 여러분을 이곳에 모신 것은 그 유물에서 놀랄 만한 사실을 발견했기 때문입니다. 수들께서는 당연히 알고 계셔야 할 일이라고 생각했기 때문에 이렇게 모시게 된 것입니다."

린화가 그렇게 말하자 그제야 다른 수들의 얼굴에서도 흥미라고 말할 수 있는 감정이 피어올랐다.

린화는 그런 그들의 표정을 살피며 말을 이었다.

"그 유물에서 과거의 여러 기록과 이계로 통하는 문을 열 수 있는 방법을 발견해 냈습니다. 다른 분들도 그 사실은 전대 수들로부터 전해 들어서 알고 계시리라 생각합니다만."

"그것이 사실이었다는 말인가?"

날카로운 눈매를 가진 백의 수 천이 묻자, 린화는 고개를 끄덕이며 답했다.

"사실입니다. 이것이 제가 해독한 내용입니다. 직접 보시면 아실 수 있을 겁니다."

린화는 그렇게 말하고 나서 품속에서 몇 번 접힌 종이를 꺼냈다. 그리고 나서 그것을 천에게 내밀자 그는 아무 말 없이 그것을 받아 들었다. 그리고 청의 수 륜과 적의 수 화민 역시 시선을 돌려 그 종이에 적힌 내용을 읽어 내려갔다.

린화를 제외한 다른 수들은 그 내용을 읽고 나서 한동안 아무 말도 하지 않고 있었다. 그러다가 그들 중 가장 나이가 많고 생각이 깊은 백의 수 천이 다시 그 종이를 린화에게 돌려주며 물었다.

"분명 이것이 선조들로부터의 유물에 적혀 있던 내용이 틀림없나?"

"그렇습니다. 그것을 어느 곳에서 찾아냈는지는 아시고 계시리라 생각합니다. 아신다면 더 말할 필요도 없겠지요."

"흐음."

"좋아. 각자 생각한 것들이 있으면 이야기해 보도록 하지. 이 일이 다른 이들에게 알려졌을 때 어떤 혼란이 일어날 것인지는 모두 알겠지. 그렇지만 단지 우리들만이 이 일을 알고 있는 것도 문제가 생길 것이 틀림없지."

"그렇다면 방법은 몇 가지가 있겠지요."

조금 전보다 많이 나아지기는 했지만 여전히 청의 수 륜의 목소리는 상대방에게 거북함을 느끼게 만들었다.

린화는 조용히 그들이 말하는 것을 기다렸다. 그리고 몇 시간이 지난 후 네 명의 수들은 의견을 규합했다.

매끈한 회색의 벽면을 바라보는 린화의 시선은 흔들림 하나 없이 가라앉아 있었다. 과연 무엇을 생각하고 있는지 알 수 없을 정도로. 그는 그 매끈한 벽면을 눈 한번 깜박이지 않고 계속 응시하고만 있었다. 그리고 어느 순간부터인가 그의 하얀 뿔에서 빛이 뿜어져 나오기 시작했다. 아주 희미한 작은 덩어리에 불과하던 그 빛은 점점 크기를 키워나가 급기야는 넓은 석실 안을 가득 채우고 밝힐 정도가 되었다.

　이토록 어려운 방법을 택하신 이유는 무엇입니까?

　린화는 교의 말을 떠올리며 작게 웃음 지었다. 자신과 다른 영토의 수들을 제외하고 이번 일에 대해 가장 많이 알고 있는 것은 교였다. 아니, 다른 영토의 수들보다 교가 더 많이 이해하고 있다고 하는 것이 옳을 것이다.
　그런 교였기에 자신을 희생해 가면서 이렇게까지 하는 린화를 보며 답답함을 느낄 수밖에 없었을 것이다. 린화는 그런 교의 마음을 잘 알지만 그렇다고 해서 이미 결정된 사항을 번복할 수도 없는 노릇이었다. 이것은 네 명의 수가 한데 모여 결정한 사항이다. 네 명의 수 중에서 유일하게 이런 힘을 가진 것도 자신이고, 이 내용을 정확하게 기록할 수 있는 것도 자신뿐이다. 린화는 그런 생각을 떠올리며 교의 걱정 어린 표정을 뇌리에서 지웠다. 그렇게 생각을 하는 외중에도 린화의 뿔에서 나는 빛은 조금도 반감되지 않은 채 점점 빛을 더해갔다. 그와 동시에 회색 빛의 벽에는 검은색의 글자들이 점점 늘어갔다. 일정한 두께로 파인 벽의 글자들은 린화의 머리 속에 기억된 석판의 내용을 담고 있었다. 그뿐만이 아니라 린화가 알고 있는 모든 기억들 역시 그 속에 새겨졌다.

처음 흑의 영토를 시작으로 다른 세 곳의 영토에도 역시 같은 크기의 석실을 만들고 그곳에 같은 내용을 새겼다. 아무 일 아닌 것같이 보여도 뿔의 힘으로 벽에 같은 두께로 파인 글자들을 가득 새겨넣는 것은 엄청난 심기를 소모하는 작업이었다. 그런 작업을 린화는 단 하루도 쉬지 않고 꼬박 20일의 시간을 투자하여 완수해 냈다. 다른 수들은 그런 린화의 노력에 대해 당연하다는 듯이 여기며 아무런 말도 하지 않았다. 오직 교만이 자신이 모시는 수의 상태를 염려했을 뿐이다.

"역시 흑의 수는 다르군. 벌써 네 군데에 그것을 다 기록했단 말인가?"

청의 수 륜은 자신의 영토를 떠나기 전 자신에게 인사를 건네기 위해 찾아온 린화의 얼굴을 냉랭한 시선으로 응시하며 말을 던졌다.

"하긴, 다른 힘이 부족하니 이런 힘이라도 강해야겠지."

그 말에 린화는 미미하게 웃어 보이며 가벼운 목례로 인사를 대신하고는 몸을 돌렸다. 그러나 륜은 아직 할말을 마치지 않았다는 듯이 린화의 등에 대고 말을 던졌다.

"아무래도 다음 번 흑의 수는 빨리 뽑아야 할 듯하군. 그대가 아무리 강한 힘을 가지고 있다고 해도 이번 일로 많은 힘을 소진했겠지."

"그럴지도 모릅니다."

린화는 여전히 같은 속도로 걸음을 옮기며 그의 말을 아무렇지 않게 흘려보냈다. 그러나 냉랭한 말투로 이어진 그의 말에 담긴 것이 사실이라는 것은 린화 스스로가 가장 잘 알고 있었다. 다른 수들에게는 린화와 같은 능력이 없는 데다, 만약 있었다고 하더라도 결과는 바뀌지 않았을 것이다. 각 영토에서 수라는 위치에 올라서기까지 그들은 많은 노력을 했고, 그것을 얻고 난 후에는 지위를 굳건히 하기 위해 아주 커다란 일이 아니면 움직이지 않았던 것이다. 그러나 린화는 모든 일족을 위한 일이라면 자신의 힘을 쓰는 것이 아깝지 않다고 여겼기 때문에 기꺼이 그들의 말을 받아들였다.

"미처 말씀드리지 못한 것이 있는데 비전서의 내용을 읽는 것은 누구나 할 수 있지만, 그 내용들을 조합하여 무언가를 얻어내는 것에는 특별한 능력이 필요합니다."

비록 지쳐서 금방이라도 눈을 감고 쓰러져 버릴 듯한 심한 피로를 느끼고 있었지만 린화는 조금의 흐트러짐도 없는 자세로 말을 꺼냈다. 지금까지 단 한 번도 자신의 감정을 드러내지 않았지만 지금만큼은 이 거만한 수에게 당혹감이라는 감정을 느끼게 하고 싶었다. 평소라면 이런 생각은 하지 않았겠지만 지금은 너무나도 고된 정신적인 노동을 끝마친 후라 생각이 무디어진 것인지도 모른다.

"잠깐!"

여유로운 표정을 떠올리고 있던 류의 얼굴에 처음으로 다른 감정이 끼여들었다. 그리고 그것은 옅은 당혹감과 의외라는 듯한 웃음이 뒤섞인 표정으로 그의 얼굴에 나타났다.

"아직 할말이 더 있습니까?"

린화는 걸음을 멈추고 뒤를 돌아보았다.

"지금 한 말이 사실인가?"

상황이 바뀌었음에도 불구하고 여전히 자신에게 하대를 하는 청의 수 륜에게 린화는 처음과 다름없이 경어를 사용했다.

"분명 처음 비전서를 만들 때 그런 이야기를 한 적이 있습니다. 기억하지 못하고 계신가 봅니다."

륜의 표정은 조금이지만 딱딱하게 굳어져 있었다.

"다른 수들은 모두 알고 있나?"

"알고 계시겠지요. 분명 네 명의 수가 모두 모여서 이야기를 나눌 때 비전서를 만들게 되면 그것을 읽기 위해서는 제가 가진 것과 같은 종류의 힘을 지닌 자가 아니면 읽을 수 없을 것이라고 말했습니다."

륜은 아차! 하는 심정이 되었다. 은연중에 물질적인 힘을 지니고 있는 자들은 그렇지 않은 힘의 소유자들을 무시하는 경향이 있었다. 더군다나 흑의 수 린화는 수이면서도 다른 수들과는 비교도 할 수 없을 정도로 힘이 약하다. 그 때문에 당연하다고 할 만큼 그를 무시하고 있었는데, 지금과 같은 상황에서는 오히려 그의 힘이 가장 중요한 것이 되어버린 것이다.

비전서가 어떤 내용으로 채워져 있는지, 그것이 어떤 역할을 할 것인지 알게 된 륜은 이제 린화가 가진 힘의 중요성 역시 파악하게 되었다. 하지만 지금까지와 같은 태도를 금세 바꿀 수는 없는 법이다. 차라리 힘으로 그를 제압해 필요한 것을 얻어내는 것이 더 나은 방법이라고 여길 정도로.

륜은 눈으로는 린화의 움직임을 주시하면서 머리로는 계속 생각을 거듭했다.

어떻게 하면 린화의 힘을 이용할 수 있을까. 어떻게 하면 앞으로의 미래를 편하게 만들 수 있을까.

"더 이상 할말이 없다면 저는 이만 돌아가야겠습니다."

린화는 한동안 아무 말도 하지 않는 류을 가만히 응시하다가 말을 꺼냈다. 그러자 류은 보기 드물게 부드러운 미소를 떠올리며 린화를 바라보았다.

냉랭해 보이던 짙은 청색의 눈동자에 부드러움이 감돌자 의외로 무척이나 따스한 느낌이 들었다. 그리고 그 눈동자와 같은 빛깔의 머리카락과 그 사이에 솟아올라 있는 곧고 날카로운 느낌의 뿔. 모든 것이 달라 보였다.

"무척이나 피곤해 보이는데, 내 궁에서 쉬고 가지 않겠나?"

여전히 부드러운 표정과 부드러운 목소리. 그러나 그의 뿔에서는 서서히 엷은 은색의 빛이 피어오르고 있었다.

린화는 순간적으로 자신이 류이 떠올린 의외의 표정 때문에 아무런 생각도 떠올리지 않았음을 후회했다. 스스로 선택한 일이기는 하지만 그것은 모든 일족의 미래를 위한 것이었지, 자신을 등한시하는 수들을 위한 것이 아니었기 때문이다.

"죄송합니다."

린화는 거절의 말을 내뱉으려 했다. 하지만 그것은 자신의 주위에 있던 공기의 흐름이 살아 있는 생물처럼 움직이기 시작하자 속으로 삼킬 수밖에 없는 말이 되었다.

"저 빛을 보아라."

교는 린화의 말에 따라 밤하늘에 표표히 떠올라 있는 둥근 달을 응시했다. 세상이 존재하던 그때부터 밤하늘을 밝히던 빛의 덩어리. 태양의 강렬함과는 다른 은은한 밤의 향기를 품은 존재.

"어째서… 달이 이번 일과 관계가 있습니까?"

린화는 작게 웃었다.

"저 달이 모든 것을 이어주는 통로다. 그저 하늘 위를 장식하는 존재가 아니라는 것은 알고 있겠지?"

"물론입니다. 그러나……."

"현실과 공상은 다르다는 거겠지?"

교는 그답지 않게 어색한 웃음으로 답했다.

달빛에 반사된 백색의 뿔에는 옅은 회색의 그림자가 드리워져 낮과는 다른 음영을 드러내고 있었다.

"오랜 과거로부터 이 달이 열어주는 길을 통해 우리는 반대편의 세상으로 갈 수 있었다. 그들은 과거에도 알지 못했지만 우리는 잊지 않고 있었다. 그러나 세월은 모든 것을 잊게 만들었지. 나역시 그 석판에 남겨진 글을 해독해 내지 못했다면 알 수 없었을 것이다. 그저 막연한 이야기만을 전해 들은 채였겠지."

이어지는 린화의 목소리에 교는 어리둥절함을 지우지 못한 채 귀를 기울이고 있었다. 대부분의 사실을 곁에서 봐오고 들어서 알고 있던 자신이었지만, 일의 모든 것을 알고 있는 것은 린화뿐이었다.

"세상에는 자신과 같은 세 개의 모습이 존재하고, 꼭 닮은 두 개의 영혼이 존재한다."

교는 처음 듣는 생소한 이야기에 어떤 반응을 보여야 할지 알 수 없었다. 그러나 린화가 무슨 생각으로 자신에게 그 이야기를 하는지 알지 못하는 이상 가만히 듣고 있는 것이 최선의 방법이라는 것은 잘 알고 있었다.

"이 세상이라는 것은 우리들이 살고 있는 이 땅만은 아니다. 만월의 힘을 통해 문을 열고 들어설 수 있는 다른 세상 역시 그 속에 포함된다. 분명 그곳 어딘가에는 자신과 닮은 얼굴을 가진 자나, 같은 영혼을 나눈 자가 존재하고 있을 것이다. 그것이 하늘이 만들어낸 이치다."

"린화님, 어째서 제게 그런 말씀을 해주시는 겁니까?"

"너는 알아야 한다고 생각하기 때문이다."

그 말을 듣고 교는 침묵했다.

"지금은 우리만이 그 길을 알고 있지만 언젠가는 다른 세상의 이들도 그것을 알게 되겠지. 그리고 길을 여는 방법 또한. 그때가 되면 서로 단절되어 있던 세상의 겹침 때문에 혼란의 강도는 알 수 없을 정도가 되겠지. 하지만 내가 염려하는 것은 그것이 아니다. 알게 된다고 해도 능력을 갖춘 자가 나타나지 않는 이상은 아무런 해도 없겠지."

"능력을 갖춘 자… 말입니까?"

린화는 고개를 끄덕였다.

"지금은 나와 같은 능력을 가진 자가 나타나지 않았지만 영원히 그렇지 않으리라고는 생각할 수 없을 테니, 분명 언젠가는 다른 영토에도 이런 능력을 지닌 자들이 태어나겠지."

"린화님께서 염려하시는 것은 무엇입니까?"

"내가 걱정하는 것은 나와 같은 능력을 지닌 자들이 이 힘을 이용해 세상과 세상간의 질서를 무너뜨리지 않을까 하는 거지."

교는 린화의 마음 깊은 곳에 자리잡고 있는 생각을 이해할 수 없었다. 아직 어떻게 될지도 알 수 없는 먼 미래의 일을 그는 어째서 이토록 마음 깊이 담아두고 생각하는 것일까.

"하지만 그것은 언제 일어날지 알 수 없는, 그리고 일어나지 않을 수도 있는 일이 아닙니까?"

그 말에 린화는 소리없이 웃었다. 그리고는 말을 이었다.

"그대는 오직 지금 순간만을, 지금의 자신만을 생각할 텐가? 그대의 피를 이은 자손들이 살아갈 미래는 생각하지 않을 텐가?"

"그렇지는 않습니다."

린화는 달빛의 여운으로 인해 생겨난 자신의 길다란 그림자를 내려다보며 한동안 아무 말도 하지 않았다. 교는 그와 함께 오랜 시간을 보냈지만 이렇게 아무 말도 하지 않고 있을 때의 린화가 무엇을 생각하는지, 그의 마음속에 무엇이 담겨 있는지는 읽어낼 수 없었다. 이런 모습을 보일 때의 그는 한없이 부드러워 보이기도 했지만, 또 한없이 강인해 보이기도 했다.

길고 마른 몸체를 따라 머리 위에 자리한 뾰족하고 길다란 흰색의 뿔. 그림자이기에 그 색까지 완벽하게 나타나지는 않았지만, 검은 그림자의 모습으로 바뀐 린화는 그 알 수 없는 깊은 속처럼 검게 가라앉아 있었다.

"나는 두 눈으로 확인할 수 없는 어떤 거대한 존재는 믿지 않지만 내 힘으로, 내 두 눈으로 확인한 사실은 거부하지 않는다. 이것이 지금까지의 나를 있게 해준 신념이지."

그리고 그의 말에 교는 아무런 대답도 꺼낼 수가 없었다. 사실은 어떤 수를 써서라도 린화의 결심을 바꾸게 만들고 싶었지만 교는 잘 알고 있었다. 자신이 그의 곁에 있던 세월 동안 단 한 번도 그의 결심을 바꾸지 못했다는 것을.

'린화님, 부디 당신의 신념이 깨어지지 않기를 빌겠습니다.'

교는 씁쓸하게 웃으며 마음속으로 중얼거리고 있었다.

'설마 무슨 일이 생긴 것은 아니겠지?'

교는 수십 일의 시간이 지나도록 돌아오지 않는 린화를 기다리며 창 밖을 내다보고 있었다. 짙은 녹색의 숲으로 가득 찬 대지, 그리고 음울한 푸른 빛깔로 물들어가는 하늘. 깊어져 가는 마음의 불안을 반영하기라도 하듯이 하늘의 색은 점점 어둡게 변해만 갔다.

자신이 린화의 곁에 머무르며 장로로 일해 온 지 벌써 100여 년. 처음에는 그저 유약하고 부드러운 성품의 수라고만 생각해 왔던 린화와 마치 친구 같은 지금의 사이가 되기까지는 적지 않은 일들이 있었다. 린화의 부드러움 속에 숨겨져 있는 어느 누구 못지 않은 격렬함과 꺾을 수 없는 고집, 그리고 따스함을 교는 100여 년이라는 시간을 통해 알았고, 린화의 진심을 알게 된 후에는 결코 그의 곁에서 벗어나지 않으리라 결심했다.

조용히 창 밖을 응시하는 것을 즐기던 흑의 수 린화. 창문 사이로 스며 들어오는 작은 바람에 흔들리던 그의 어둠을 닮은 검은 머리카락과 차분한 표정을 담은 얼굴, 흔들림 없는 검은 눈동자는 처음 만났던 그때로부터 조금도 달라지지 않았다. 오히려 교 자신이 린화를 통해 많은 변화를 겪었다.

역대의 수들이 그랬던 것처럼, 그리고 다른 일족의 수들이 그런 것처럼 강력한 물리적 힘을 구사하지는 못하지만 자신이 지닌 힘만을 가지고 당당히 흑의 수가 된 린화. 그는 결코 한 일족을 이끄는 수라는 이름을 지니기에 부끄럽지 않은 자였다.

'이 불안은 분명 저의 지나친 생각이 분명하겠지요?'

교는 변함없이 둥글게 하늘에 자리한 채 빛을 뿌리고 있는 달을 응시하며 마음속으로 물음을 던졌다. 어느 곳에서 무엇을 하고 있을지 알 수 없는 흑의 수 린화를 향해.

그리고 그렇게 생각에 잠겨 창 밖의 하늘을 응시하고 있던 사이에 어느새 날은 밝아와 달빛은 태양의 광휘에 의해 빛을 잃고 지워져 갔다.

'오늘도 여전히 돌아오지 않으시는 건가.'

교는 나지막하게 한숨을 뱉어내며 몸을 돌리려 했다. 밤새 조금도 움직이지 않았던 몸은 굳어진 채 미미한 통증을 호소하고 있었다. 조금씩 몸을 움직여 딱딱해진 몸을 이완시키려 하던 순간이었다.

"……!"

교는 순간적으로 피부를 타고 전해지는 익숙한 느낌에 몸을 떨었다.

"린화님……."

린화의 존재를 확인하자마자 교는 달리다시피 한 빠른 걸음으로 몸을 움직여 린화의 앞에 다가섰다. 린화의 귀환을 알고 모여든 사비들과 일족들을 지나쳐 린화의 앞에 선 순간 교는 눈에 띄게 창백해진 그의 얼굴과 초췌한 표정을 알아챘다. 그러나 아무것도 묻지 않았다. 아니, 물을 수가 없었다. 금방이라도 쓰러질 듯이 보이는 린화의 얼굴에 언제나 지워지지 않는 결연한 의지가 깊게 배어 있었기 때문이다.

교는 천천히 발을 움직이는 린화의 뒤를 따랐다. 그리고 그런 교의 발걸음을 감지한 린화의 얼굴에는 엷은 미소가 떠올랐다. 무너져 내릴 듯이 피곤한 몸이었지만, 믿음이라는 말을 붙여도 조금도 어긋나지 않을 존재가 있다는 사실은 하나의 커다란 위안이 분명했다. 청의 수 륜과의 피곤한 나날들을 이제는 지워도 된다는 생각이 들자 지금까지 거대하게만 느껴졌던 자신이 머무는 장소가 너무나 안락하고 편안하게 다가왔다. 그리고 그 안도의 미소를 끝으로 린화의 몸은 작은 흔들림을 보이며 무너져 내렸다.

"린화님!"

당혹감으로 가득 찬 교의 목소리와 다른 일족들의 웅성거리는 소리가 귓가에 울리는 것을 느끼며 린화는 천천히 망각의 강으로 빠져 들어갔다.

*　　　*　　　*

누구의 입에서 그 말이 새어나간 것인지는 알지 못한다. 그러나 이제 그 사실은 몇몇의 한정된 존재들만이 알고 있는 것이 아니었다. 모든 일족들이 그것으로 인해 술렁거리며 안정을 찾지 못하고 있었다. 그것 때문에 완성된 지 얼마 되지 않은 비전서의 내용을 보기 위해 비전서가 위치한 곳은 무수한 인파가 모여들고 있었다. 다른 곳의 세상으로 갈 수 있는 길을 열어 그곳에 가겠다고 모인 이들을 비롯하여, 모든 일족들에게 비전서의 내용을 개방하라는 말까지 터져 나오고 있었다. 각 수들이 그것을 막고 있다고는 하지만 일족들에게 힘을 가해 목숨을 빼앗지 않는 이상 완전히 모든 것을 차단한다는 것은 무리였다. 그리고 다른 영토에 비해 심하지는 않았지만 흑의 영토도 그것은 마찬가지였다.

교는 그 사실을 린화에게 알려야 할지 말아야 할지 망설이며 고민하고 있었다. 린화는 아직 눈을 뜨지 못하고 있다. 하지만 얼마 지나지 않아 기운을 차리고 일어서게 될 것이다. 그 순간에 이 사실을 알게 된다면 린화는 얼마나 괴로워할 것인가. 무엇을 위해 린화가 희생을 하고 지금의 상황을 맞이했는데, 이토록 허무하게 모든 것이 드러나게 될 줄은 어느 누구도 예상하지 못했던 일이었다. 흑의 일족들 중에서도 비전서와 관련된 일을 아는 것은 오직 자신뿐이다. 그랬기에 혼란의 강도는 장로들에게도 마찬가지로 클 수밖에 없었다.

대체 누구일까. 누가 이 일을 함부로 누설한 것일까. 교는 계속해서 생각하며 생각을 정리했다. 분명 사실을 알고 있는 것은 린화와 다른 세 명의 수, 그리고 자신뿐이다. 하지만 다른 수들이 그 내용을 누설했다는 생각은 들지 않았다. 그 사실이 새어나갔을 때 가장 곤란한 것은 각 일족들을 이끄는 위치에 있는 수들이기 때문이다. 그러나 교의 마음을 흔드는 또 하나의 고민은 바로 자신의 마음이었다. 처음부터 모든 것을 함께 알고 지켜봐 온 자신이지만 결코 생각은 같지 않았기에.

그렇게 얼마나 시간이 흘렀을까. 교는 문득 뒤척이는 소리를 느끼고 고개를 돌렸다. 그러자 흐릿한 눈동자로 자신을 응시하고 있는 린화의 모습이 눈에 들어왔다. 얼굴은 지친 기색으로 인하여 창백해 보였다.

"깨어나셨습니까."

"시간이… 얼마나 지났지?"

"5일이 지났습니다."

"그런가……."

린화는 나직한 목소리로 답했다.

교는 아직 정신을 찾았을 뿐 조금도 회복된 상태가 아닌 린화에게 그 동안 고민해 온 일을 말해야 하는지 망설였다. 그러나 말하지 않을 수는 없는 일이기에 린화가 어떻게 받아들일 것인가만이 가장 큰 문제였다.

"린화님."

"무슨 일이 있었던 모양이로군."

"말씀드리기가 무척 곤란한 일입니다."

린화는 자연스럽게 말을 받았다.

"하지만 내가 알아야만 하는 일이겠지?"

교는 망설이고 또 망설였지만 결국에는 입을 열 수밖에 없었다.

"린화님이 알아내신 내용이 일족 모두에게 알려졌습니다. 비전서의 존재 역시."

"그렇군."

린화는 조금도 놀란 표정이 아니었다. 마치 평상시에 말을 나누듯 평이한 어조와 담담한 표정. 교 역시 그런 린화를 보며 더 이상 아무 말도 하지 않았다.

"분명 있을 수 있는 일이지."

한참이 지난 후에 린화는 말을 꺼냈다. 무엇을 생각하고 있는지 표정으로 알아볼 수는 없었지만 린화도 동요를 보이지 않는 것은 아닐 것이었다.

"문제를 해결할 수 있는 방법은 없을까요?"

"알려졌다면 그저 어떤 선택이 나오는지 기다릴 수밖에 없겠지. 수들은 비전서를 만들자는 것을 선택했지만 일족들은 어찌 할지 알 수 없으니."

힘이 담겨 있지는 않았지만 린화의 목소리에는 흔들림이 없었다.

'하지만 린화님, 제 마음도 그리 굳건한 것은 아닙니다.'

결코 마음속의 말이 아니고서는 내뱉을 수 없는 말을 교는 속으로 되뇌이고 있었다.

소리없이 문이 움직이고 굳어진 표정의 교가 들어섰다. 린화는 아직 예전처럼 자유로운 거동을 할 수 없는 몸이었기에 그저 고개만을 돌려 들어서는 교를 응시했다.

"린화님께 인사올립니다."

"어서 오게."

"드릴 말씀이 있어서 찾아왔습니다."

보통 때와 조금도 다름없는 정중함이 담긴 어조였지만 지금의 교는 평소와 확연히 달랐다. 보통 일족들과는 주위를 감지하는 능력 자체가 다른 린화는 애써 느끼려 하지 않아도 그것을 알 수 있었다. 자신이 유일하게 마음을 놓을 수 있는 상대였던 교가 이제는 더 이상 예전과 같아질 수 없음을.

"어떤 말이라도 상관없으니 말을 하게."

그 말이 떨어지자 마자 교의 표정은 더욱 굳어졌다. 린화가 자신의 뜻을 알고 있다는 사실을 깨달았기 때문이다. 그 때문인지 입술 사이로 빠져 나온 그의 목소리는 깊이 가라앉아 있었다.

"린화님, 설마, 필요하지 않은 일 때문에 이토록 힘겨워하시는 겁니까? 다른 수들이 무언가를 요구했다거나……."

린화는 그저 미소만을 떠올렸지만, 교는 그것만으로도 그 의미를 알았다.

"……지금 제가 말씀드린 것이 사실입니까?"

교는 지금 자신이 느끼고 있는 감정을 스스로도 제대로 이해할 수가 없었다. 거침 없이 끓어오르는 격렬한 가슴속의 흐름은 태어나서 처음 느껴보는 것이라고 해도 과언이 아닐 정도였다.

"대체 무슨 일이 있었습니까, 린화님. 말씀해 주십시오."

"그리 큰 일은 아니야."

린화가 그답지 않게 말을 돌리자 교의 마음은 더욱 복잡해졌다.

"린화님."

"다른 수들이 참을성이 부족했기 때문에 일이 생겼을 뿐이지. 그것이 나 자신의 운명이라면 당연히 받아들여야 하는 일일 테고."

교는 깊은 한숨을 내뱉었다.

"어째서 그런 행동을 하셨습니까? 저는 지금까지 당신을 이해한다고 생각해 왔는데 그건 저의 착각이었던 것 같습니다. 결코 처음부터 당신은 어느 누구도 받아들이지 않으셨군요. 저만 그것을 모르고 있었군요."

린화는 아무 말도 하지 않은 채 온화한 시선으로 교를 바라보고 있었다. 그러나 격렬한 감정에 휩싸인 교의 눈에는 그런 린화의 표정이 제대로 비춰지지 않았다.

린화가 네 명의 수들 중 하나로 은의 일족들 중에서 가장 높은 위치에 있기는 하지만, 그가 지닌 힘이 다른 수들과는 차별성을 지닌 것이기에 은연중에 경시당하는 입장에 있었다. 모두들 그것을 알았지만 그 사실이 겉으로 문제가 되어 불거져 나온 일은 없었다. 그러나 지금은 다르다. 린화의 힘으로 만들어진 비전서와 그것을 움직일 수 있는 힘은 모두 린화가 쥐고 있다. 지금 그것이 아무런 영향을 미치지 않는다고 해서 무시하고 지나가기에는 그것에 담긴 무수한 내용들이 마음을 놓지 못하게 만드는 것이다. 그리고 두 눈으로 확인하지 않아도 다른 수들이 어떤 행동을 했을지는 짐작할 수 있었다. 힘을 써서라도 자신과 자신의 일족에게 유리한 방향으로 모든 것이 움직일 수 있도록 린화를 억눌렀을 것이다. 그리고 최악의 경우에는 린화와 같은 힘을 지닌 자를 탄생시키기 위해 강제적인 방법을 동원했을 것이다. 그런 일이 아니라면 린화가 이토록이나 많은 힘을 소비해서 일어서지 못할 정도가 되지는 않았을 것이다. 그럼에도 불구하고 스스로의 힘으로 혹의 영토까지 돌아온 린화의 정신력은 실로 대단하다는 말 이외에는 표현할 수 없었다. 그것을 곁에서 봐왔기에 교는 지금 린화의 태도가 너무나도 답답하게 느껴지는 것이었다.

"항상 제게 말씀하시지 않으셨습니까. 수라는 자리는 일족을 이끌기 위한 자리라고. 그리고 그것은 모든 일족들이 다 알고 있는 사실 아닙니까? 수가 어떤 의미를 지니고 있는지, 각 일족마다 그 일족을 대표하는 존재인 수가 얼마만큼의 무게를 지니고 있는지. 그것을 가장 잘 알고 있는 것은 린화님 자신이 아닙니까. 그런데 어째서… 그런 일을 하셨습니까?"

"나도 예상하지 못했지만 분명 필요했으니 일어난 일이겠지."

린화는 피식 웃으며 말을 내뱉었다. 그런 그의 모습은 지금까지 단 한 번도 보인 적이 없는 것이었기에 교는 더욱 당혹감을 느꼈다.

"납득하지 못한다 해도 할 수 없지."

교의 굳어진 표정은 풀리지 않았다. 마음속에 맺힌 말은 무수하게 많았지만 무엇을 먼저 이야기해야 할지, 아니면 그저 조용히 입을 다물 것인지도 결정할 수가 없었다. 그저 표정만을 굳힌 채 린화를 응시할 수밖에.

"그대의 마음이 이끄는 대로 하게. 나는 만류하지 않을 테니."

교는 묵직한 한숨을 토해냈다.

"린화님은 어째서 이런 결과에 승복하십니까? 저는 납득할 수 없습니다. 지금까지 오랜 시간을 보내오면서도 이런 일이 생긴 적은 없었는데…… 그럼에도 지금 이 상황은 무엇입니까. 사실을 알면서도 그저 지금과 마찬가지로 시간을 보내시겠다는 말입니까?"

어째서 린화는 자신의 마음을 알아주지 않는 것일까. 비록 수와 장로의 관계로 맺어져 오기는 했지만 자신과 린화는 서로의 마음을 깊이 이해하고 있지 않았었나.

"린화님, 다시 한 번만 생각해 주십시오."

간절한 교의 어조에도 불구하고 린화는 처음부터 한결같았다.

"그대는 내 신분이 무엇이라 여기고 있나?"

교는 린화가 그런 질문을 한 의도를 파악할 수 없었다. 너무나도 당연한 사실이기에 그것은 더욱 대답하기 힘든 것이기도 했다. 그러나 대답하지 않는 것은 지금까지 자신이 가지고 있던 지위가 용납하지 않았다. 비록 지금 그것을 버리겠다고 결심하고 이곳에 모습을 드러냈음에도 불구하고.

"흑의 수 린화님이십니다."

"그래, 난 흑의 수다. 그런데도 넌 내게 이곳을 떠나자고 말하는 건가? 한 일족의 수가 그 일족을 떠난다는 것이 무엇을 의미하는지 그대는 알지 못한단 말인가?"

"하지만 린화님, 이대로 모든 것을 끝내시겠습니까? 그 모든 사실을 알고도 움직이지 않은 채 세월 속에 묻히시겠습니까?"

"그대도 알다시피 난 흑의 수다. 죽음이 내게서 이 자리를 가져가지 않는 한은 물러서도 안 되고, 물러설 생각도 없다."

"린화님!"

"더 이상은 아무 말도 하지 말아라. 그대의 행동을 제지하지는 않을 테니."

교는 한동안 무엇을 생각하는지 아무런 동작도 취하지 않은 채 바닥만을 응시하고 있었다.

"죄송합니다."

대답이 나온 것은 한참이 시간이 흐른 후였다. 그리고 그것은 린화가 예상하고 있던 대답이기도 했다.

"그럴 리는 없겠지만 언젠가 마음이 돌아선다면 저를 찾아주십시오."

"그럴 일은 아마도 일어나지 않을 테지."

린화의 목소리는 중얼거림처럼 무척이나 나직했다.

교는 쓸쓸하게 웃었다.

교와 같은 생각을 가진 자들은 모든 은의 일족의 3분의 1이나 되었다. 그들은 더 이상 지금과 같은 생활을 하지 않겠다고 결심하고 하나로 뭉쳐 살아가겠다는 결심을 내세웠다. 지금까지의 일족들이 추구해 온 생각은 모두 버리겠다고 그들은 생각하고 있었다. 오직 마음이 움직이는 대로 행동하고, 규제받는 것없이 무언가에 매진하여 살아가겠다고 생각하는 자들은 모두 교와 같은 미래를 선택했다. 어느 사이에 그들의 우두머리가 된 교는 그들을 규합하여 적당한 장소로 이동하기로 결정하고 마지막으로 린화를 찾아온 것이다. 지금까지의 자신에게 있어 가장 큰 위치를 차지하고 있는 자는 린화라고 해도 과언이 아니었기에 교는 그가 자신의 설득에 넘어오지 않을 것을 알면서도 그를 찾아왔다. 하지만 예상했다고는 해도 이러한 결과가 나오자 교의 마음은 착잡하기 그지없었다.

"어쩌면 두 번 다시는 돌이킬 수 없는 일이 될지 모릅니다. 이번이 제가 린화님을 혹의 수로서 대하는 마지막일 수도 있습니다."

"알고 있다."

교는 깊은 결의가 담긴 음성으로 말을 이어갔다.

"저는 저와 함께 가는 일족들에게는 지금과 같은 삶도, 생각도 가지지 못하게 만들 겁니다. 오직 눈에 보이는 것으로 모든 것을 바꿀 수 있고, 모든 것이 이루어지는 그런 시간을 만들 겁니다."

"그대라면 분명 그 뜻을 이룰 수 있을 테지."

교는 결코 자신의 생각을 굽히지 않는 린화의 얼굴을 마지막으로 응시하며 웃어 보였다. 지금의 웃음은 지금까지처럼 흑의 장로인 교가 아닌 순수한 자신으로서, 린화와 친구라는 동등한 위치에서 건네는 웃음이었다.

"그럼, 건강하시길 빕니다."

그 말을 끝으로 교는 단 한 번의 망설임도 없이 등을 돌리고 걸어나갔다.

'비전서……'

린화는 너무나도 피곤했다. 눈앞에서 점점 작은 그림자로 화해 가는 교의 뒷모습이 너무나도 커다란 무게로 자신을 짓누르는 것처럼. 어떻게 생각하고 있었다고 해도, 자신이 그것을 바라지 않았다고 해도 결국 모든 것은 린화 자신으로부터 연유한 것이다.

'차라리 아무것도 모른 채 지내는 것이 좋았을까?'

린화는 스스로에게 질문을 던졌다. 하지만 아무리 바란다고 해도 지나간 시간을 돌이킬 수는 없는 법이다. 그리고 자신은 자신이 선택한 결과로 인하여 너무나 많은 것들을 소진해 버렸다.

"이제 남은 것은 그저 기다리는 것뿐인가……"

린화의 작은 중얼거림은 그의 상태를 말해 주기라도 하듯 무척이나 나직하게 울려퍼졌다.

제24장
기다리는 자

아무것도 비추지 않는 투명한 푸른색 눈동자.

사야는 그 아름다운 눈동자를 바라보며 소리없는 탄식을 토해 냈다. 순간적인 자신의 행동으로 인해 유하는 마치 움직이지 않는 인형과도 같은 상태로 변해버린 것이다. 그러나 다시 그 순간으로 돌아간다고 해도 자신은 같은 행동을 했을 것이다. 유하를 다른 누군가에게 빼앗길 바에는 차라리 어느 누구와도 시선을 마주 대하지 못하도록, 아무런 말도 하지 못하도록 만들어 버리는 편이 훨씬 나은 일이라고 그녀는 그렇게 생각했다.

'그래도 여전히 당신은 내 곁에 있잖아?'

속으로 그렇게 되뇌이며 사야는 유하의 몸을 감싸고 있는 새하얀 옷에 시선을 던졌다. 자신이 언제고 생각했던 대로 유하에게 가장 잘 어울리는 것은 이 깨끗한 흰색이다. 무표정한 얼굴 표정을 떠올리곤 있지만 그렇게 인형처럼 굳어진 유하의 모습을 보는 것만으로도 사야는 마음 속에서 기쁨의 감정이 새어나오는 것을 느꼈다. 더 이상은 자신을 방해할 어느 누구의 존재도 없다는 사실이. 항상 곁에서 유하의 존재를 독점해 오던 청의 수 시류도, 유하가 지닌 힘을 이용하려던 자신의 아버지 백의 수 유현도 지금은 어떤 방해도 할 수 없게 되었다. 오직 자신만이 지금 이 자리에서 유하를 바라보고 있을 수 있는 것이다. 처음 유하를 본 순간부터의 바램이 이제 이루어졌다.

지금의 사야에게는 은의 일족이 금의 일족에 의해 더 이상 그 이름으로 존재할 수 없게 되었다는 사실도, 지금까지의 자신이 가지고 있던 모든 것들이 물거품처럼 사라졌다는 사실도 중요하지 않았다. 그리고 불가능한 일인지도 모르지만, 유하가 다시 깨어났을 때 더 이상은 그가 자신의 수명을 갉아먹는 힘을 쓸 필요도 없다는 사실 또한 잊고 있었다. 오직 지금 이 순간, 자신의 눈앞에 유하가 있다는 사실만이 오직 단 하나의 현실로 다가올 뿐.

"왜 그런 상태에서 벗어나지 않는지는 아무도 모르고 있다. 그대의 힘 때문인지도 모르지."

자신과 유하만이 존재하던 시간을 깨버린 것은 모든 현실을 뒤바꿔 버린 존재, 노하였다.

사야는 그의 등장에 몸을 일으켜 예를 표했다. 처음 모든 은의 일족들이 그의 손아귀에 떨어졌을 때는 자신이 지금과 같은 운명이 되리라고는 생각하지 못했었다. 그저 더 이상 유하의 곁에 머물지 못한 채 사라져 버릴지도 모른다는 현실을 깨닫자 안타깝고 분했을 뿐. 그러나 강하고 파괴적인 힘을 가진 금의 일족들 중 어느 누구도 자신을 해치지 않았다. 자신이 저지른 일로 인해 쓰러져 버린 유하의 앞에 망연히 앉아 있던 자신의 주위를 감싸고 선 채 노하가 올 때까지 지켜보고 있었을 뿐. 함께 그 자리에 있었던 청의 수 시류는 뿔의 힘을 써가며 그들과 싸웠지만 결국은 승복할 수밖에 없었다. 그 자리에는 가장 큰 약점인 유하가 있었기 때문이다.

'우습군.'

사야는 마음속으로 생각했다. 그러나 결코 지금의 생활에 만족하지 못하는 것은 아니다. 어찌 되었든 간에 자신은 노하에 의해 보호받고 있고, 편안한 생활을 누리고 있으며, 유하와도 만날 수 있지 않은가.

"금의 일족의 힘으로도 유하님을 되돌릴 수는 없는 모양이군요."

"금의 일족은 강대한 형태의 힘만을 키워왔기 때문에 유하의 존재를 특별하게 여기고 있는 것이다. 되돌릴 수 있는 방법은 없다. 유하 스스로의 의지가 움직이지 않는 한."

사야는 고개를 끄덕이며 다시 유하의 얼굴로 시선을 돌렸다.

"유하를 이렇게 만든 것은 그대지만, 덕분에 손쉽게 모든 일이 끝나게 되어 감사하고 있다."

"그렇습니까."

노하는 한 손으로 턱을 괸 채 사야의 얼굴을 응시하며 말을 이었다.

"가장 문제가 되리라 여겼던 시류를 손쉽게 굴복시킬 수 있었던 것 또한 그대의 공이라 할 수 있지."

노하의 말에 사야는 그때까지 잊고 있던 시류의 존재를 떠올렸다. 유일하게 유하와 대등한, 아니, 어쩌면 그 이상일지도 모르는 존재. 처음부터 유하와 함께 있던 존재.

자신이 타인의 눈에 비치는 사야로서 그와 마주 대할 때, 그리고 함께 이야기를 나눌 때마다 얼마나 마음 속으로 그를 죽이고 싶었는지 시류는 결코 알아차리지 못했을 것이다. 아니, 그 하나뿐만이 아니다. 자신의 아버지였던 유현조차 그랬다. 자신의 친혈육인 사야가 어떤 생각을 품고 있는지 그 역시 알지 못했다. 다른 모든 이들도 그렇지만 특히 높은 자리에 있는 자들은 오직 자신만을 생각하고 주위를 돌아보지 않는다.

그 사실을 떠올리자 사야는 과거에 가지고 있던 모든 것을 잃어버린 시류가 과연 어떤 모습을 하고 있을지 궁금해졌다. 지금도 얼굴 가득 당당함을 품은 표정을 떠올리고 있을지, 그렇지 않으면 비참하게 고통을 받고 있을지.

"……시류와 만날 수 있을까요?"

조심스레 유하에게서 시선을 돌리며 말을 꺼내자 노하는 별다른 말 없이 그것을 허락했다.

'역시 기대를 저버리지 않는군.'

표정에는 드러나지 않았지만 그는 무척이나 재미있다는 생각을 떠올리고 있었다. 지금까지의 무료했던 일상에 뛰어든 신선한 존재의 등장으로 인해.

"기."

노하는 나직한 목소리로 둘밖에 없던 방 안에서 기의 이름을 내뱉었다. 그러자 마치 바로 옆에서 그것을 듣고 있기라도 한 것처럼 문이 열리며 기가 모습을 드러냈다. 뿔에 약간의 손상을 입기는 했지만 그의 표정이나 태도에는 과거와 뚜렷한 변화가 드러나지 않았다. 아무리 뿔이 힘을 끌어내는 중요한 매개체이며 몸과도 연관이 있다고는 하지만, 금의 일족은 뿔의 일부를 잃었다고 해서 은의 일족처럼 금세 쓰러져 버릴 만큼 나약하지 않다. 두 개의 뿔을 가진 일족이 하나의 뿔을 잃고 다른 은의 일족 누군가와 싸운다고 해도 그는 결코 지지 않는다. 뿔의 손상이라는 약점에도 불구하고 오히려 우세할 정도로 그들이 지니고 있는 힘은 강했다.

"그녀를 시류에게 데려가라."

"알겠습니다."

기는 단정한 몸놀림을 보이며 노하에게 다가와 예를 올리고는 사야에게 시선을 돌렸다. 그리고 나서 아무 말도 꺼내지 않은 채 손을 움직여 그녀에게 방을 빠져 나갈 것을 재촉했다.

말없이 움직이는 기의 뒤를 따라 시류가 머물고 있는 장소로 걸음을 옮기며 사야는 과연 지금의 그가 어떤 상황에 처해 있을지 떠올리려 했지만 짐작조차 할 수 없었다. 지금까지 금의 일족과의 충돌이 있어왔을 때 그들은 확실하게 커다란 차이가 나는 힘으로 대부분의 은의 일족들을 죽였기 때문이다. 요행히도 살아난 이들은 오랜 시일을 두고 치유하지 않으면 나아지지 않을 정도로 큰 상처를 입었었다. 그러나 시류는 그 둘 중의 어느 쪽도 아닐 것이다. 있을 리가 없는 어떤 감각이 그녀에게 그렇게 말해주고 있었다.

"이곳이니 들어가 보시오."

기는 한참을 걸어 노하의 거처에서 한참 떨어진 황량한 정원으로 사야를 데려온 후 그 안에 자리한 견고해 보이는 집의 문을 열었다. 문 앞에는 단 한 명의 감시 역할을 위해 자리하고 있는 금의 일족만이 있었을 뿐, 단단한 목재로 지어진 건물의 주위에도, 그리고 안에도 인기척은 느껴지지 않았다.

사야는 건물의 입구에 가만히 서서 자신을 응시하고 있는 기를 돌아보고는 다시 고개를 돌려 앞을 응시했다. 지금까지 자신이 지내왔던 백의 수의 거처보다 훨씬 웅장하고 화려한 건물들로 들어차 있던 금의 수 노하의 거처 가운데 이런 느낌의 장소가 있다는 것은 확실히 의외였다. 건물이 낡은 것도, 그렇다고 구조가 다른 것도 아닌데 무언가가 다르다는 느낌. 그러나 사야는 그것을 지워버리고 계속 거침없이 나아갔다. 그렇게 한참을 벽에 손을 짚어가며 나아갔을 때 사야의 눈에 그림자에 가리워진 누군가의 모습이 비쳤다. 검은색의 그림자 속에 있기 때문인지 뚜렷하게 확인할 수는 없었지만 누군가가 벽에 기대어 앉아 있다는 것을 확인할 수 있었다. 사야는 조금 더 가까이 다가섰다.

"시류?"

그리고 사야의 눈에 비친 시류의 모습은 지금까지 그녀가 알고 있던 당당하고 여유로운 청의 수의 모습과는 확연하게 달랐다.

없었다. 일족이라면 누구나 가지고 있는 머리 위의 길다란 뿔. 힘의 상징이자, 일족으로서의 모든 것을 결정해 주는 뿔이 존재하지 않았다. 사야는 어째서 한 명의 감시자 이외에 아무도 시류를 지키고 있지 않은지 알 수 있었다. 뿔을 잃은 존재는 더 이상 특별한 힘을 가진 일족의 일원이 아니었다. 뿔을 잃은 자는 스스로의 힘으로 몸을 지탱하는 것만도 버거운 약자에 지나지 않는다.

그리고 항상 자신감에 가득 차 있던 시류가 그렇게 초라하게 변해 있는 모습을 보자 마음 한구석에서 희미한 기쁨의 감정이 피어올랐다. 자신이 가지지 못했던 것을 지니고 있던 자가 단 한 순간에 모든 것을 잃고 나락으로 추락한 것을 직접 목격한 듯한 느낌이 소리없이 사야의 전신을 감쌌다.

사야의 발걸음이 울리는 것을 듣고 시류는 바닥을 향해 떨어뜨리고 있던 고개를 천천히 들어올렸다. 마치 그 동작 하나를 이어가는데 너무나도 많은 힘을 소진하고 있기라도 한 것처럼 시류는 너무나도 힘겨워 보였다.

"유하는…… 아직… 인가… 보군……"

힘겹게 입을 뗀 시류는 힘없는 웃음과 함께 말을 꺼냈다.

사야는 처음의 놀람을 얼굴에서 완전히 지우고는 냉담한 시선으로 시류를 바라보았다. 본래 뿔이 있던 자리에는 어떤 흔적도 남아 있지 않아 시류의 모습은 마치 강한 거부감을 일으키는 인간의 모습과 비슷하게 보였다. 단지 짙은 푸른색의 머리카락만이 그가 지니고 있던 본래의 모습을 조금 떠올리게 만들고 있을 뿐.

시류의 시선에는 힘이 없었다.

"깨어났다고 해도 당신은 더 이상 유하님과 만날 수 없을 거예요."

사야의 차가운 말투에 시류는 피식거리는 웃음을 토해냈다.

"그래… 그랬었지……. 진작에 알아차렸어야 했는데……"

그 한마디의 말과 사야의 태도를 통해 시류는 그 동안 자신이 알아차리지 못하고 있던 현실을 알아차린 것이다. 자신이 바라보던 한 면만이 결코 진실이 아니었음을. 하지만 항상 그 당시에는 가장 중요한 사실을 간과한 채 그냥 지나쳐 버리기 일쑤였다. 그랬기에 가장 소중한 존재로 여겨왔던 유하와도 그렇게 사이가 틀어져 버리지 않았던가.

"하… 하하……"

시류는 힘없이 입술 사이를 비집고 나오는 웃음을 참을 수가 없었다.

"당신은 이제 아무것도 아니니까. 은의 일족이라는 말은… 이제 완전히 사라져 버렸으니까. 적어도 당신은 청의 수로서의 마지막을 제대로 지키지 못했어요. 일족들이 어떻게 되는가는 상관하지 않고 오직 유하님만을 생각했으니까."

가시 돋친 듯이 날카로운 사야의 어조는 시류의 마음을 여지없이 찔러 들어왔다. 이렇게 몰락해 버린 현실 속에서도 마음속으로 항상 새기고 기억하고 있는 자신의 생각을 읽기라도 한 듯이 사야는 그렇게 말을 꺼낸 것이다.

시류는 아무 말도 하지 않았다. 아니, 할 수 없었다.

그때는, 유하의 목소리를 마음으로 들었던 그때는 유하와의 관계를 예전처럼 되돌릴 수 있다는 생각이, 그로 인한 기쁨이 너무나 강했었다. 그 때문에 그 이상의 어떤 것도 생각하지 않았다. 일족들이 처한 현실이 간단히 해결할 수 있는 문제의 것이 아니었음을 알았어도 시류는 눈앞의 현실 이외에는 아무것도 보지 않았다. 마음속에는 유하만 돌아온다면 모든 일이 쉽게 풀리리라는 희망이 자리하고 있었다. 금의 일족과의 싸움까지도 쉽게 풀어나갈 수 있을 것이라는 희망이. 그러나 현실이라는 이름은 그렇게 간단하지만은 않았다.

유하가 사야의 힘에 의해 쓰러지던 그 순간, 시류는 주위의 어떤 것도 돌아볼 여유를 가지지 못했다. 오직 창백한 얼굴로 눈을 감아버린 유하만이 그의 모든 것을 지배했다. 그 때문에 청의 일족들이 금의 일족에 의해 제압당하는 현실을 일족의 지도자로서 해결하지 못했던 것이다. 그로 인해 자신은 이제 돌이킬 수 없는 사태를 맞이했고, 더 이상 비참하다고 할 수 없을 정도의 현실에 직면해 버렸다. 뿔을 잃은 지금 자신은 보통의 생활을 유지할 수 없을 정도로 나약한 존재가 되어버렸다. 보통의 인간보다 더욱 약하다고 여겨질 정도로. 어째서 은의 일족들에게는 뿔이 존재하고 있었던 것일까. 그것도 가장 중요하면서도 위험한 힘을 내포한 것으로.

"우스워, 정말 우스워."

시류는 거의 들리지 않을 정도로 작은 목소리로 중얼거렸다. 그러자 사야는 눈살을 찌푸리며 시류의 얼굴을 응시했다.

"뭐가 우습다는 말이죠. 내가? 아니면 당신이?"

그러나 시류는 가라앉은 눈동자로 사야를 응시했을 뿐 대답을 하지는 않았다.

그렇게 한동안 사야와 시류는 침묵을 지키며 서로의 얼굴만을 마주 보고 있었다. 예전에 백의 수 유현의 딸로서 가지고 있던 모습과는 확연히 달라진 얼굴을 보여주고 있는 사야는 시류에게도 생소하게 다가왔다. 가느다란 얼굴선과 호리호리한 몸, 그리고 머리 위의 뿔. 그것만이 시류에게 낯설지 않았을 뿐, 그 이외의 모든 것들은 마치 새로운 누군가와 접한 것처럼 익숙해지지도, 받아들여지지도 않았다.

"유하님이 깨어난다면 당신이 이런 모습을 하고 있다는 사실을 꼭 알리도록 하겠어요. 그렇게 된다면 유하님도 더 이상은 당신에게 얽매이지 않을 테니까. 당신은 더 이상 청의 수가 아니고 유하님도 더 이상 청의 사제가 아니니까. 사실을 한 가지 알려드릴까요?"

시류는 사야에게서 시선을 옮기지 않은 채 여전히 그녀와 눈을 마주치고 있었다. 그녀의 눈동자에는 과거에는 볼 수 없었던 뚜렷한 무언가가, 자신이 바라던 것을 얻었다는 쟁취감으로 가득 차 있었다. 그것이 누구로 인한 것이든 간에 결국 그녀가 그것을 얻었다는 사실에는 변함이 없었으므로.

"전 예전부터 유하님에게 사제라는 숙명을 지워준 당신이 싫었어요. 당신만 아니었더라면 유하님은 수명을 줄어드는 것을 알면서까지 사제가 되진 않았을 거예요. 게다가 이상하게 은의 일족 중에서 사제의 힘을 가진 건 유하님뿐이었어요. 그로 인해 당신은 더 더욱 힘을 얻었고, 유하님은 더욱 많은 일을 해야만 했죠. 당신은 당연하게 받아들였겠지만 전 아니에요. 그리고 어쩌면 유하님도 그랬을 거예요."

그 말을 듣고 시류는 가슴이 내려앉는 듯한 기분이 들었다. 자신이 항상 겉으로는 내보이지 않았지만 마음속으로 품고 있던 생각이 들켜버린 듯한 느낌. 사야는 정말로 자신의 마음을 읽고 있는 것인지도 모른다고 시류는 생각했다.

"또 하나를 알려드릴까요? 당신이 유일하게 살아남은 수이고, 앞으로도 그 모습으로 살아가야 할 것이라걸."

그렇게 말하고 나서 사야는 빙긋이 웃었다. 그것은 모든 싸움에서 이긴 승자가 패자에게 보여주는 여유로운 미소였다.

아직 사로잡힌 다른 수들이 죽임을 당하지는 않았지만 사야는 그들에게 아무런 관심도 갖지 않았기에 그렇게 말한 것이다. 어차피 처음부터 그녀의 관심은 시류에게 쏠려 있었으니까.

시류는 천천히 고개를 돌렸다. 짐작은 했었다. 처음 금의 일족들이 은의 영토를 침범했던 때부터 언젠가는 이런 일이 생겨날 것이라고. 그 기간을 조금이라도 늦추기 위해 금의 일족들에게 사제를 보내 관계를 유지시켜 온 것이었다. 그리고 지금과 같은 일이 생기기 바로 직전 금의 일족들이 적의 영토를 점령하고 적의 수 화월의 목숨을 빼앗아간 그때, 이미 다른 수들의 운명도 결정 지어졌다고 보는 것이 옳았다.

"그렇군."

시류는 희미하게 사그라드는 목소리로 중얼거렸다.

"영원히 이곳에서 살아가는 게 좋아요. 더 이상 당신이 빛을 볼 날은 없을 테니. 그럼 안녕히, 시류님."

마지막에 내뱉은 그녀의 어조는 무척이나 귀에 거슬리는 고음이었다. 그러나 시류는 그 소리 역시 아무렇지 않게 느껴졌다. 이미 자신에게 남아 있는 것은 아무것도 없다는 사실을 알고 있었기 때문이다.

싸늘한 비웃음의 시선을 담고 자신을 응시하던 사야의 모습이 점점 시야에서 멀어져 가자, 시류는 그 동안 애써 지탱하고 있던 온몸의 힘이 완전히 사라져 버리는 듯한 느낌이 들었다. 타인의 앞에서 자신의 약한 모습을 보이지 않기 위해 애써 억누르고 있던 것이 풀려버린 것이다.

"유하……"

시류는 작게 중얼거렸다.

"유하…… 어째서… 돌아오지 않지?"

결코 대답이 돌아올 리 없는 말이었지만 그렇게라도 하지 않으면 지금의 현실을 버텨낼 수 없다는 것을 잘 알았기에 시류는 몇 번이고 같은 말을 반복하고 있었다.

요즘 들어 누군가가 계속해서 자신을 부르는 듯한 기분이 들었다. 서희는 그럴 때마다 불과 며칠 전과는 확연하게 달라진 자신을 느끼며 흠칫하고 놀라곤 했다. 어렴풋이나마 기억하고 있는 기나긴 꿈의 탓일까. 자신이 생각하는 것 역시 많이 달라져 있었다.

겉모습은 조금도 달라지지 않았는데 속은 완전히 뒤바뀐 듯한 느낌.

'역시, 이제 어른이 된 거야.'

속으로 그렇게 생각하며 흐뭇하게 웃기도 했지만 그때마다 가슴 한구석이 텅 비어버린 듯한 느낌이 드는 것은 무슨 까닭인지 알 수 없었다.

"답답하다."

서희는 자신도 모르게 마음속의 말을 꺼냈다.

이해할 수 없는 자신의 마음, 그리고 이해할 수 없는 꿈.

요즘은 책을 읽어도 예전과 같은 흥미를 느낄 수 없게 되었다. 얼마 전까지 수년 간을 그렇게 미치도록 책 속에 빠져들어 살아온 자신이 이상하게 느껴질 정도로.

"도서관에나 가볼까."

서희는 한가하게 집에서 앉아 있기만 하는 나날들 때문에 너무 무료해진 탓이라는 생각이 들어 그렇게 중얼거렸다. 분명 예전처럼 책을 읽는 것에 빠져들어 살아간다면 다른 많은 것들을 잊을 수 있을 것이다. 머리 속을 복잡하게 만드는 많은 것들을 말이다.

서희는 막 현관에 서서 신발을 신고 밖으로 나갈 준비를 했다.

따르릉—

그리고 그때였다. 갑자기 전화벨이 울린 것은.

'누구지, 이 시간에?'

서희는 고개를 돌려 시계를 바라보았다. 12시 5분. 이 시간에 집으로 전화가 올 리는 없는데 누구일까. 서희는 신었던 신발을 다시 벗고는 방 안으로 들어섰다.

막 다섯 번째 벨소리를 울려대는 전화기를 들고 귀에 가져가자 익숙한 목소리가 들려왔다. 서희는 자신도 모르게 안도의 숨을 뱉어내며 전화기에서 들려오는 말소리에 귀를 기울였다.

"목소리가 왜 그래? 뭐에 놀라기라도 한 사람처럼 힘없게."

"응, 그냥 갑자기 전화가 와서 그랬을 뿐이야. 그런데 웬일이야?"

서희는 언제나처럼 활기찬 은선의 목소리를 들으며 반갑게 물었다. 아르바이트한다고 오후까지 꽤 바쁘게 돌아다니는 은선의 사정을 잘 알고 있었기에 한참 아르바이트로 바쁠 시간인 지금 자신에게 전화를 건 은선이 무척이나 반가웠다. 게다가 은선은 자신과는 꽤 오랜 시간을 함께 지낸 친구이기에, 아니, 유일하게 가장 마음 편하게 서로에게 말을 건넬 수 있는 친구 사이이기에 더욱 반갑게 느껴졌다. 마치 수년 동안 만나지 못했다가 오랜만에 목소리를 듣기라도 한 것처럼.

"응, 내일 쉬게 될 것 같아서 같이 어디라도 가자고 미리 연락한 거야. 너 요새 되게 심심해 보이길래."

"사실은 별로 안 심심해."

썰렁한 서희의 말에 은선은 기가 막히다는 듯이 혀를 찼다.

"너, 더위 먹었니, 서희야?"

"그냥 해본 말이야."

"어쨌든, 내일 내가 너희 집으로 가든지, 아니면 둘이 중간에 만나든지 해서 같이 밖에 좀 다니자."

"응, 그래."

서희는 은선의 말에 답하고는 몇 분 동안 잡다한 이야기를 나누었다.

'아, 귀찮아.'

그리고 전화를 끊고 얼마 지나지 않아 서희는 바닥에 늘어져 버렸다. 초여름이라고는 하지만 그렇게 심하게 덥지는 않음에도 불구하고 이상하게 몸에 힘이 없었다. 어쩌면 은선의 말대로 더위를 먹었는지도 모른다. 그 때문에 모든 일에 의욕이 생겨나지 않고 다 귀찮게 여겨지는 것일지도 모른다.

'모르겠다.'

은선의 전화 덕분에 결심이 흐려져 버리자 결국 가기로 했던 도서관에는 가지 못하고 예전에 읽던 책들을 뒤적이며 집에서 시간을 보냈다. 그렇게 밥도 먹지 않고 하루 종일 이리 뒹굴 저리 뒹굴 하며 책을 읽다 보니 자신도 모르게 졸음이 밀려와 눈꺼풀이 점점 무거워지기 시작했다.

'아, 졸려. 자면 안 되는데.'

아무 하는 일 없이 잠만 자다 하루를 다 보내버리면 너무나 한심한 일이라는 것을 평소에도 늘 자각해 오던 서희였다. 그래서 커피를 잔뜩 마시거나 해서 절대 낮잠은 자지 않는 주의였는데 아무리 결심이 굳세다고 해도 눈꺼풀의 무게를 감당할 수는 없었다. 결국 서희는 손에 들고 있던 책을 옆에서 내려놓고는 베개에 얼굴을 파묻었다.

희미한 어둠에 둘러싸인 웅장한 건물. 수십 채의 건물들이 빼곡이 들어찬 옅은 어둠에 감싸인 장소. 그곳은 무수한 건물이 들어서 있는 곳이라고는 상상할 수 없을 정도로 무척이나 한적하고 고요한 느낌을 전해주는 장소였다. 그리고 영화에서나 볼 수 있을 법한 거대한 크기와 화려함을 자랑하는 건물은 막 잠에 빠져든 거대한 짐승처럼 침묵 속에서 새벽을 맞이하고 있었다. 아스라이 내려앉은 희미한 새벽 안개와 거두어지기 직전의 어둠. 마치 중국 시대극의 한 장면을 보는 듯한 아름다움과 고요함에 감탄하며 서희는 조심스럽게 발걸음을 내디뎠다. 그리고 어느 순간.

"드디어 내가 중국에 왔구나!"

서희는 크게 감탄하며 주위를 둘러보았다. 분명 이 웅장하고 거대한 건물과 배경은 자신이 꿈에도 그려왔던 중국의 풍경이 분명했다. 그것도 만리장성이나 자금성처럼 보통 사람들에게 개방되어 있는 장소가 아닌 외부와 단절되어 오랜 세월 동안 유지되어 온 장소가 분명했다. 그렇지 않으면 자신 이외에 다른 어떤 사람의 모습도 보이지 않을 리가 없었다.

'역시 난 행운아야.'

서희는 감탄하며 계속 걸어갔다. 발끝에 닿는 푸른 풀들의 감촉이 무척이나 기분 좋게 느껴졌다. 그렇게 한동안을 걸어나가자 조금씩이기는 하지만 길의 끝이 보이는 것 같았다. 수없이 이어지는 전각과 누, 그리고 화려한 궁의 건물들이 서서히 뒷걸음질치고 있었다. 서희는 두 눈을 현란하게 만들 정도로 화려한 건물들을 감탄 어린 눈으로 바라보며 계속 걸어나갔다. 건물뿐만이 아니라 주위의 풍경은 한번 마음을 먹고 어딘가로 떠나지 않으면 볼 수 없을 정도로 사람의 손길이 닿지 않은 자연 그대로의 아름다움을 지니고 있었다.

'정말 여긴 어디일까? 경치가 뛰어나다는 항주나 절강과 비교해도 손색이 없을 것 같은데.'

자신의 머리 속에도 지식으로밖에 남아 있지 않은 중국의 어딘가에 와 있을 것이라는 상상을 하며 서희는 마음속으로 혼잣말을 되풀이하고 있었다.

그렇게 감탄에 감탄을 거듭하며 걸어나간 지 얼마나 지났을까. 서희는 점점 이상하다는 느낌이 들었다. 아무리 인적이 드물고 고요한 곳이라 해도 이렇게까지 조용할 수는 없었다. 고요하다 못해 이곳에서는 산새의 울음 소리나 바람이 풀숲을 지나치며 나는 소리조차 들려오지 않았다.

'이상한데? 대체 여긴 어디지?'

서희는 좀더 걸음을 빨리했다. 경치에 감탄만 하고 있을 때가 아니라는 것을 알았기 때문이다. 그렇게 걸음을 빨리해 거의 뛰다시피 하며 건물들로 즐비한 넓은 땅을 지나치자, 이번에는 길다란 침엽수들로 가득 들어찬 숲이 나왔다. 서희는 걸음을 천천히 하며 다시 주위를 두리번거리기 시작했다.

그리고 바로 그 순간.

[청의 사제 유하.]

"뭐지?"

서희는 귓가에 울리는 듯한 낮은 울림을 담은 목소리에 흠칫하고 놀라며 고개를 돌렸다. 그 목소리는 특별히 음산하다거나 괴이한 울림을 담은 것이 아니었음에도 소름이 끼쳤다. 이유는 알 수 없었지만.

[청의 사제 유하, 그대는…….]

"무슨 소리지?"

서희는 온몸을 감싸는 괴이한 느낌보다도 자신이 알지 못하는 어떤 사실에 대한 말이 들려오자 의아함을 느꼈다.

"유하라니? 누구지? 누군데 왜 내게 그런 말을 하는 거지?"

그러나 이상하게도 서희는 유하라는 그 이름을 듣는 순간 결코 그 이름이 낯설지 않다는 생각이 들었다. 그래, 언젠가 오래고 긴 꿈을 꾸었을 때 들은 적이 있는 이름이다.

[그대는 청의 사제 유하. 미래를 읽는 자, 그리고…….]

잠시 말이 멈췄다. 서희는 천천히 말소리가 들려온 곳을 향해 고개를 돌렸다. 지금까지는 그 소리가 어디에서 들려오는 것인지 알지 못해 그저 걸음을 멈춘 채 소리에 귀를 기울이고 있었지만, 지금은 소리의 근원지가 어디인지 확실히 알 수 있었다. 그 소리는 바로 자신의 등뒤에서 들려오고 있었다. 뒤를 돌면 금방이라도 검고 깊은 그림자가 몸을 일으켜 자신을 삼키는 것이 아닌가, 라는 생각이 들었지만 지금 확인하지 않으면 궁금증을 풀 수 없다는 사실만은 확실했다.

'누구일까?'

서희는 작은 소리도 나지 않도록 신경 쓰면서 몸을 돌렸다.

"뭐지?"

등뒤의 존재는 자신이 생각했던 것처럼 공포스러운 느낌의 검은 그림자는 아니었지만 희미한 검은색의 안개에 휩싸여 있는 것처럼 뚜렷한 생김새를 확인할 수는 없었다. 그러나 서희의 시선이 그를 향하고, 한동안 음성의 근원지를 계속 주시하자 점차 안개가 거두어지는 듯한 느낌이 들었다. 그리고 서희는 그림자가 거두어지고 난 후 확실하게 드러난 상대방의 모습을 보자 왜 그가 검은 안개에 감싸여 있는 듯한 느낌이 들었는지 알 수 있었다. 칠흑같이 어두운 밤의 색을 그는 두르고 있었기 때문에.

온몸을 감싸고 있는 짙은 검은색의 매끈한 옷은 목에서부터 두 손으로 이어져 발끝까지 닿아 있었다. 오랜 옛날 중국인들이 입던 옷과 비슷한 느낌을 주는 비단과 같은 옷감, 그리고 어깨를 지나 등을 타고 흘러내린 검은색의 머리카락, 그리고 매끈한 검은 머리카락 위로 솟아오른 굽이치는 뿔. 마치 산양의 뿔처럼 휘어진 그것은 몇 번의 휘어짐을 보이며 머리카락이 흘러내린 것처럼 아래를 향해 뻗어 있었다. 뚜렷하게 인식할 수는 없었지만 검은 안개에 감싸인 인물의 얼굴은 자신이 알고 있는 얼굴 같기도 했고 처음 보는 낯선 얼굴인 것 같기도 했다. 생각날 듯하면서도 떠오르지 않는 희미한 기억에 서희는 머리가 아파왔다.

[유하, 그대는 미래를 보는 자. 그리고 둘이되 하나인 자.]

정면으로 서로를 마주 보는 상태에서 그 검은 그림자는 다시 입을 열었다. 입술이 움직이는 모양까지는 확인할 수 없었지만, 서희는 확실히 그가 자신에게 말을 걸었다는 것을 알 수 있었다.

"난 유하가 아니야."

서희는 중얼거리는 듯한 어조로 그림자의 말에 답했다. 분명 유하라는 이름이 낯설지 않고 기억에 남아 있기는 하지만 자신은 이서희일 뿐이지 더 이상의 누군가가 될 수 없다.

'어째서 날 그런 이름으로 부르지?'

이상하게도 목소리로는 그 말을 꺼내어 물을 수가 없었기에 서희는 마음속으로 그 질문을 되뇌었다.

[그대가 있어야 할 곳은……]

또다시 그림자는 말을 흩트렸다.

"난 유하가 아니야."

그리고 서희 역시 조금 전과 같은 말을 반복했다. 그러자 그림자는 마치 자신의 말을 증명이라도 하겠다는 듯이 천천히 손을 들어올렸다.

"뭐지?"

서희는 궁금증을 느끼고 시선을 그림자의 손끝으로 이동했다.

희미한 형체를 드러낸 그의 손끝은 아래를 향하고 있었다. 검은 그림자는 말없이 잔잔하게 흔들리는 수면을 가리키고 있었다. 그 때까지 서희는 자신이 서 있는 곳이 넓은 강가라는 사실도 알지 못하고 있었다. 그러나 그 검은 그림자가 아래를 가리키자 자신이 서 있는 장소가 넓은 호숫가이며 지금까지 자신이 지나온 길이 호숫가의 뒤로 이어져 있음을 알았다.

'여기… 뭐가 있는 거지?'

서희는 의문을 삼키며 서서히 시선을 아래로 향했다.

그리고 수면에 비친 자신의 모습을 내려다본 순간, 서희는 더 이상 자신이 서희라는 이름을 가진 보통 인간 여자아이가 아니라는 것을 깨달을 수 있었다. 지금까지 자신이 생각하고 품어온 모든 기억이 완전히 조각나 흩어져 버리고 지금 남아 있는 것은 또 하나의 자신, 작은 키와 마른 몸의 사내아이 같은 느낌의 여자아이가 아닌 청의 사제라는 이름으로 불리워졌던 존재, 머리 위에 자리한 순백의 뿔과 함께 특징적인 은청색 머리카락과 푸른색의 눈동자를 지닌 청의 사제 유하가 되어 있었다.

"유하……"

너무나도 당연하고 익숙한 울림. 완전히 달라진 목소리로 스스로의 이름을 나직하게 읊조리자 모든 것이 확실해졌다.

자신의 모습을 깨달은 바로 그 순간, 지금껏 자신이 현실이라고 믿어왔던 것은 금세 사라지고 또 다른 자신이 속한 시간이 바로 현실이 되었다.

*　　　　*　　　　*

고요하게 흔들리는 나뭇잎. 소리없이 스쳐 지나가는 바람.

주위의 모든 것들은 과거와도, 그리고 어제와도 별다른 변화가 없이 평화롭고 조용했다. 그러나 그것은 겉모습에 지나지 않을 뿐, 현실이라는 이름 아래 속해 있던 모든 것들은 완전히 뒤바뀌어 있었다.

멍한 시선으로 창 밖을 응시하고 있던 미르는 작게 입을 열었다.

"언니."

지치고 힘든 목소리를 애써 가다듬으려 애쓰며 미르가 입을 열었다. 억지로라도 참지 않으면 이 비참함과 슬픔을 견뎌낼 수 없으리라는 것을 알았기에 미르는 본능적으로 계속 견뎌내고 있었다.

어째서 이런 현실이 다가온 것일까. 분명 자신들은 자신들에게 주어진 일상에 만족하며 수십 년을 지내왔는데 단 한 순간에, 미처 예상조차 하지 못했던 짧은 순간에 그 모든 것들이 부서져 내리고 현실은 사라졌다. 언제나 마음 졸이며 바라보는 것밖에 할 수 없었던 존재, 청의 사제 유하 역시 지금은 자신들의 주인이 될 수 없었다. 이미 현실은 뒤바뀐 것이다. 은의 일족이라는 이름으로 속해 있었고 묶여 있었던 모든 것들이 사라진 지금, 그리고 청의 수 시류와 사제 유하가 동시에 모습을 드러내지 않고 있는 지금 자신들에게 어떻게 하라고 말해 줄 수 있는 존재는 없었다. 자신들의 힘으로는 그들의 생사조차 확인할 수 없었다. 그저 바라는 것밖에는.

"바사기는 어떻지?"

시라는 동생의 어깨에 부드러운 동작으로 손을 올리며 물었다.

금의 영토라는 이름의 금단의 장소. 처음부터 자신들이 그곳에 발을 들여놓을 일은 없을 것이라 생각했다. 유하가 그들과 직접 관계되어 있었음에도, 그리고 유하를 따라 은의 영토에 온 바사기라는 금의 일족이 있었음에도 두 자매에게는 그것이 뚜렷한 현실로 다가오지 않았다. 자신들에게 생긴 일은 그저 간접적인 사건에 불과했고, 직접적으로 연결될 일은 있어서도, 그리고 있을 필요도 없다는 것을 알고 있기 때문이었다. 그러나 지금 자신들은 이곳에 발을 디디고 있다. 은의 영토와 동시에 존재하지만 그저 막연한 상상 속에서만 생각해 왔던 곳에 직접 발을 들여놓은 느낌은 불안이라는 말 이외의 것으로는 설명할 수 없을 정도였다. 유하는 어떻게 이런 곳에서 아무렇지 않게 수일 간의 시간을 보낼 수 있었던 것일까.

사제의 의무라고는 해도 10년에 한번씩 금의 영토를 방문했던 유하를 떠올리며 두 자매는 다시 한 번 유하를 떠올렸다.

"아직 깨어날 기미를 보이지 않고 있어."

한참의 시간이 흐른 후에야 울려퍼진 미르의 목소리. 그녀의 목소리에서는 어찌 된 일인지 활기가 빠져 있었다. 그 대신 그녀의 목소리를 채우고 있는 것은 가라앉은 불안의 그림자였다.

"바사기가 이런 신분이라는 걸 알았다면⋯⋯."

그리고 갑작스레 터져 나온 미르의 말. 시라는 조용히 동생을 바라보았다.

"알았다면 결과가 달라졌을 거라고 말하는 거니, 미르?"

"언니, 난 아직 잘 모르겠어. 어째서 바사기가 금의 영토를 벗어나 유하님을 따라왔는지. 그는 다름 아닌 금의 수와 같은 피를 가지고 있잖아."

시라는 작게 한숨을 내쉬었다.

미르는 항상 그랬다. 눈앞의 현실에 쉽게 적응하는 반면 그 전에는 자신이 받은 감정을 제대로 다스리지 못해서 불안해하곤 한다. 그것은 자신 역시 마찬가지였지만 시라에게는 자신이 가지고 있는 언니라는 입장이 있었다. 혼자였다면 달라졌을지 몰라도 항상 시라는 동생과 함께 있었기 때문에 미르를 위해서라도 당황하는 모습을 보이지 않으려 노력했다.

"누군가의 생각을 이해한다는 건 힘든 일이야. 하지만 그것보다 먼저 네가 생각하지 않으면 안 되는 건 지금 우리가 새롭게 알게 된 사실을 떠올리기 이전에 지난 시간 동안 어땠었는지, 바사기가 있었음으로 해서 우리가 어떻게 시간을 보냈는지를 되새겨보는 일이야."

시라의 말에 미르는 곰곰이 생각에 잠겼다. 언제나 그랬듯이 그녀에게 있어서 언니는 부모님과도 같은 존재였기 때문에 무엇보다 시라의 말을 최우선시하는 것이었다.

"처음에는 무척 싫었지만, 그… 뿔의 일 이후로는, 그리고 시간이 흐른 후에는 그가 금의 일족이라는 사실도 잊을 정도로 무척이나 좋은 성격이라는 것을 알았어. 이렇게 되기 전까지는……."

"그래. 네가 느낀 게 중요한 거야."

시라는 솔직히 자신의 감정을 꺼내놓은 미르에게 따스한 미소를 지어 보였다.

자매는 서로를 바라보며 미소 지었다. 유하의 처소보다, 그리고 청의 수의 처소보다도 훨씬 화려하고 웅장한 건물들로 빽빽하게 들어찬 금의 영토. 그중에서도 금의 수 노하가 사는 거처는 넓고 크긴 했지만 위화감으로 가득 차 있었다. 그리고 무엇보다 주위에 있는 모든 이들이 금의 일족이라는 것, 평생을 가도 볼 수 있을 것이라 여기지 않았던 그들이 사는 곳에 와 있다는 사실은 단 한 순간도 그녀들에게 편안함을 느끼지 못하게 만들었다. 편안함이라는 감정 자체가 사치스럽다고 여겨질 정도였다. 시라와 미르, 두 자매는 서로의 존재가 없었더라면 갑작스럽게 달라져 버린 이런 현실을 견뎌내지 못했을 것이라 생각했다.

"유하님은 어디에 계실까……."

미르는 흐려지는 눈을 시라에게 들키지 않도록 슬며시 돌리며 중얼거렸다. 항상 자신들의 곁에 있었고 정신적인 기둥이 되어주었던 그가 이제는 행방조차 알 수 없게 되었다는 사실은 지금 그녀들이 금의 영토에 와 있다는 사실보다 더욱 크게 현실에 그림자의 음영을 진하게 드리우는 역할을 했다.

"분명 살아 계시겠지. 다름 아닌 유하님이시니까."

위로의 말이 될 수는 없었지만 시라는 그렇게 이야기했다. 어떤 일이 생겼을지는 아무도 모르지만, 그녀들에게는 그렇게 생각하는 것이 가장 좋다는 것은 사실이었다.

유하님이 나타난다면 분명 현실이 바뀔 것이다. 어쩌면 지독한 악몽인지도 모를 이 꿈이 깰 것이라고, 그렇게 생각했다. 그것이 그녀들에게 있어서는 가장 큰 희망이었다. 그랬기에 일부러라고 할 정도로 그녀들은 최악의 경우를 떠올리지 않았다.

탁, 하는 소리와 함께 갑자기 문이 열렸다. 그 소리에 놀란 두 자매는 누가 먼저랄 것도 없이 자리에서 몸을 일으키며 문으로 시선을 돌렸다.

"변화는 없나?"

억양없이 평이한 목소리로 말을 꺼내며 들어선 남자는 그녀들에게 바사기를 보살피라는 명령을 내렸던 짙은 회색 눈동자를 가진 남자였다.

"없습니다."

시라는 아무렇지 않게 대답했지만 마음속으로는 무척 불안하고 떨렸다. 그러나 그런 그녀의 마음은 스스로 느끼는 것일 뿐, 다른 둘의 눈에는 그녀가 무척이나 담담한 태도를 유지하고 있는 것으로 비춰지고 있었다.

"앞으로는 천서라 불러라."

남자는 그녀들과는 시선도 마주치지 않은 채 걸음을 옮기며 말을 내뱉었다. 그리고 자매는 서로의 눈치를 보며 자신들의 앞을 지나쳐 가는 남자에게 어색하게 시선을 던졌다.

"여전히 그대로인가?"

"그렇습니다."

노하는 자신에게 최대의 예의를 표하며 고개를 숙인 채 대답을 이어가는 일족 청년을 가늘게 뜬 시선으로 응시하며 생각에 잠겨 있었다.

"원인은 무엇이라 하든가?"

"뿔 하나를 잃은 상태에서 지나치게 힘을 사용한 것이 가장 큰 원인입니다. 힘과 육체의 균형이 맞지 않기 때문입니다."

대답은 그가 짐작한 그대로의 것이었다.

노하는 그때로부터 2년이라는 시간이 흐른 후 다시 마주 대한 바사기가 예전과는 비교조차 할 수 없을 정도로 달라져 있는 것을 보고 조금이지만 관심이 생겼었다. 그랬기 때문에 자신을 향해 적의를 겉으로 드러내며 덤벼오는 바사기를 죽이지 않은 것이다.

처음부터 형제라는, 한 핏줄을 이었다는 사실 때문에 특별하게 여긴 적은 단 한 번도 없었다. 그러나 바사기는, 자신이 기억하는 그는 순종적이고 충실한, 그리고 유능한 손 중의 하나였다.

"당신의 생각은 틀렸습니다."

씹어 내뱉듯이 말을 토해내는 바사기에게서는 언제나 자신의 말이라면 무엇이든 듣던 순종적인 눈빛은 볼 수 없었다. 비록 자신을 거역하기는 했지만 바사기는 자신의 흥미를 유발시켰다.

"그래, 좋아."

중얼거리는 말에 노하의 앞에 서 있던 청년은 순간 자신도 모르게 흠칫하고 몸을 떨었다. 자신에게 향한 말이 아니라는 것을 알고 있었지만 노하의 얼굴이 왠지 모르게 즐거워 보일 때, 그리고 어딘가를 향한 먼 시선을 던지며 말을 내뱉을 때에는 예기치 못한 어떤 일이 생긴다는 것을 그는 경험으로 잘 알고 있었다.

"최대한 빨리 정신을 차릴 수 있도록 신경 쓰도록 해라."

"알겠습니다."

확실히 은의 일족을 치겠다는 결정은 기분 좋은 결말을 만들어냈다. 눈에 거슬리던 그들의 존재를 없앤 것뿐만이 아니라 재미있는 존재들을 모두 손에 넣었다. 유하를 얻기 위해 일족도, 혈연도, 모든 것을 버린 사야라는 여자와 자신에게 반기를 들었던 바사기, 그리고 의식은 없지만 엄연히 존재하는 유하, 그리고 시류까지.

노하는 금방이라도 커다란 웃음이 입술을 비집고 나올 것 같았지만, 여전히 입술 끝을 비틀어 소리없는 미소만을 지었을 뿐, 표정에 별다른 변화를 보이지 않았다.

"물러가라."

"예, 노하님."

깊이 허리를 숙이는 청년의 모습을 조용히 바라보던 노하는 쿡
쿡거리며 웃었다.

"재미있어. 정말 재미있어."

그리고 이어지는 그의 중얼거림은 결코 평소라면 들을 수 없는
즐거움이 내포된 웃음이었다.

제25장

기억의 고리

　이것은 또다시 반복되는 깨어나지 않는 꿈의 연속일까? 그렇지 않으면 꿈에서 깨어나 현실로 되돌아가는 것일까?

　해답없는 의문이 머리 속을 점령하고 있는 가운데 막연하고 희미하게만 느껴지던 모든 감각들이 서서히 되살아나기 시작했다. 가장 먼저 피부를 통해 느껴지는 약간의 서늘함을 품은 공기와 맨 피부에 맞닿은 익숙한 옷감의 감촉, 그리고 귓가에 들려오는 주위의 소리들. 그저 고요하지만 침묵으로 뒤덮인 소리가 아닌 자연물이 끊임없이 토해내는 소리가 귓가에 하나둘씩 스스로의 존재를 알려왔다. 마지막으로 되돌아온 것은 시각이었다. 눈꺼풀에 감싸인, 아직은 어두운 시야에 빛이 느껴졌다. 그 빛의 존재를 느끼며 천천히 눈을 뜨자 강렬한 태양의 빛이 아니라 창문을 통해 여과된 온화한 느낌의 햇살이 눈을 비추고 남은 여력으로 방 안을 가득 채우고 있었다.

'여기가 어디지?'

아직 제대로 돌아가지 않는 머리 속을 정리하며 서희는 천천히 고개를 움직임과 동시에 주위를 둘러보았다. 지나칠 정도로 깔끔하게 정돈된 방. 그러나 방 안은 자신이 항상 몸담아 오던 장소와는 완전히 달랐다. 깔끔하게 보이지만 자세히 살펴보면 순도 높은 황금으로 색이 입혀진 병풍과 장식물들, 그리고 고도의 예술적인 설계로 만들어진 가구들과 방의 모양새.

'여기는……'

서희는 아직 흐릿한 정신을 가다듬으며 다시 한 번 천천히 주위를 살폈다. 그리고 어느 순간, 이 장소가 결코 낯선 느낌을 주는 공간이 아니라는 사실을 알아차렸다.

"유하?"

자신도 모르게 입술 사이로 새어나온 말은 너무나도 익숙한, 그러나 어딘지 모르게 현실과는 동떨어져 있다는 느낌을 전해주는 이름이었다. 서희는 시선을 아래로 이동시켜 손을 내려다보았다.

'이건… 달라……'

가느다랗고 길쭉한 손가락은 힘없이 무릎 위에 놓여져 있었다.

'거울… 거울은 어디에 있지?'

당장이라도 몸을 일으켜 지금 자신의 머리 속을 휘젓고 있는 상상이 결코 사실이 아님을 증명하고 싶었지만, 언젠가 처음 이곳에 와서 느꼈던 뜨거운 열기가 온몸에 퍼져 있는 것처럼 몸은 조금도 움직여줄 생각을 하지 않았다.

'그 지독한 향기에서 벗어나 돌아갈 수 있을 것이라 생각했었는데……'

자신도 모르게 머리 속을 점령한 생각. 서희는 경험하지 않았던,

아니, 깊이 잠겨 있던 기억이 되살아남을 느끼고 자신이 누구인지 혼란스러워지기 시작했다. 그저 뭐든 하고 싶어 하는 작은 여자아이 서희인가, 그렇지 않으면 자신에게 지워진 삶의 무게에 괴로워하는 유하인가.

혼란의 강도가 세게 변해감과 더불어 몸을 휘젓는 열기 또한 강해져만 갔다. 그리고 깨질 듯이 머리가 아파왔다.

'왜 이렇게 온몸이 뜨겁고 아프지?'

서희는 애써 손에 힘을 넣고는 천천히 손을 들어올렸다. 단지 이마를 만지기 위해 손을 들어올리는 동작을 취하는 것뿐임에도 그 일은 너무나도 힘겨웠다. 마치 수십 년 동안 반신불수였던 환자가 휠체어에서 일어서는 순간처럼 고통스럽고 혼란스러운 느낌.

타인의 것처럼 느껴지는 손을 간신히 들어올려 이마에 가져가자 체온은 보통 때보다 더 낮은 느낌이 들었다. 자신이 온몸에서 불같이 일어나는 열기를 느끼지 못하고 있는 것일까. 아니면 몸에는 아무런 이상이 없는데 그저 자신의 마음이 그렇다고 느끼는 것일까. 종잡을 수 없는 현실에 서희는 한숨만이 새어나왔다.

'우선은… 차근차근 정리를 하자.'

서희는 무겁게만 느껴지는 손을 다시 무릎 위로 떨구고는 눈을 감았다.

분명 자신은, 유하라는 이름으로 지내온 은의 영토에서의 자신은 상상조차 하지 못하고 있던 여러 가지 일들을 겪었고, 또 그로 인해 조금은 달라졌다는 것을 인정했다. 기쁨과 슬픔, 희망과 절망이 교차하는 시점에 서서 아직 어리기만 한 자신의 의지로 많은 것을 결정해야 했다. 그리고 자신이 이곳에서 튕겨나오기 바로 직전에—그렇게밖에는 설명할 수 없는 기이한 일이기에—사야라는 이름을 가진 백의 수 유현의 딸, 시류를 훨씬 능가하는 스토커 기질의 소유자인 그녀에게 붙잡혀 얼마인지 알 수 없는 시간을 깊고 깊은 수면으로 지냈다. 그리고 정신을 차리고 깨어난 후 청의 사제 유하로서 지니고 있던 힘을 이용해 시류를 불렀다. 시류는 자신의 기대를 저버리지 않고 모습을 드러냈고, 자신과 하나가 되기 이전의 완벽한 유하, 또 하나의 유하로서 지내온 서희가 하나로 마음을 합치고 새로운 무언가를 맞이할 수 있다고 여겨지던 순간이었다. 시류라는 존재와 마음 깊이 서로를 이해하며 달라진 관계가 되리라는 생각을 머리 속 가득 떠올리고 있던 그때, 온몸을 감싸오는 전류와도 같은 충격에 정신을 잃었다. 그리고 그것이 자신이 기억하는 전부였다.

'하지만 이상한 게 있어.'

서희는 천천히 눈꺼풀을 들어올리며 마음속으로 생각했다. 지금의 자신은 이렇게나 뚜렷하게 그 모든 일들을 기억하고 있는데 어째서 그 사실을 바로 이 순간에만 기억하고 있는 것일까. 바로 며칠 전에도 불가사의한 꿈을 꾼 적이 있었다. 그러나 잠에서 깬 순간 꿈의 내용은 그 기이한 느낌만을 남겼을 뿐, 어느 것 하나 자세히 떠오르지 않았다. 지금은 이렇게나 뚜렷하게 모든 것을 알고 있는데, 어째서 서희라는 이름으로 있을 때는 그것을 잊는 것일까. 지금은 유하로서의 자신과 서희로서의 자신, 두 개의 기억을 모두 가지고 있음에도 아무런 기억의 혼란도 느껴지지 않는데 말이다.

하지만 그렇게 고민해 봤자 해답은 나오지 않았다. 다른 건 아무것도 알 수 없었지만 이것 하나만은 확실했다. 예전에도 그랬지만 자신은 완벽한 현실은 알지 못한다.

'우선은 여기서 나가야 해. 분명 이곳은 내게 익숙한 장소가 아니야. 본 적이 있는 것 같기는 하지만 왠지 모르게 마음이 불안해.'

결심은 했어도 몸은 의지대로 움직여주지 않았다. 하지만 어떤 일이 있어도 이곳을 벗어나야 한다. 그리고 대체 일이 어떻게 된 것인지, 시류나 자신이 알고 있는 다른 이들은 어디에 있는지 자신의 두 눈으로 확인하지 않으면 안 된다.

'적어도 이곳에서 난 청의 사제 유하니까.'

서희는 서서히 온몸에 힘을 전하려 노력했다. 처음 자신이 낯선 이 땅에 와서 유하의 몸을 얻게 되었을 때 그랬던 것처럼. 불덩이같이 뜨겁고 스스로의 힘으로 움직여지지 않는 몸을 의지력 하나로 이끌었던 그때처럼. 앞으로 어떤 일이 벌어지고 어떻게 달라진다고 해도 지금은 이렇게 해야만 한다.

그렇게 결심을 하고 안간힘을 써가며 몸에 힘을 주려고 노력하자 조금씩이기는 하지만 몸에 힘이 들어가는 것이 느껴졌다. 마치 작게 오그라들어 있던 풍선이 부풀어 오르듯이 조금씩.

지성이면 감천이라고 했던가. 역시 노력하는 자에게는 좋은 결과가 따르는 법이었다. 서희는 그렇게 스스로의 마음을 위안하며 다리에 힘을 주었다.

"유하……?"

그 순간 갑작스레 자신의 행동을 방해하는 목소리가 들려왔다. 오직 자신 혼자만이 머물고 있던 장소였는데 언제 갑자기 누군가가 모습을 드러낸 것일까. 고민은 잠시였다. 이름을 부르는 소리에 고개를 돌리자 다시 만나고 싶지 않다고 여기고 있던 남자의 얼굴이 있었다. 평소에는 자신의 표정을 무너뜨리지 않은 채 음침한

냉소를 짓고 있던 속을 알 수 없는 남자 금의 수 노하. 그러나 지금의 그는 놀란 표정을 감추려는 생각도 하지 않은 채 의자에서 몸을 일으킨 서희에게서 시선을 떼지 못했다.

'뭐야, 노하?'

서희는 눈앞에 있는 남자의 정체를 알아차리고는 기분 나쁘다는 의미를 담아 고개를 저었다. 마치 그렇게 하면 눈앞의 그가 사라져 버리기라도 할 것처럼. 그러나 고개를 흔든 것 때문인지 시야가 흐릿해지기만 했을 뿐 노하의 모습은 여전히 같은 자리에 존재하고 있었다.

'절대로… 보고 싶지… 않아……'

서희는 마음속으로 되뇌이며 다시 온몸에 힘을 주었다. 그러나 이번에는 아무런 느낌도 들지 않았다. 힘겨워서 몸이 움직임을 거부하는 정도가 아니라 아예 자신이 어딘가에 존재한다는 느낌이 사라져 버린 것이다.

'무슨… 일이지?'

그리고 희미하게 사그라드는 정신을 집중하려고 한 것도 잠시, 서희는 다시 의자 위로 무너져 내리는 몸의 감각을 느끼지도 못한 채 깊은 나락 속으로 추락했다.

'이상하군.'

노하는 마음속의 말을 밖으로 꺼내지 않은 채 그답지 않게 심각한 표정을 떠올리며 마치 영혼이 빠져 나간 인형처럼 미동도 보이지 않고 있는 유하를 응시했다. 사야가 내뿜은 뿔의 힘을 아무런 방어도 하지 못한 상태에서 몸으로 받아낸 충격은 노하가 데리고 있는 솜씨 좋은 약사들의 힘으로도 어찌지 못할 만큼 심각한 것이었다. 그런데 분명 조금 전의 자신은 스스로의 힘으로 자리에서 일어나 몸을 움직이던 유하를 본 것이다. 투명한 구슬처럼 사물의 겉모습 이외에는 아무것도 투영하지 않는 푸른색의 눈동자에는 분명 표정이라 부를 수 있을 만한 것이 떠올라 있었다. 지금은 그것조차 자취도 남기지 않고 사라져 버렸지만.

환상은 아니다. 노하는 그렇게 확신했다. 자신은 환영이라는 것을 믿지도, 있다고 생각하지도 않는다. 설사 그런 일이 생긴다고 해도 자신은 그것을 받아들이지 않을 것이다.

"유하, 어서 눈을 떠라."

노하는 미동도 없이 앉아 있는 유하의 얼굴에 손을 가져갔다. 매끄럽고 투명한 피부. 금의 영토를 방문했던 때 보았던 모습과 달리 창백한 기운마저 떠도는 얼굴이었지만, 그때나 지금이나 유하가 이곳에 있다는 사실에는 변함이 없다.

비전서 따위는 존재하지 않아도 된다. 그것을 읽어내기 위해 존재하는 유하 역시 이제 존재 가치를 상실했다는 것이 정답일지 모르지만, 노하는 유하가 사제라는 지위에 있지 않았더라도 분명 지금처럼 그를 손에 넣기 위해 힘을 썼을 것이라는 것을 알고 있었다. 처음부터 하나였지만 두 개로 나누어진 일족들처럼 본래 무언가가 있어야 할 자리로 돌아오는 것이라면, 그리고 원하는 무언가를, 마음을 이끄는 무언가를 얻는 기쁨을 알고 있다면 얻고 싶은 것을 얻기 위해 움직이는 것은 너무나도 당연한 일이다. 이유가 무엇이든 간에.

"유하, 넌 존재하는 것 자체만으로도 내 관심을 끄는 존재니까 말이다."

아무것도 들리지도, 보이지도 않을 유하에게 속삭이듯 말하며 노하는 손을 머리카락으로 옮겼다. 매끄럽게 흘러내린 연한 은청색의 머리카락. 그 부드러운 감촉이 전해주는 느낌은 결코 질리지 않을 것처럼 손끝을 타고 온몸에 퍼져 갔다.

"서희야, 일어나라. 요즘은 왜 이렇게 늦잠만 자니?"
몸을 흔드는 어머니의 목소리.
'뭐야, 벌써 아침이야?'
아직 눈꺼풀을 무겁게 짓누르고 있는 잠과 애써 싸우며 서희는 눈꺼풀을 들어올렸다. 눈앞에는 출근하기 위해 가방을 한쪽 어깨에 메고 있는 어머니의 모습이 있었다.
"밥 잘 챙겨먹고 있어라. 방학이라고 너무 게으름만 피우지 말고."
"네."
서희는 아직 잠에서 헤어나오지 못한 목소리로 느릿하게 대답했다.
그리고 그 순간 서희는 자신이 잠에서 깨어나기 전까지 꾸고 있던 꿈이 뭔가 상당히 중요한 것이었는데 잊어버렸다는 것을 깨달았다. 고민해 가며 꿈의 내용을 되살려보려 했지만 머리 속에 안개가 피어오르기라도 한 듯이 어떤 뚜렷한 기억도 떠오르지 않았다. 그저 막연한 윤곽만이 머리 속을 지배하고 있을 뿐.
'대체……'
망연함이 섞인 시선으로 한쪽 벽면을 응시하며 서희는 자신도 모르게 한숨 지었다.

*　　　　*　　　　*

시류는 순간적으로 온몸을 스치고 지난 감각에 마치 과거로 돌아간 것처럼 날카로운 눈빛으로 정면을 응시했다. 여전히 눈앞을 차지하고 있는 것은 어둠뿐이었지만, 몸을 움직이는 것조차 힘겨울 정도로 몸의 상태가 나빠져 있기는 했지만 지금 자신이 느낀 감각이 결코 헛된 것이 아니라면 아직 희망은 있다.

"유하……."

시류는 들리지 않을 정도로 희미한 목소리로 마음속에 가장 큰 자리를 차지하고 있는 친구의 이름을 불렀다.

잘려진 뿔의 단면은 손으로 만지지 않으면 느껴지지 않을 정도로 매끈하게 머리카락 속에 파묻혀 있었다. 다시는 되돌리고 싶지 않은 기억. 지금까지 어떤 것에도 두려움을 느끼지 않고 살아왔다고 자부하던 자신이었지만, 막상 뿔이 잘리던 그 순간에는 온몸을 울리는 공포와 전율을 지독할 정도로 듬뿍 맛보았다. 그리고 뿔이 잘리고 난 후에는 온몸에 퍼져 있던 생기와 힘이 한번에 빠져 나가 버린 듯이 허탈한 느낌이 들었다. 두 발로 땅을 딛고 서는 것이 힘들게 느껴질 정도로.

뿔이 있던 자리는 잘린 바로 직후 치료를 받아 뿔이 잘린 것으로 인해 목숨을 잃지는 않았지만 시류에게 있어서는 차라리 죽는 것이 더 낫다고 여겨질 정도의 치욕이요, 고통이었다. 더군다나 자신에게 그런 치욕을 안겨준 상대가 금의 수 노하도 아닌, 자신의 힘에 의해 약간이기는 했지만 뿔을 잘린 금의 수의 부하였다는 사실이 시류를 더욱 고통스럽게 만들었다. 반항을 했다면 현실은 달라졌을지도 모른다. 그러나 그것은 극히 드문 만약의 경우가 일어났을 때이고 현실은 정해진 대로 움직였을 것이다.

넌 이제 아무것도 아니다.

그리고 뿔이 잘린 고통과 충격 때문에 바닥에 쓰러져 있던 시류에게 그 남자는 비웃음을 지으며 그렇게 말했었다. 그 말은 지극히 날카로운 비수가 되어 시류의 가슴을 찔렀다. 두 번 다시 아물지 않을 정도로 깊은 상처가 되어.

단 한 번의 행동으로 인하여 자신도, 그리고 유하도 두 번 다시 과거로는 되돌아갈 수 없게 되었지만 시류는 오히려 지금 이렇게 된 것이 잘된 일일지도 모른다고 생각했다. 이제 더 이상 자신은 청의 수 시류가 아니며, 유하 역시 청의 사제이자 은의 일족 가운데 유일하게 존재하는 사제가 아니다. 그리고 어쩌면 뒤틀려 버린 자신들의 과거 역시 회복할 수 있을지 모른다. 지금의 자신은 더 이상 어떤 힘도 쓰지 못하는 상태가 되어버렸지만 그래도 비참하지는 않다.

'혼자만의 착각일지라도……'

흘러나오는 헛웃음을 속으로 삼키며 시류는 고개를 저었다.

비참하지 않다고 마음속으로는 스스로를 위안하고 있지만 그것은 사실이 될 수 없다. 그리고 이렇게 변해버린 자신을 유하가 어떻게 받아들일지는 알 수 없는 일이다. 더군다나 조금 전의 감각은 그저 자신의 망상에서 비롯된 것인지도 모르는 일이다.

두 눈으로 똑똑히 확인하지 않았던가. 유하가 어떤 일을 당했는지. 자신의 눈앞에서 새하얗게 탈색된 유하가 쓰러지는 광경은 시류의 이성을 완벽하게 마비시켰다. 단 한 번도 생각해 보지 않은 결말이었기에 더 더욱.

유하에게 다가올 죽음이라는 단어를 의식하지 못한 것은 아니지만, 그것이 뼈를 울릴 정도로 깊게 느껴지는 순간이었다. 자신의 눈으로 유하가 죽지 않았다는 것을 확인하기는 했지만 사실을 알고 난 후에도 그 충격은 사그라들지 않았다.

이제 더 이상 평범한 일족들도 당해내지 못할 정도로 약해져 버린 자신이 과연 무엇을 느낄 수 있을까. 그 사실을 너무나 잘 알고 있는 시류였기에 순간적으로 느껴진 유하의 기운을 그는 부정했다. 자신에게는 이제 그런 능력이 남아 있지 않다고, 너무나 간절하게 바래왔기 때문에 몸이 그렇게 착각한 것뿐이라고 시류는 그렇게 자신을 타일렀다.

지금의 현실이, 아니, 유하가 아무런 말도 없이 백의 영토로 떠났던 그때부터 모든 것이 자신이 잠든 사이에 일어난 지독한 악몽이라면, 자고 나면 금세 지워져 버릴 꿈의 단편이라면 얼마나 좋을까. 시류는 허탈하게 웃고 말았다.

"하하……"

하지만 손을 뻗어 머리 위를 만진 순간 자신의 그런 상상은 여지없이 부서져 내리고 만다. 매끈하게 잘라진 뿔의 단면. 과연 자신에게 길다란 뿔이 본래 존재하기라도 했었나, 라는 의문이 들 정도로 매끈한 현실을 투영하는 단면.

머지 않아 아주 좋은 선물을 가져다 줄 테니 기대하고 있는 게 좋아. 이곳에서 유일하게 즐거움을 줄 수 있는 것일 테니까.

싸늘하게 웃으며 말을 건넨 기라는 이름의 청년은 오만하기까지 한 시선으로 시류를 응시하며 또다시 작게 속삭였다.

자신의 뿔이 조각으로 변해 손에 쥐어지는 느낌이 어떤 건지 한번 즐겨보기를. 충분히 기대해도 좋으니까 말이지.

시류가 할 수 있는 것은 헛웃음을 짓는 것밖에 없었다.

언제까지 이어질지 알 수 없는 어둡고 어두운 현실. 과연 이 현실에서 벗어날 수 있을까. 그리고 만약 이 현실에서 벗어난다고 해도 그 이후의 자신은 어떻게 될까. 뿔도 없는 상태에서 아무렇지 않게 살아갈 수 있을까.

시류는 뿔의 부재가 이렇게나 자신을 나약하게 만들 줄은 몰랐다. 너무나도 자연스럽게 항상 지니고 있던 것이기에. 그러나 막상 그런 현실이 닥쳐 왔을 때 완벽하게 무너져 내리지 않은 것이 오히려 이상한 일인지도 모른다.

"나는… 시류다……."

시류의 중얼거림은 너무나도 작았다.

'아, 졸려…….'

서희는 하품을 하며 눈가에 손을 가져갔다.

요즘은 이상하게도 피곤한 일도 없는데 10시 정도만 되면 약에 취한 것처럼 잠이 밀려오는 게 이상했다.

'예전에는 밤새는 것도 거뜬했는데, 이젠 늙었나.'

혼자서 속으로 그렇게 생각하자 피식하고 웃음이 새어나왔다. 아직 몇 살 먹지도 않은 자신이 말로만 이라고는 하지만 그런 소리를 한다는 게 너무 우스웠다.

책이라도 읽으며 시간을 보내려고 예전에 읽었던 책을 다시 꺼내 들었지만, 글자들이 흐물거리며 움직이기만 할 뿐 제대로 읽혀지지 않았다. 한참을 그렇게 책과 씨름하던 서희는 결국 책을 덮고 잠을 자기로 했다. 정말이지 졸린 상태에서 벗어나는 건 무엇보다 힘든 일이다. 아무리 마음속으로 이런이런 일을 해야 하니까 자면 안 된다고 결심해도 그것은 작심삼초일 뿐, 아래로 떨어지는 눈꺼풀의 무게는 정말 천근만근이라도 되는 것 같았다.

서희는 결국 이불 위에 몸을 눕히고는 눈을 감았다. 눈을 감자 조금이기는 했지만 졸음이 달아나는 느낌이 들었다.

'그건 그렇고 요새는 잠만 자면 꿈을 꾸는 것 같은데, 그게 기억이 잘 안 난단 말이야. 그래도 예전에는 꿈을 꾸면 거의 다 기억했었는데… 정말 이상해.'

꿈이라는 것도 정말 재미있어서 자기 전에 어떤 책을 읽거나, 영화를 보면 그 내용이 자주 꿈속에 등장했다. 그리고 꿈속에서도 그것이 꿈이라는 것을 알고 있었기 때문에 아무리 무서운 꿈을 꾼다고 해도 여유있게 움직일 수 있었다. 하지만 요 근래에는 자면서 꾼 꿈은 아주 작은 것 하나도 기억하지 못했다. 그저 희미하게 꾼 꿈에서 받았던 인상이나 느낌만이 남아 있을 뿐, 기억하려고 애를 써도 작은 실마리조차 잡아낼 수 없었다. 어차피 기억하고 있었다고 해도 금세 잊혀져 버릴 꿈이지만, 자신이 꾼 꿈을 기억하지 못한다는 것은 상당히 찝찝한 기분이었다. 조금이라도 잔상이 남아 있다면 이렇게 궁금하지는 않을 테지만, 별것 아닌 일이라도 누군가 그것을 숨기고 가르쳐 주지 않는다면 더욱 조바심이 나기 마련이다. 지금의 서희도 그와 같은 심정이었다.

'잠이 들면 조금이나마 나아질까?'

그렇게 이런저런 생각을 하던 사이, 서희는 어느새 깊고도 깊은 수면의 한자락 속으로 빨려 들어가고 있었다.

무언가의 희뿌연 잔상.

'뭐지? 이 느낌은… 언젠가 느껴본 적이 있는 것 같은데…….'

아직 멍한 상태로 남아 있는 머리 속을 조금씩 정리해 가며 눈꺼풀을 들어올리자 주위에 가득 차 오른 빛의 잔영이 보였다. 커튼이 드리워진 창문 사이로 빛이 새어 들어와 희미하게 흔들리며 자신의 잔상을 남기는, 마치 빛의 여울 같은 느낌.

"역시 지켜본 보람이 있군."

귓가에 울리는 상당히 만족했다는 의미가 담긴 목소리.

'들어본 적이 있는… 목소리?'

주위에서 느껴지는 것의 정체가 무엇인지도 파악하기 전에 자신을 잡아 흔드는 목소리 때문에 다른 것을 생각할 여유도 가질 수 없게 되었다.

"이번에는 지난번처럼 금방 다시 눈을 감아버리는 건 아니겠지, 유하?"

"유하……."

그리고 어머니의 입술을 따라 말을 배우는 어린아이처럼 서희 역시 그의 입술에서 새어나온 말을 그대로 반복했다.

'그리운 이름.'

미약한 목소리로 그것을 발음하는 사이 부지불식간에 그런 생각이 떠올랐다.

"그대를 기다리는 자들이 얼마나 많은지는 당연히 알고 있겠지? 그대를 이렇게 만든 사야를 포함해서 말이야."

노하는 눈을 가늘게 뜨고 유하의 모습을 아래위로 훑어보았다.

아직 제대로 정신을 차리지 못한 모양인지 약간 흐트러진 모습이었지만, 그럼에도 불구하고 유하에게는 안개처럼 주위에 드리워진 위엄이 남아 있었다. 권력자가 가진 위엄과는 어딘지 모르게 다른 유하만의 벽.

그러나 노하가 그런 생각을 하든 말든 서희는 잠시 아무런 말도 하지 않고 어떤 동작도 취하지 않은 채 몽롱한 머리를 일깨우기 위해 노력했다. 마치 너무나도 깊은 잠에 붙잡혀 벗어나지 못하는 것처럼 희뿌연 무언가로 가득 찬 머리 속은 올바른 사고를 방해했다.

'저 사람은 분명 금의 수 노하. 언제 봐도 기분 나빠.'

눈앞에 있는 것이 누구인지 떠올리자마자 거짓말처럼 머리 속이 맑아졌다.

"유하."

이름을 부르는 노하의 목소리는 정말이지 그의 얼굴에 어울리지 않게 부드러웠다. 그러나 서희는 그것을 듣고 이상하게 여길 겨를이 없었다. 그의 손이 길게 흘러내린 자신의 머리카락을 손가락으로 잡은 채 쓸어내리고 있었기 때문이다.

'뭐, 뭐야, 이 자식!'

서희는 화들짝 놀랐지만 몸에는 그 어떤 반응도 나타나지 않았다. 심지어 표정조차 노하의 눈에는 약간 멍해 보이는 상태로 조금 전과 달라 보이는 것이 하나도 없었다.

"그대가 잠든 사이 많은 것들이 달라졌다."

'뭐야! 저 재수없는 표정은! 지금 누구 꼬시는 거야?'

서희는 자신에게 향해 있는 노하의 시선과 몸짓. 그 모든 것이 지나치게 기분 나빴다. 무엇보다 어째서 눈을 뜨자마자 이런 광경과 맞닥뜨려야 하는 것인지 알 수 없었다.

"이제 그대가 있어야 할 장소는 이곳이다. 예전부터 그렇게 되었어야 한다고 생각했던 일이지만."

서희는 기가 막혔다. 대체 저런 말을 하는 저의가 무엇인지. 유하라는 존재가, 아니, 사제라는 지위가 얼마나 대단하기에 이 대단한 금의 수 노하까지도 이렇게 만드는 것일까.

'내가 지금 여기에 있다는 건……'

기분 나쁜 감정에 휘말려 마음속으로 고뇌한 것도 잠시 서희는 금세 상황이 어떻게 돌아가고 있는지 파악해 내고 말았다. 그 끔찍하고도 고통스러운 순간의 기억. 빛을 맞은 후의 자신은 억지로 끌려나가는 것처럼 유하의 몸에서 빠져 나와 현실 속으로, 그야말로 한치의 거짓도 없는 자신의 현실 속으로 되돌아갔던 것이다. 그리고 너무나 이상하게도 현실 속의 자신은, 이서희라는 이름을 가진 무수한 인간들 속의 자신은 이곳에서의 일을 기억하지 못했다. 그저 아련한 느낌만을 받을 뿐. 그러나 이곳으로 돌아오면 두 세계의 일을 모두 뚜렷하게 기억한다. 이 사실만은 아무리 생각하고 생각해도 도저히 풀 수 없는 미스터리였다.

자신의 이름을 한번 말한 이후로는 어떤 말도 하지 않은 채 여전히 의자에 몸을 묻고 있는 유하를 바라보며 노하는 조금씩 이상하다는 생각을 품기 시작했다. 하지만 유하가 정신을 차렸다는 사실은 즐거운 일임에 틀림없었다.

"이제 그대는 사제라는 지위를 버리고 이곳에서 모든 것을 다시 시작하면 된다."

'무슨 소리야?'

노하의 말에 서희는 의아함을 느끼며 그의 얼굴을 직시했다. 여전히 느글느글한 미소를 떠올리고 있는 그의 얼굴은 너무 얄미워서 한 대 때려주고 싶다는 마음이 들게 만들었다. 그러던 어느 순간 서희는 중요한 사실을 떠올렸다. 아무리 금의 일족들의 힘이 강하다고는 해도 노하가 이런 말을 하게 만든 이유는 한 가지 이외에는 있을 수가 없었다.

'설마, 최악의 경우엔 모든 게 없어졌을지도……'

서희는 자신도 모르게 몸이 떨리고 있는 것을 느꼈다.

자신의 두 눈으로 모든 것이 부서져 내리는 광경을 보는 것도 끔찍한 일이지만, 아무것도 알지 못한 채 지내는 것 역시 끔찍한 일이다. 오래된 인연은 아니지만 은의 영토에서 지내던 동안 가깝게 지냈던 이들의 생사조차 알 수 없게 된다면……. 그것은 정말 상상하는 것만으로도 충분히 끔찍한 일이었다.

'아니야. 그런 일이 일어났을 리가 없어. 내가 백의 영토에 있던 동안은 아무 일도……'

그렇게 생각하던 서희는 순간 자신이 사야에 의해 억지로 그곳에 억류되어 있던 동안은 어떤 일이 일어났다고 해도 알 수 없었다는 것을 깨달았다. 그리고 분명 그때의 상황은 무슨 일이 일어난다고 해도 이상하지 않을 상황이 아니었던가.

"왜 그렇게 불안한 눈빛을 보이는 건가, 유하? 그대가 그 모든 것을 보기라도 한 듯이 말이야."

여유 만만한 미소가 담긴 본래의 표정으로 되돌아온 그는 유하의 머리카락에서 손을 떼고는 담담하게 말을 이었다. 그러나 그것을 듣는 서희는 전혀 담담해질 수 없었다.

아무리 여자의 직감이라는 것이 있다지만 유하가 본래 가지고 있는 힘이 아니었더라면 짐작조차 하지 못했을 현실. 금의 일족과

맺은 불가침의 조약 비슷한 것은 맺어지기는 했지만, 그것은 서로 간에 그것이 지켜지리라는 생각은 하지 않은 채 이어져 온 것이 었다. 그것이 그나마 몇 백 년이라는 시간 동안 이어져 올 수 있 었던 것은 사제라는 존재가 있었기에 지켜질 수 있었다. 그리고 노하가 금의 수가 된 이후에는 청의 사제 유하에 의해 지켜져 온 것이었다. 유하 스스로는 느끼지 못하고 있었다 하더라도.

'그러면… 시류님은? 바사기는, 시라와 미르는! 여산과 다른 모 두는 어떻게 된 걸까.'

서희는 당장이라도 입을 열고 그들의 생사를 묻고 싶었다. 하지 만 유하로서 지내온 몸의 감각이 그것을 막고 있었다. 걱정이 앞 서기는 했지만 유하가 준 정신력은 더 더욱 강했다.

분명 자신이 처음 이런 세계에 떨어졌을 때 만난 것이 유하가 아니라 노하였다면 은의 일족을 없애는 것쯤은 당연하게 여기고 있었을지 모르지만, 어찌 되었든 자신은 은의 일족과 함께 시간을 보내왔다. 그것도 청의 사제라는 이름을 가지고.

노하는 무척이나 즐거운 듯 입가에 떠올린 미소를 지울 생각도 하지 않았다. 아니, 오히려 그 미소는 점점 더 짙어지고 있었다. 그 리고 그것을 보는 서희는 점점 마음이 차분해져 갔다.

"그대에게 사제라는 지위를 안겨준 시류도, 그리고 그대를 얽어 매던 은의 일족들도 이제 그대에게 어떤 영향력도 행사할 수 없 다. 정말 다행스러운 일이 아닌가?"

정말 자신의 짐작이 맞았다. 일의 경과는 알 수 없지만 금의 일 족에 의해 모든 것이 뒤바뀐 모양이다.

"그대의 몸이 완전히 회복되면 시류를 보게 해주겠다. 아니, 어 쩌면 보고 싶지 않을지도 모르지."

시류라는 이름은 자신에게 주어진 또 다른 이름인 유하와 더불어 기억 속에 가장 깊이 박혀 있는 이름이었다. 친구이자, 모셔야 할 자이자, 일족의 지도자. 그런 그가 지금 이곳에 함께 있다는 말인가? 분명 지금의 자신처럼 괜찮은 대우를 받지 못하고 있을 것이라는 사실은 너무나도 자명한 것이다. 만약 자신이 지금 시류의 이름을 꺼내고 그와 만나게 해달라고 애원한다면 노하는 분명 더욱 입가에 깊은 미소를 떠올리며 즐거워할 것이 분명하다. 그는 그런 남자였으니까. 서희는 한동안 어떻게 하면 지금의 상황을 가장 재치있게, 그리고 확실하게 넘길 수 있을지 생각했다. 그리고 길고도 짧은 시간이 흐른 후.

'좋아!'

서희는 마음속으로 정말 영악하게 웃음 지었다. 현실이 이렇게 변해버렸다면 자신 역시 그런 현실에 맞추어 변해주지 않으면 안된다.

'노하, 당신이 날 이렇게 만든 거야.'

마음속의 말이기에 들릴 리는 없었지만 그 대신 서희는 노하에게 시선을 던졌다.

'역시 가장 좋은 건 기억 상실인 척하는 거겠지. 상황도 잘 맞아떨어지고 말이야. 그리고 난 유하가 준 기억만으로는 행동할 수 없는 성격이고 하니까.'

서희는 예전과 달리 자신의 의지로 움직일 수 있음과 동시에 머리 속에 선명하게 각인되어 있는 유하의 기억이 존재하는 것에 놀랐지만 금세 그것을 받아들였다. 유하와 자신의 성격이 섞인 채 지냈던 얼마간은 자신이 자신이 아니게 변해가는 듯한 감각이 무척이나 싫었다. 그리고 그로 인해 느껴지는 괴리감 역시. 몸은 유하지만 그것을 지배하는 것은 서희다. 그러나 다른 이들이 보는 것은 언제나 겉모습으로 보여지는 유하일 뿐, 마음속에 점점 쌓여만 가는 그 괴리감은 완전한 서희 자신을 부서지게 만들었다. 타인에게 스스로의 존재를 인정받지 못한다는 상실감과 본래의 자신은 유하가 아니면 아무것도 할 수 없는 평범한 인간에 불과하다는 것을 깨달아 버린 자괴감이 뒤섞여 모든 것을 부숴버렸다.

하지만 그것이 전부는 아니었다. 그런 감각 속에서 유하와 서희가 섞여서 탄생한 또 다른 자신은, 그런 자신의 눈으로 바라보고 겪은 세상은 그리 나쁘지는 않았다. 지독한 일상에서 벗어나 또 다른 무언가가 되어 하나의 세상을 움직여간다는 것은 솔직히 흥미있는 일이다.

'과거야 어찌 됐든 지금의 난 이렇게 나 자신으로 되돌아와 있으니까. 이제 더 이상은 외모로 인한 갭 같은 건 느끼지 않아도 괜찮아.'

그렇게 서희는 스스로를 타일렀다.

"유하?"

한동안 아무 말도 하지 않는 유하를 보며 노하는 의아한 눈빛을 보였다. 그리고 그가 입을 열자마자 서희는 기다렸다는 듯이 속으로 회심의 미소를 떠올리며 말을 꺼냈다.

"당신은 누구십니까?"

진부한 대사이긴 하지만 기억 상실의 효과를 주기에는 더없이 적절한 대사다. 여긴 어디? 난 누구? 라는 말이 가장 적절하기는 하지만, 그 두 개를 연달아 말하면 정말 유치해질 것 같았기에 서희는 한마디만을 꺼낸 것이다.

"유하……?"

그리고 조금 놀란 듯이 보이는 노하를 향해 서희는 한 손으로 이마를 짚으며 혼란스러운 눈빛을 던져 보였다. 마치 정말로 백지 상태가 되어 불안에 떨고 있는 어린 아이처럼. 그렇게 노하가 알고 있는 유하라면 지을 리가 없는 표정을 지으며 서희는 마음속으로 미소를 짓고 있었다.

　"내가 누구인지 모른다고 말하는 건가, 지금?"

　노하는 당혹감을 조금도 감추지 않은 채 한걸음 앞으로 다가서 유하의 눈을 응시했다. 그러자 노하와 유하의 얼굴은 금방이라도 서로 닿을 듯이 가까워졌다.

　'이거, 분위기가 좀 이상한데?'

　서희는 마음속으로 약간 당황했지만 이제부터는 철저하게 기억 상실에 걸린 척하기로 결심했기 때문에 아무렇지 않은 표정을 짓기 위해, 아니, 멍하기까지 한 표정을 짓기 위해 예전에 바사기가 했던 행동들을 머리 속에 되새기고 있었다. 그때 바사기의 행동은 조금의 의심도 하지 못하게 만들 정도로 완벽했었다. 바보스러울 정도로 어리숙하고 순진해 보이는 그 행동을 보고 누가 노하의 동생이라는 사실을 짐작이라도 했겠는가. 그렇지만 많은 것을 알게 된 지금에 와서 생각해 보면 속아넘어간 자신이 한심한 것이다. 아무리 자신이 좋아서라고는 하지만 일족의 모든 것을 버리고 유하를 따라간다는 사비에게 노하가 순순히 허락을 할 리가 없었을 테니까. 얼마 지나지 않은 과거의 일임에도 희미하게 상기된 듯한 느낌이 드는 것은 어쩌면 자신이 달라졌기 때문인지도 모른다.

　'뭐… 어쨌든 지금은 도움이 되고 있으니까.'

　서희는 다시 마음을 다잡으며 표정을 굳혔다.

　"그럼, 그대가 사제였다는 것은 기억하고 있나?"

노하는 의심의 빛이 진하게 배어 있는 눈초리를 던지며 입술을 움직였다. 그 험악한 표정에 서희는 그가 금방이라도 자신에게 무슨 짓을 하지나 않을까 하는 걱정에 사로잡혔다. 그러나 철저하게 연극을 하기로 한 이상 절대 긴장하거나 함부로 표정을 바꾸어서는 안 된다.

"제가 사제였다는 말입니까?"

정말 어리둥절하다는 음성으로 말하자 노하는 조금씩이기는 하지만 지금의 유하가 어떤 이상을 가지고 있을지도 모른다는 생각을 하게 되었다. 자신의 두 눈으로 본 것은 아니지만 사야가 내뿜은 힘에 직격당한 유하가 오랜 동안 정신을 차리지 못하고 있었던 것은 사실이기에.

"그럼, 나를 본 기억은 있나?"

노하는 조금씩 자신의 목소리에서 평정심이 흩어져 가고 있다는 것을 아는지 모르는지 말을 계속 이어갔다. 그리고 서희는 그의 질문에 너무나도 천진하게 대처하고 있었다.

"글쎄요. 낯설지는 않지만 그렇다고 익숙하지도 않습니다."

노하는 이제 거의 유하가 기억을 잃었다는 것을 인정하기에 이르렀다. 다른 건 차치하더라도 보통 때의 유하라면 이런 말투를 쓸 리가 없다. 유하는 항상 존경어를 썼지만 그것은 그의 말버릇 같은 것이었지, 결코 상대방을 마음속에서 존중하기 때문에 그런 말을 쓴 것은 아니었다. 물론 시류에게라면 진심에서 우러나온 경어를 썼을지도 모르나 자신에게는 아니었다. 유하는 언제나 보이지 않는 벽을 자신의 앞에 쌓아두고 있었다. 그러나 지금은 어떤가. 그 벽이 완전히 사라져 버려 속까지 들여다보일 듯한 상황이 아닌가. 노하는 예상치 못한 사건에 너무나도 큰 당혹감을 느꼈다.

"이곳이 어디인지, 유하 그대가 어떤 힘을 가지고 있는지, 지금까지 어떤 역할을 해왔었는지도 모두 잊었다고 하는 건가, 지금?"

흥분한 듯한 노하를 망연히 바라보며 서희는 아무 말도 하지 않았다. 아예 말할 필요를 느끼지 못 했기 때문이었다. 방금 전까지 약간의 운은 띄워놓았으니 이제는 가만히 앉아서 노하의 반응을 기다리기만 하면 되는 것이다. 서희는 노하가 자신에게, 아니, 유하라는 존재에게 관심을 가지고 있다는 것을 알고 있었기 때문에 그가 설마 자신을 죽이기야 하겠냐는 생각으로, 그야말로 배째라는 심정으로 그에게 빌미를 쥐어줄 어떤 행동도 하지 않았다. 너무 바보같이 굴면 오히려 의심을 살 것이 분명했으므로 정말 연기를 잘해야 한다.

'두고보라고, 노하씨.'

평소에 정말이지 나쁜 감정만 쌓이게 만든 노하 같은 존재에게는 가끔씩 당황스러운 경우를 만날 필요도 있는 것이다.

'이제부터 난 기억 상실증이니까 혼자서 흥분하든지 고민하든지 맘대로 하시지.'

서희는 여전히 아슬아슬하게 닿을 듯 말 듯한 자세로 자신을 뚫어져라 응시하고 있는 노하를 그야말로 티 하나 없는 순진 무구한 시선으로 마주 대하며 조용히 호흡만을 계속하고 있었다.

"유하, 이게 무엇인지 알고 있나?"

어느 순간 노하는 무슨 생각을 했는지 팍 하고 몸을 돌리더니 뒤돌아선 자세에서 품안에 있는 무언가를 꺼냈다. 서희는 궁금했지만 연기에 완벽을 기하기 위해서 의자에 앉은 자세 그대로 미동도 하지 않고 있었다.

"자, 이걸 보면 생각이 나겠지. 그대에게 있어 지금까지의 세월 동안 항상 곁에 있던 자의 것이니, 눈을 감고도 느낄 수 있을 만큼 익숙한 것이겠지. 설마, 내게 이것조차 모른다고는 하지 않겠지?"

노하는 지금 유하가 자신에게 거짓말을 한다고 생각하는 모양이다. 그래서 어떤 수를 써서라도 유하가 다시 본래의 모습으로 돌아오기를 원했다. 그래서 자신을 보며 평소의 표정으로 말을 하고 완벽하게 달라져 버린 현실을 인식하기를 바라고 있었다. 유하가 속해 있는 은의 일족이라는 존재들의 설 자리는 이미 완벽하게 사라졌음을. 그리고 다른 은의 일족들에게 대하는 것처럼 자신이 유하를 다루지 않는 것을 깨닫기를 바랬다. 지금의 자신이 평소와 달리 평정심을 잃고 있다는 것을 충분히 인식하고 있었지만 노하는 지금 너무나도 의외의 경우를 만났기 때문에 그런 것을 제대로 생각할 여유가 없었다.

서희는 천천히 노하의 손바닥 위에 놓인 하얀 물건으로 시선을 돌렸다. 어딘가에서 익숙하게 보아왔던 그것. 새하얗고 길다란 나선형으로 뻗어 올라간 딱딱한 유기체. 그것은 지금 눈앞에 있는 노하의 머리 위에도, 그리고 자신의 머리 위에도 당연히 달려 있는 것이었다.

'뿔? 이건, 설마……'

서희는 노하의 손에서 그것을 받아 들고 자세히 살펴보았다. 몇 년 간에 불과했던 서희만의 기억으로도 충분히 인식하고 있는 그것은, 그리고 유하의 기억으로 인해 더욱 확실히 증명할 수 있는 이것은 친구로, 상관으로 수백 년을 함께 지내온 시류에게 속해 있던 것이었다. 은의 일족에게 있어서는 힘의 상징이자 생명의 상징이기도 한 것.

'설마, 그때의 꿈이 정말 현실로 일어난 것일까?'

서희는 가슴속의 떨림을 애써 진정시키며 기억을 되살렸다. 유하가 가진 힘을 꿈이라는 형태로 맛보게 되었을 때. 그때 보았던 꿈은, 그 암울하고 비극적인 꿈은 지금 이렇게 무수한 시간이 지난 후에도 생생히 기억날 정도로 끔찍했다.

어떤 소리도 들리지 않는 회색의 공기 속을, 그 적막 속을 걸어서 끝에 다다랐을 때 자신이 본 것은 어떤 강력한 힘에 의해 완전히 뽑혀나간 것처럼 머리 위에 구멍이 생긴 채 끊임없이 피를 쏟아내는, 싸늘하게 식어버린 시류의 모습이었다. 온몸에 소름이 끼치도록 두렵고도 끔찍한 감각. 마치 자신의 몸 일부가 그렇게 떨어져 나가기라도 한 것처럼 느껴지는 고통.

"그건 시류의 뿔이다."

완벽한 확인 사살.

서희는 어떤 반응을 보여야 할지 알 수 없었다. 지금 이 순간만큼은 자신이 기억 상실증에 걸린 척하고 있다는 것도, 어떤 얼굴을 하고 있는지도 신경 쓸 겨를이 없었다. 오랜 동안 함께 지내왔던 마음의 대부분을 차지하고 있는 존재의 말로가 이렇게나 비참하게 끝나버린다는 것은 말이 되질 않는다.

아직도 손에 잡힌 뿔에서 은은한 은색의 빛이 뻗어나올 것만 같은데, 끝의 기둥 부분이 매끈하게 잘린 뿔은 싸늘함만을 담은 채 장식품 이외의 것은 되지 못했다. 살아만 있다면 이 잘린 뿔을 가지고서라도 어떻게든 할 수 있을 텐데, 지금의 자신으로서는 일이 어떻게 돌아가는지 알 수 없는 노릇이 아닌가. 뿔이 없는 일족은 거의 대부분이 죽음을 면치 못한다는 것을 유하도, 그리고 서희도 알고 있었다.

'젠장! 나 기절할 거야. 차라리 기절하는 게 나아. 제발 누군가

이게 사실이 아니라고 내게 말해 줘…… 제발……!'

서희는 자신의 정신으로는 감당할 수 없는 현실에서 벗어나고 싶었다. 그러나 언제나 현실은 잔혹한 법이다. 자신의 바램 따위는 이루어지지 않았다.

"기억이 나는 모양이군?"

노하는 유하가 아무 말도 없이, 그러나 어딘지 모르게 흔들리는 눈빛으로 뿔을 손에 쥐고 있는 모습을 보며 미소 지었다. 상대방을 얕잡아보는 듯한 기분 나쁜 미소.

"기억을 잃었다고 해도 몸은 알고 있을 테지."

이죽거리는 듯이 들려오는 노하의 목소리는 서희의 마음속을 더욱 깊이 헤집어놓았다. 아직 아무것도 해결하지 못했는데 이렇게 어이없이 헤어지게 될 줄이야. 먼 곳에 떨어져 있는 것이라면 무슨 수를 써서라도 만날 수 있을 텐데, 이렇게, 이렇게 되어버린 현실 속에서 과연 어떻게 해야 하는 것일까. 가슴이 너무나도 답답하고 무거워서 금방이라도 숨이 멈출 것만 같았다. 유하로서의 200여 년의 시간과 서희로서의 2년여의 시간 동안 가장 마음속에 커다란 자리를 차지한 것은 시류였다. 그런 시류가 이렇게 자신의 불길한 꿈처럼 비참하게 최후를 맞이할 줄은. 가슴이 타는 듯이 뜨거웠다.

"……유하?"

그리고 창백한 뺨을 타고 흘러내리는 눈물. 서희도 유하도 함부로 울지 않는 성격이다. 그러나 지금은 달랐다. 유하로서의 수백 년과 서희의 기억이 서로 맞물려 너무나도 자연스럽게 눈물이 터져 버렸다.

'젠장, 바보 시류! 왜 그렇게… 바보같이… 바보같이……'

마음속의 말조차 제대로 이어지지 않는다. 미치도록 잔혹한 현실.

노하는 당황하고 있었다. 그 고고한 유하가 눈물을 흘릴 줄이야. 그것도 다름 아닌 자신의 앞에서. 그러나 유하가 완전히 기억을 회복했다고 보기는 어렵다. 그저 몸에 배어 있는 기억이 유하에게 이런 반응을 불러일으킨 것인지도 모른다. 유하라면 어떤 현실 앞에서도 자신의 감정을 드러내지 않을 것이 분명했다. 지금의 유하는 분명 많은 것을 잃은 상태임이 틀림없다. 노하는 몇 걸음 뒤로 물러나 관망하는 시선으로 유하를 바라보았다. 처음에는 갑작스런 유하의 상태 변화에 당황했지만, 생각해 보자 오히려 나아진 일인지도 모른다는 생각이 들었다. 예전의 기억을 가지고 있는 유하의 마음을 돌리기보다는 아무것도 기억하지 못하는 유하에게 모든 것을 차례로 알려 주면서 이곳에 적응할 수 있도록 만들면 되는 것이 아닌가.

"혼란스러워 보이는군. 오늘은 그냥 혼자 있는 것이 좋겠어. 그러니 나는 이만 이곳에서 나가도록 하지."

서희는 노하가 무슨 말을 하는지도 제대로 듣지 못한 채 점점이 흩어지는 눈물 방울을 시류의 뺨 위에 흩뿌리고 있었다.

'아직 아무 말도 하지 못했는데, 겨우 친구가 되자고 말할 기분이 들었는데……'

시류의 환하게 웃는 얼굴이 머리 속에서 계속 맴돌고 있었다. 어떤 때는 위엄있는 왕으로, 어떤 때는 바보같이 웃는 편안한 표정으로, 또 어떤 때는 너무나도 멋진 남자로 항상 곁에 있었던 시류의 얼굴 표정 하나하나가 생생하게 되살아났다.

"이제 난 어쩌라고… 바보 시류."

"뭐야, 얼굴이 왜 이래."

서희는 거울 속에 비친 잔뜩 부어오른 얼굴을 보고 황당한 기분이 들었다. 밤에 자기 전에 라면을 먹은 것도 아니고, 물을 마신 것도 아니고, 운 적도 없는데 얼굴이 기가 막힐 정도로 퉁퉁 부어올라 있었다. 그리고 이상하게도 가슴 한구석에서 미미한 통증이 느껴지는 것이 뭔가 슬픈 일을 겪은 것만 같았다. 그러나 기억하고 있는 것은 아무것도 없기에 서희는 당황스럽기만 할 뿐이었다.

*   *   *

"유하님, 유하님!"
귓가에 울려퍼지는 가느다란 여자의 목소리.
'뭐야, 미르인가?'
서희는 무겁기만 한 눈꺼풀을 들어올리려 노력하며 목소리의 정체를 짐작 중이었다. 분명 아침이 되었다면 미르나 시라가 깨우겠지. 더군다나 시라라면 이렇게 경망스럽게 자신을 부르지 않는다.
"유하님."
그러나 왠지 모르게 느껴지는 감각이 이상하다. 자면서도 기분이 안 좋은 것이 뱀 같은 시선이 자신을 훑어내리는 기분. 그래, 언젠가 한번 이런 느낌을 받은 적이 있다는 기억이 떠올랐다. 그리고 그것을 떠올리자마자 자신도 모르게 흠칫하는 느낌이 들었다.
'설마……'
서희는 천천히, 아주 천천히 눈을 떴다. 꿈에서라도 자신이 한 생각이 단순한 착각이기를 바라면서.

"유하님, 정신이 드셨군요."

왜 하필 이 여자가 눈을 뜨자마자 얼굴을 보이는 것일까. 그것도 모든 일족들에게 상상할 수 없을 정도로 큰 일이 닥쳤다는 이마당에. 가슴 저 밑바닥에서부터 치밀어 오르는 짜증 때문에 서희는 하마터면 그녀의 이름을 입 밖에 낼 뻔했다. 그러나 자신은 기억 상실증을 연기하는 중이 아닌가. 자고 일어난 순간이라고 해서 방심해서는 안 된다. 그리고 재수없는 얼굴이 눈앞에 있다고 해도.

항상 생각하는 것이지만 사야는 정말 얼굴만 보면, 아무 말도 하지 않고 있을 때는 기가 막히게 예쁘다. 하지만 자신은 이미 그녀에 대해 많은 것을 알고 있지 않은가. 그녀의 이중, 아니, 삼중일지도 모르는 인격과 극단적인 태도. 직접 몸으로 그것을 경험한 이상 함부로 그녀에게 경계심을 풀어서는 안 된다.

서희는 일부러 생소한 것을 보는 눈빛으로 말없이 사야를 응시했다. 예전보다 조금 마른 듯한, 가냘퍼 보이는 몸을 한 사야는 그리움이 담뿍 담긴 표정으로 막 깨어난 유하를 바라보고 있었다.

"걱정 많이 했어요, 유하님."

'쳇! 내가 이렇게 된 게 누구 때문인데. 생색내기는.'

당장이라도 이렇게 말해 버리고 싶었지만 말할 수 없는 현실이 너무나도 안타까웠다.

그런데 가만히 생각해 보아도 어째서 사야가 이곳에 있는 것인지 의문이 생겼다. 노하가 일부러 사야를 살려둔 것일까? 그럴 이유가 그에게 있을까. 분명 자신이 알고 있는 노하는 사야의 얼굴이나 금의 일족에 비하면 미미한 힘을 보고 사야를 살려둘 위인이 아니다. 여우같이 생기긴 했지만 그래도 한 일족의 수였던 화월을 무참하게 죽음으로 이끈 것은 다름 아닌 노하였다. 여우같이 날카로운 인상을 좋아하는 남자도 있을 텐데 말이다.

"어째서 아무 말씀도 하지 않는 건가요, 유하님."

사야는 의아함을 가득 담은 시선을 던지며 말했다. 그 동안 특별 수련이라도 쌓은 것인지 사야의 자세와 태도는 고혹적이기 그지없었다. 보통 남자들이라면 당연히 혹하고 넘어갔을 만큼 사야는 순진 무구하고 매력적인 얼굴을 하고 있었다.

'중세에 태어났으면 넌 마녀야.'

서희는 속으로 중얼거리며 예전의 어느 때처럼 자신은 침상 위에 몸을 눕히고 있고 사야는 머리카락을 길게 드리운 채 자신을 내려다보는 자세가 연출된 광경을 아무렇지 않게 받아들이려 노력했다. 이제는 두 개의 기억이 동시에 공존하기 때문에 많이 어색하지는 않았지만 자신의 몸이 남자라는 사실만 빼면 전혀 이상할 것이 없다. 마음만은 충분히 여성스럽다고 여기고 있기 때문에 사야가 아무리 예쁘고 매력적이라고 해도 부럽기만 할 뿐, 넘어가지는 않는다.

'넘어가면 그게 변태지.'

서희는 누워 있던 자세에서 몸을 일으켜 침상과 벽이 맞닿은 부분에 등을 대고 앉았다. 그러자 사야는 고개를 숙인 채 자신을 내려다보던 자세에서 자연스럽게 침상 위에 걸터앉은 자세로 바꾸었다.

'어쩐다지?'

지금의 상황을 마음속으로 정리해 가며 서희는 어떻게 하면 사야에게 멋지게 반격의 말을 전할 수 있을까 고민했다. 하지만 아무리 생각해도 가장 손쉽고 타격이 큰 대사는 '당신 누구야?' 라는 말이다. 그 말의 효력이 얼마나 대단하면 그 노하까지도 흥분했겠는가.

"그대는 누구지?"

이 말 한마디를 하는데도 얼마나 웃음을 참기가 힘들었는지 서희는 겨우겨우 목소리를 떨지 않고 말을 이어갈 수가 있었다. 바로 얼마 전에 노하에게 했던 말과 겹쳐져서 웃음을 참을 수가 없었던 것이다.

"유하님, 설마……"

사야의 반응도 기대했던 것보다 훨씬 지나쳤다. 하지만 노하와 달리 사야는 자신이 잘못한 것을 알고 있기 때문인지 금방 수긍하는 것 같았다. 그리고 그녀가 왜 이곳에 있게 되었는지는 모르지만 생각보다 자유롭지는 않은 것 같았다. 만약 그녀가 과거에 백의 영토에서 누렸던 것의 반만이라도 이곳에서 누릴 수 있다면 분명 지금의 유하가 어떤 상태인지 알고 있을 것이 분명했기 때문이다.

"노하님에게 깨어나셨다가 다시 잠들기를 반복한다는 말을 듣기는 했지만……"

사야는 작게 중얼거리며 놀람에 가득 찬 눈을 했다.

서희는 며칠 사이에 더욱 신장된 듯한 자신의 연기력에 감탄하며 조용히 사야의 표정 변화를 관찰했다.

"모두…… 제 잘못이에요, 유하님."

사야는 금방이라도 눈물을 흘릴 것처럼 슬픈 얼굴이 되었다. 그리고 그녀의 그런 표정을 보고 나자 서희는 사야 역시 천상 여자라는 생각이 들었다. 아무리 이중 인격에다 스토커라지만 그렇게 된 것도 다 지나친 상대에의 애정에서 비롯된 것이 아닌가. 비록 그것을 받는 입장인 자신은 상당히 부담스럽고 괴롭지만, 사야 자신은 그 순간이 무척 행복할지도 모르는 일이다.

"유하님의 기억을… 제가……."

사야는 작게 사그라든 목소리로 중얼거렸다.

마음속으로는 무척 재미있었지만 겉으로는 어디까지나 진지하게 사야와 얼굴을 맞대고서 서희는 침묵을 지키고 있었다. 그러던 어느 순간엔가 서희는 자신이 오른손에 무언가를 꼭 쥐고 있다는 것을 깨달았다. 지금까지는 워낙 의외의 인물과 만난 데다 지금까지의 추억거리들을 생각하며 상황을 넘기느라 손에 무엇이 있는지도 느끼지 못하고 있었다. 그러나 한번 그것을 인식하자 서희는 갑자기 몸이 떨려오는 것을 느꼈다. 눈으로 확인하지 않아도 그것이 무엇인지 몸이 먼저 알고 있는 것이다.

'시류의 뿔…….'

갑자기 마음이 끝이 없는 깊은 바닥으로 추락하는 느낌. 제대로 인사조차 나누지 못한 채 먼 안식의 세계로 보내버린 친구에 대한 그리움이 물안개처럼 일시에 피어올랐다. 천천히 시선을 아래로 떨구며 손바닥을 펴자 그 안에는 나선형의 새하얀 뿔이 자리하고 있었다. 언제 보아도 새하얀 빛을 발하는 길다랗고 아름다운 형태를 한 친구의 일부. 가장 꿈이기를 바란 잔혹한 현실이 다시 눈앞에 펼쳐졌다.

"유하님, 그건……."

사야는 유하의 시선이 움직이는 것을 따라가며 조금이지만 유하의 표정이 달라지는 것을 보았다. 무슨 말인가를 더 이어가려 했지만 사야는 그것을 멈추고 침묵했다. 그리고 자신이 말을 이어갔다고 해도 유하는 듣지 못했을 것이 틀림없었다. 지금도 유하는 뿔에서 시선을 떼지 못한 채 그것만을 바라보고 있지 않은가.

'그렇군. 유하님은, 유하님의 몸은 기억하고 있는 거야.'

사야는 무척 교활하게 눈을 굴리며 유하의 손에 들린 긴 흰색의 뿔을 응시했다. 분명 저 뿔의 주인이 누구인지는 자신도 기억하고 있다. 아니, 기억하지 못한다면 그것이 오히려 이상한 일일 것이다. 아무리 기억을 잃었다고는 해도 유하는 본능적으로 저 뿔이 누구의 것인지 알고 있음이 분명했다. 그렇지 않다면 뿔을 바라보며 저런 표정을 짓지도 않았을 것이다. 자신에게는 단 한 번도 보여준 적이 없는 누군가에 대한 그리움과 관심이 담겨 있는 표정. 저 표정을 오직 자신만의 것으로 하고 싶었는데 그렇게 하지 못했다. 자신의 곁에 둘 수 있다면 어떤 방법을 쓰더라도 상관없었는데, 지금은 시류 대신 노하가 자신을 방해하고 있지 않은가.

어쩌면 자신은 너무나도 기막힌 운명에 둘러싸여 있는지도 모른다. 시류는 말로 속여넘길 수 있었지만 노하는 다르다. 그는 상대방에게 자신의 마음을 절대 보여주지 않는 데다가 잴 수 없을 만큼 강대한 힘을 소유하고 있다. 그런 그의 곁에서 자신은 유하를 되찾기 위해 어떻게 해야 좋을까. 사야의 마음속은 지금 상황에 대한 것과 앞으로의 미래에 관한 것으로 가득 차올랐다.

"유하님, 그 뿔이 마음에 드시나요? 계속 시선이 그쪽으로 가 있는 것 같은데, 원하신다면 그 뿔의 주인이 지금 어디에 있는지 가르쳐 드릴 수도 있지요."

깊이 생각하고 꺼낸 사야의 말에 유하는 잠시 굳어진 표정이 되었다. 뚜렷한 표정을 떠올린 것은 아니었지만 마치 멈춰진 시간 속에 던져진 듯이 유하는 혼란스러워 보였다. 저것은 분명 잊혀진 기억과 몸의 기억 사이에 존재하는 혼란 때문일 것이리라.

"원하신다면 말씀드릴 수 있어요. 저는 얼마 전에 직접 만난 적이 있으니까요."

유하는 사야의 말을 듣고 고개를 들어올렸지만 어떤 대답의 말도 하지 않았다. 마치 생소한 언어를 듣고 있는 듯한 표정만을 지을 뿐.

'좋아.'

그리고 비록 유하가 아무 말도 하지 않았지만 사야는 기억을 잃은 유하라면 자신이 많은 점에서 유리할지도 모른다는 생각이 들었다. 과거의 유하는 자신에게 어떤 관심도 보여주지 않았지만, 지금이라면 모든 것을 뒤바꿀 수 있다. 오히려 너무나도 잘된 일이다. 다시 과거로 되돌아간다고 해도 자신은 역시 뿔의 힘으로 유하를 공격했을 것이다. 분명.

탁!

잠시 자신만의 생각에 잠겨 있던 사야는 무언가 딱딱한 것이 바닥에 떨어지면서 울린 소리를 듣고는 고개를 돌렸다. 그러자 분명 조금 전까지만 해도 유하의 손에 들려 있던 시류의 뿔이 바닥에 떨어져 있었다.

'무슨 일이지?'

그리고 위쪽으로 고개를 들어올리자 유하가 벽에 등을 기댄 채기절하듯 잠들어 있는 모습이 보였다.

"유하님!"

당황한 사야는 정신없이 유하의 이름을 불렀다. 그러나 유하는어떤 반응도 보이지 않은 채 눈을 감고 죽은 듯이 늘어져 있을 뿐이었다.

다시 눈을 떴을 때는 이미 사흘의 시간이 흘러가 있었다. 그 동안 노하와 사야, 그밖에도 몇몇 금의 일족들이 다녀간 듯하지만 서희가 무언가를 느꼈을 리 만무하다. 그저 지금 방을 빠져 나가면서 재수없는 비웃음을 던지는 노하를 통해 그것을 알았을 뿐, 노하는 분명 자신의 웃음이 서희에게 그렇게 비친다는 것을 모르고 있을 테지만 서희는 노하의 웃음을 접할 때마다 무척이나 기분이 나빴다. 세상의 모든 것을 하찮게 여기고 비웃는 듯한 의미가 그의 얼굴 전체에 배어 있기 때문이었다.

"정말 재수없다니까."

솔직히 얼굴만 보면 시류보다는 못하지만 봐주지 못할 정도는 아니다. 오히려 현대판으로 말하자면 인델리한 외모랄까. 하지만 서희는 그런 외모는 정이 안 가서 좋아하지 않는다. 오히려 바보같아도 바사기의 순박함이 훨씬 맘에 든다.

"다행이다. 그래도 시류님이 살아 있어서."

서희는 며칠 전 사야에게서 들었던 말을 떠올리며 안도의 한숨을 내뱉었다. 지레 짐작으로 울어버린 자신이 한심하기는 하지만 그때는 그럴 수밖에 없는 상황이었다. 노하라면 분명 시류를 죽이고도 남는다는 것을 알고 있었기 때문에. 더군다나 자신의 두 눈으로 직접 시류의 뿔까지 확인하지 않았던가.

'뿔… 뿔? 맞아. 시류님의 뿔. 분명 내가 손에 쥐고 있었는데……'

서희는 깜짝 놀라며 주위를 둘러보았다. 그러다 눈에 띄지 않자 몸을 일으켜 방 안을 뒤지기 시작했다. 그러나 어디에서도 뿔은 보이지 않았다. 자신의 두 손을 내려다보아도 보이지 않고 침상 위에도, 바닥에도, 방 어디에도 존재하지 않는다. 화려하지만 그리

넓지는 않은 방을 샅샅이 뒤지는 동안 서희는 며칠 동안 하루 종일 노동을 한 듯한 피로를 느꼈다. 정신은 멀쩡해도 몸은 아직 완치되지 않은 모양이었다.

"후……"

서희는 한숨을 내쉬며 침상 위에 주저앉았다. 대체 자신이 잠들어 있던, 아니, 잠에서 깨어났다고 말해야 옳을까? 그 시간 동안 무슨 일이 일어난 것일까. 다른 것도 아니고 시류의 뿔을 잃어버리다니.

"분명 노하나 사야가 가져갔겠지. 가장 유력한 게 그 둘이니."

힘없이 중얼거리면서 현실을 납득하려 했지만 기분이 한없이 가라앉는 것을 막을 방도는 없었다. 시류가 그런 일을 당할 때 옆에 있어 주지도 못했는데, 잘린 뿔이나마 자신이 가지고 있다가 나중에 시류를 만났을 때 조금이라도 힘을 되찾을 수 있도록 만들어야 할 것이 아닌가. 사제라는 이름을 가진 자신이 그것조차 하지 않는다면 시류를 볼 면목이 없었다. 그리고 지금은 방법이 있는지 없는지는 모르지만, 어쩌면 비전서에 잘린 뿔을 다시 생겨나게 할 수 있는 비법이 적혀 있을지도 모른다.

"미안해요, 시류님."

서희는 나지막하게 말을 하고는 작게 웃었다. 아직 환하게 웃는 것은 슬픔의 잔재가 남아 있기 때문에 힘들었지만 분명 얼마 지나지 않아 웃을 수 있게 될 것이다. 시류가 어디에 있는지, 뿔이 잘린 후에 어떤 상태가 되어 있는지도 알지 못하지만 적어도 살아 있다면 희망은 있을 것이기에.

'그나저나, 왜 이렇게 금방 잠에서 깨버려서 뿔을 잃어버리기나 하는 거야, 나는!'

서희는 정신없이 지나치는 두 개의 세계 속에서 어떻게 해야 시간을 효율적으로 나눌 수 있을지 생각을 떠올렸다. 이서희인 자신의 생활도 물론 중요하지만, 이곳 은의 일족들이 있는 땅에서는 자신이 무엇보다 중요한 자리를 차지하고 있지 않은가. 더군다나 지금의 상황은 자신 혼자만의 힘으로는 도저히 풀어갈 수 없을 만큼 복잡하고 어려운 상황인 것이다. 단 한 명의 조력자도 구하지 못해 아쉬운 이 상황에 자꾸 아까운 시간을 그냥 보내버리는 바람에 아무런 일도 제대로 하지 못하고 있다. 심지어 이 방에서 조차 나가보지 못했다.

"어떻게 하면 이 사실을 잊지 않고 현실에서도 적용할 수 있을까."

서희는 혼잣말을 중얼거리며 고민에 고민을 거듭했다. 항상 뭔가 하려던 순간이나 중요한 순간에 잠에서 깨어나 버리면 그야말로 모든 일이 물거품이 돼버리는 것이다. 중요한 생각에 한참 잠겨 있거나 할 때 갑자기 깨어나 버리면 다시 잠이 들었을 때는 며칠이라는 시간이 지나 있곤 했다. 이래가지고서는 정말 아무것도 안 된다. 지난번에 잠들었을 때는 시류가 죽은 줄 알고 슬픔에 잠겨서 울다가 그냥 잠에서 깨어나 버렸던 거라서 오히려 감정을 가라앉히는데 도움을 주었지만 다른 때는 아니다. 게다가 앞으로 어떤 일이 일어날지 알 수 없는데 계속 자신이 이런 상태라면 곤란한 일이었다.

주위의 방해를 받지 않고 계속 잠들 수 있는 방법. 서희는 여러 가지 생각을 교차시키며 어떤 것이 좋을까 고민고민했다.

'그래! 바로 그거야!'

얼마 지나지 않아 서희는 자신이 항상 준비물을 잊지 않기 위해 했던 방법을 떠올렸다. 그 방법이라면 분명 잠에서 깨어나 아무것도 모르는 상태로 돌아가 버린다 해도 효력이 있을 것이다. 지난 19년의 세월 동안 자신이 항상 써왔던 방법이기 때문에 무의식 중에서라도 그것을 잊지 않고 따를 것이 분명했다. 서희는 주위를 둘러보며 도구를 찾았다. 한참을 둘러보자 검은색의 나무로 짜여진 책장 위에 가느다란 세필이 놓여 있는 것이 보였다.

"좋았어."

서희는 신바람 난 목소리로 외치며 걸음을 옮겼다. 이제는 어느 순간 잠에서 깨어나 현실로 돌아간다고 해도 걱정이 없다. 잠에서 깨면 조금 황당할지도 모르지만.

—기상! 아침이다! 일어나요!

귓가에 크게 울려퍼지는 시계 소리. 언제나 느끼는 것이지만 아침에 듣는 시계의 기상 나팔 소리는 천둥이 치는 것처럼 너무 시끄럽다. 하지만 이런 소리가 아니면 잠에서 깨기가 힘드니까 필요 불가결이기는 하지만.

"하암~"

서희는 몸을 일으키며 길게 기지개를 폈다.

왠지 모르게 몸이 찌뿌둥한 느낌이다. 뭔가 무거운 물건을 잔뜩 들었을 때처럼. 아니, 그것보다 더한 묵직한 감각이 온몸에 떠돌고 있었다.

"뭐야, 악몽이라도 꾼 건가? 왜 이렇게 기분이 싱숭생숭하지?"

서희는 중얼거리며 눈을 비볐다. 잠에서 깨어나면 그래도 상쾌한 기분이 드는 게 정상인데 오늘은 정말 이상하다. 언제나처럼 또 어떤 꿈을 꾼 것 같기는 한데 기억나지도 않는 데다가 몸까지

찌뿌둥하니 정말 기분만 이상해졌다.

"샤워라도 해야겠다."

서희는 고요한 집 안을 한번 둘러보고는 욕실로 향했다.

욕실에 달린 큰 거울에 비친 자신을 바라보며 언제나처럼 한숨을 한번 내쉬고서 세면대에 달린 수도꼭지를 돌렸다.

"이게 뭐지?"

그리고 서희는 막 물에 닿기 전에 왼쪽 손바닥에 검은색이 잔뜩 칠해져 있는 것을 보았다. 그래, 마치 진한 매직으로 손바닥에 장난을 친 듯한. 자세히 들여다보자 그 검은 덩어리는 자신이 직접 쓴 글씨였다. 그것도 한국말과 중국어의 두 가지 버전.

"뭐야, 수면제 먹고 자기?"

'이상하다. 내가 이런 걸 왜 썼지? 분명 내 글씨인 건 맞는데.'

한참을 물을 틀어놓은 상태로 손바닥을 들여다보며 서희는 생각에 잠겨 있었다. 그러다가 아하! 하고 손바닥을 쳤다. 분명 일어날 때마다 느껴지는 이상한 느낌이 그 원인일 것이다. 꿈을 기억하지 못하는 것도 분명 제대로 잠을 자지 못했기 때문임이 분명하다. 그 때문에 자다가 깨서 비몽사몽간에 이런 말을 썼음이 분명하다. 잠에서 깨어나면 아무것도 생각나지 않기 때문에 무의식 중에서도 마음에 두고 있었던 모양이다.

'역시 난 굉장하다니까.'

정말이지 오랜만에 하는 자신에 대한 감탄이었다.

"그래! 오늘은 수면제를 먹고 자는 거야."

서희는 다짐하듯 중얼거리며 찬물에 손을 담갔다.

제26장

물빛 무지개

　과거에 사제로서 금의 영토를 방문했던 때 이후로 밖을 이렇게 걷는 것은, 그것도 노하와 함께는 처음이었다. 더군다나 지금은 반 년, 자그마치 반 년 동안이나 사야로 인해 입은 상처로 정신조차 차리지 못하고 있던 유하가 깨어나서 걸어다니는 역사적인 날이기도 한 것이다. 자신의 기쁨은 둘째로 치더라도 다른 이들 역시 이런 상황을 반기는 것만은 틀림없었다. 이유나 목적이야 어떻든 간에.

　"지금 유하 그대가 머물고 있는 곳이 나를 포함한 장로들이 생활하는 본전이다."

　노하는 무척 친절하게도 사비들을 시킨 것도 아니라 직접 몸을 움직여가며 유하에게 금의 영토의, 아니, 정확하게는 휘황찬란한 금의 수의 거처를 소개해 주고 있었다. 이렇게 여유롭게 주위를 둘러보며 걸음을 옮기고 있자 마치 고대의 유적지로 관광이라도 나온 듯한 기분이 들었다. 주위에는 눈이 현란할 정도로 화려하고 웅장한 건물들이 서로의 위용을 뽐내듯이 즐비하게 들어서 있었다. 또한 현대처럼 일일이 정원을 다듬거나 하는 것은 아닌데도 조화를 이루며 곳곳에 자라나 있는 나무와 풀들은 자연 속에 묻혀 있는 것만큼이나 아름답게 보였다. 예전에는 보는 것만으로도 사치의 온상이라고 여겨지던 광경이었지만 유하의 마음과 기억 모두를 받아들였기 때문인지 별다른 느낌은 없었다. 그저 가끔씩 튀어나오는 서희로서의 감각이 버릇처럼 불만을 표현하는 것일 뿐.

하지만 겉보기에는 주의 깊게 그것들을 살펴보는 것처럼 보일지 몰라도 서희의 마음은 전혀 그렇지 못했다. 자신이 이렇게 아무렇지 않게 금의 영토를 활보하고 다니는 순간에도 시류는 어딘가에서 고통스러운 경험을 하고 있을지 모른다. 아니, 분명 그럴 것이라는 예감이 들었다. 인정하고 싶지 않은 사제의 직감은 너무나도 선명하게 그 감정을 불러일으켰다. 자신의 몸이 고통을 당하는 듯이 그렇게. 몸의 어느 곳도 아프지는 않았지만 가슴 한구석이 계속 울려대는 것이 잠시도 마음을 편안하게 있을 수 없도록 만들었다. 무언가를 경고하듯이.

"이곳은 감시자들이 머무는 곳이지."

한동안 시류에 대한 생각을 하느라 서희는 한참 동안이나 노하가 자신에게 건넨 말을 그냥 흘려넘기고 있었다. 어느새 서희는 자신이 한번도 와보지 못한 장소에 다다라 있었다.

10층 정도로 보이는 높이에 높다랗게 지어진 전각들이 즐비한 장소. 자신이 사제가 된 이후로 10년에 한 번씩은 꼭 왔던 장소임에도 불구하고 이곳은 처음 보는 장소였다. 감시자들이 머무는 곳이라면 금의 일족의 전력이 모여서 힘을 수련하고 지내는 곳이라는 말이었는데, 이런 장소를 어째서 자신에게 알려주는지 이상했다. 어쩌면 이제 은의 일족들이 모두 자신들의 손안에 놓이게 되었기 때문인지도 모른다.

"기억이라는 건 잊혀지기도 하고 되살아나기도 하니 시간이 지나면 언젠가는 되돌아오겠지. 그렇게 하기 위해서는 먼저 이곳에 익숙해지는 게 좋지 않겠나?"

조용히 방 안에 틀어박혀 생각에 잠겨 있던 유하에게 말을 건넨 것은 자신이 무슨 영화 배우라도 되는 듯이 문 앞에 선 채 고개를 반쯤 옆으로 돌리고 입을 움직이는 노하였다.

불과 며칠 전만 해도 유하가 기억을 잃었다는 사실 때문에 지나치게 흥분했던 것이 자신이었다는 것도 잊은 듯 노하의 얼굴은 지나치게 여유 만만하고 기분 나쁜 미소가 담겨 있었다.

노하 나름대로는 무척이나 신경 쓴 부드러운 어조였지만 일단 미운 털이 박혔는데 서희가 그를 곱게 볼 리가 없었다.

"이 건물들은 모두 뿔의 힘으로 지은 것들이다."

높은 곳에 위태위태하게 자리한 전각들에 유하의 시선이 닿아 있다는 것을 알고 노하는 부드럽게, 그러나 타인의 눈에는 그렇게 보이지 않는 웃음을 지어 보였다.

'그냥 말을 해버리는 것이 좋을까. 어차피 밑져야 본전이니.'

아직 노하의 저의가 무엇인지 알지 못하는 상태였지만 서희는, 유하로서의 서희는 과거부터 이어져 오던 노하의 호의에 하나의 기대를 걸었다.

"제게 이곳저곳을 안내해 주신다는 것은 앞으로 자유로이 이 안을 왕래해도 좋다는 뜻으로 받아들여도 좋겠습니까?"

서희는 되도록 무심한 어조로 들리도록 노력하며 말문을 열었다. 정신을 차린 이후로는 꼭 필요한 말 이외에는 별달리 말을 꺼내지 않는 유하였기에 자신해서 무언가를 묻는 유하의 모습을 보고 자신도 모르게 노하는 미소를 짓고 있었다.

"좋다. 그대에게는 특별히 그것을 허락하도록 하지. 그러나 하루에 얼마 동안은 나와 함께 시간을 보내주었으면 좋겠군. 그대의 잃어버린 기억을 되찾기 위해서는 누군가의 도움이 필요할 테니까 말이야."

'착각은 자유예요.'

노하의 말에 서희는 속으로 그렇게 답하며 고개를 몇 번 끄덕여 보였다.

"분명 얼마 지나지 않아 기억을 되찾을 수 있을 거다, 유하."

'찾을 기억이 있어야 찾지요.'

서희는 또다시 마음속으로 중얼거리며 불만을 토했지만 겉으로는 과거의 유하와는 완전히 다른 태도를 취해 보였다.

"호의에 감사드립니다, 노하님."

"그래, 이곳에 대한 소감은 어떤가?"

"한적해서 마음에 듭니다."

서희는 고개를 돌려 주위를 한번 둘러보고는 그렇게 답했다. 솔직히 장소만을 말한다면 금의 영토 역시 은의 영토에 비할 바 없이 아름답고 조용한 곳이었다. 그토록 공격적인 성향을 지니고 있는 금의 일족들이 살기에는 너무나도 평화로운 곳이라 여겨질 정도로. 또한 이유 모를 감동이 섞인 한숨이 나올 만큼 아름다운 장소였기 때문에.

"마음에 든다니 기쁘군. 앞으로 완벽하게 이곳에 적응하게 된다면 그대가 원하는 곳에 처소를 만들어주도록 하겠다."

"감사합니다."

서희는 약간이기는 하지만 고개를 숙여 보이며 감사를 전했다. 그리고 그런 서희의 태도에 노하의 눈빛이 변한 것은 당연한 일이었다.

"노하님."

막 감시자들의 처소를 지나치려 할 때였다. 서희는 어딘가에서 들어본 듯한 기억이 있는 목소리가 들리는 것을 확인하고는 고개를 돌렸다.

"무슨 일이냐."

노하는 딱딱하게 말을 내뱉고는 발걸음을 옮겼다.

이름은 확실히 떠오르지 않지만 분명히 아는 얼굴이다. 지난번에 왔을 때 노하와 마찬가지로 자신을 갈구던, 그래, 분명 장로라고 했던 기억이 났다. 이름도 한 글자였던 것 같은데. 그런데 자세히 살펴보니 그의 뿔 한쪽이 약간이긴 하지만 잘려 있었다.

'누가 저 자의 뿔을 저렇게 만들었지?'

서희는 의문에 감싸인 채 조용히 시선을 고정시켰다.

서희의 그런 시선을 아는지 모르는지 노하는 기가 서 있는 곳까지 다가선 후 그의 말에 귀를 기울였다. 기억을 잃은 상태라고는 하지만 유하에게까지 모든 것을 알릴 필요는 없다고 생각했기에 거리를 둔 것이다.

"노하님, 시류의 상태가 조금 이상합니다."

기는 변함없이 단정한 얼굴로 말하고 있었지만 음성에는 평소와 달리 약간의 긴장감이 배어 있었다. 그것은 전투에 임했을 때의 긴장감과는 확연하게 성질이 다른 것이었다. 자신이 책임질 수

없는, 혹은 처리할 수 없는 어떤 문제에 당면했을 때의 당혹감과
도 닮은 그것.

"어떻게 이상하다는 말이냐."

"며칠 전부터 잠에서 깨어나는 시간이 점점 늦어지고 있었지만
별문제는 없었기에 그다지 크게 마음을 쓰지는 않았습니다. 그런
데 오늘 확인해 보니 어제부터 단 한 번도 눈을 뜨지 않았다고 합
니다. 마치 얼마 전의 유하님의 상태처럼 말입니다."

"약사들을 보냈나?"

"네, 하지만 몸은 그저 뿔이 없기 때문에 약해져 있을 뿐 별다
른 이상은 없다고 합니다. 유하님의 때와도 비슷한 경우라서."

잠시 생각에 잠긴 듯 노하는 아무 말도 하지 않았다. 그리고 기
는 조용히 옆에서 노하의 명령을 기다렸다.

"노하님, 중요한 일이 생긴 거라면 저는 이만 제 방으로 돌아가
겠습니다."

그리고 둘의 침묵을 방해한 것은 몇 미터 정도 떨어진 거리에
조용히 서 있던 유하였다.

청량한 유하의 음성이 울리자 노하와 기는 거의 동시에 고개를
돌렸다. 그리고 기와 시선이 마주친 순간, 유하는 그의 이름을 기
억해 냈다. 날카로운 기의 시선이 확실히 머리 속에 새겨져 있던
그의 이름을 끄집어낸 것이다.

"그럼, 며칠 간 더 상태를 지켜본 후 다시 결정하도록 하겠다.
우선은 약사를 곁에 두도록 해라."

"알겠습니다."

기는 고개를 정중하게 숙이며 노하의 명령에 답했다.

"별다른 일은 아니니 상관없다, 유하. 이제 가던 길을 계속 가기

로 하지."

"그런데 이분은 누구십니까?"

유하의 기억 상실에 대해서는 들어서 알고 있던 기였지만 실제로 자신을 알아보지 못하고, 더군다나 자신을 향해 경어를 사용하는 유하를 보고 나자 그 사실을 믿지 않을 래야 않을 수가 없게 되었다.

"장로인 기라고 하지. 유하, 그대보다는 나이가 어리다."

"그렇군요."

유하는 수긍한 듯 고개를 끄덕였다. 그러다가 유하의 시선이 자신의 뿔로 옮겨진 것을 깨닫고 기는 속으로 쓰게 웃었다. 가장 눈에 잘 띄는 곳이 손상을 입었으니 당연하다. 오른쪽 뿔의 끝 부분이 약간 잘린 것 뿐으로 힘에도 손상은 없지만 기분만은 무척 날카로웠다. 이제는 자신의 손짓 하나에 목숨을 내맡기고 있는 상대에 불과하지만 과거의 그는 자신과 당당히 맞선 상태에서도 밀리지 않을 정도로 강했다. 실로 오랜만에 했던 제대로 된 싸움이라고나 할까. 그러나 결과야 어찌 되었든 간에 그 싸움에서 자신은 뿔에 손상을 입었다. 그리고 그것은 단순한 한마디로 끝낼 수 있는 결과가 아니었다.

"저것은 은의 일족과의 싸움에서 얻은 상처지."

유하의 시선을 눈치 챈 것은 기뿐만이 아니었다. 노하 역시 그것을 알아채고 먼저 말을 꺼낸 것이다.

"그렇군요."

유하는 또다시 같은 말을 반복했다. 표정에도 별다른 변화가 생기지 않았기에 유하가 입은 기억의 손상에는 일족간의 관계에 관한 것도 포함되어 있는 것이 아닌가, 라는 의심이 들게 만들 정도였다.

"그럼, 저는 물러가겠습니다."

이번에는 노하 이외에도 유하에게까지 정중하게 인사를 건네고 나서 기는 등을 당당하게 편 자세로 몸을 돌려 걸어나갔다. 몸에 잘 맞게 만들어진 무복 차림새의 그는 무척 경쾌한 몸놀림을 가지고 있었다. 잠깐 눈을 돌렸을 뿐인데도 다음 번에 다시 시선을 던졌을 때에는 이미 작은 점으로 화해 있을 정도로.

"유능한 장로인가 보군요."

"그렇게 보였나?"

유하는 조금 풀어진 표정을 지었다.

"그저 느낌입니다. 노하님이 신뢰감을 품고 있는 것 같다는, 그런 느낌이 들었습니다."

노하는 아주 미미해서 스스로밖에 느끼지 못할 정도이긴 했지만 몸을 흠칫하고 떨었다. 어느 누구도 믿지 않는 자신의 마음을 어째서 유하는 다르게 보는 것일까. 아니면, 자신의 마음이 잘못된 것인가. 그러나 노하는 곧 마음속의 생각을 부정해 버렸다. 그저 유하가 가진 사제의 힘 때문에 그렇게 보인 것뿐이라고. 기억을 잃었어도 유하는 변함없는 유하이듯이 말이다.

"그런가?"

그리고 그는 다시 특유의 웃음을 지어 보였다.

언제나 방심할 수 없는 노하와의 산책을 끝마치고 방으로 돌아온 서희는 창가에 놓여진 의자에 앉으며 크게 한숨을 내뱉었다. 유하의 기억을 가지지 못한 자신이었다면 분명 지금과 같이 연기를 해야겠다는 생각도 하지 못했을 것이다. 아니, 했다고 해도 자신감 부족으로 분명 실패했을지도 모른다. 그만큼 노하라는 존재는 까다롭고 무서운 존재였다.

'대체 무슨 생각을 하는 거지, 노하는?'

서희는 도저히 그의 마음을 짐작할 수가 없었다. 사제의 능력을 가진 유하로서도 그것은 마찬가지였다. 마치 두터운 베일에 드리운 것처럼 노하는 읽기 어려운 남자였다.

"빨리 시류님이 있는 곳을 알아내야 할 텐데. 그리고 뿔의 행방도……"

서희는 마음속의 고민을 밖으로 들어내 중얼거리며 또다시 한숨을 내뱉고 말았다. 지금 이곳에서는 오직 자신의 힘만으로 모든 것을 풀어나가야 하기에 더욱 부담도 크고, 별다르게 큰 효력을 발휘하지 못하는 자신의 능력이 원망스럽기도 했다. 그러나 현실을 바꿀 수는 없었기에 최대한 자신이 지니고 있는 것을 이용해 모든 것을 풀어나가야 한다.

'그런데 그 기라는 남자의 뿔을 그렇게 만든 존재는 누구일까. 은의 일족 중에서 금의 일족과 대등하게 싸울 수 있는 존재는……'

머리카락을 흩트리는 바람 속에서 생각을 거듭하던 서희는 문득 자신이 간과하고 있던 사실을 떠올렸다. 항상 곁에 있던, 너무나 당연해서 인식하지 못하던 상대.

"시류님!"

그랬다. 언제나 변함없는 자신감을 시류가 의식하지 않고도 자연스럽게 지니고 있었던 것은 자신의 힘이 어느 정도인가를 스스로 충분히 인식하고 있었기 때문이다. 비록 지금은 과거와 같은 상태로 돌아갈 수 없게 되었다 하더라도 분명 시류는 강했다.

'어쩌면 시류님이 그렇게 쉽게 붙잡힌 데다 뿔을 잘리는… 그런 일을 당한 이유는… 내가 무방비하게 쓰러졌기 때문이었는지도……'

문득 그런 생각을 떠올리자 서희는 마음이 너무나도 어지러워져서 생각을 제대로 이어나갈 수 없을 정도가 되었다. 자신은 언제나 달아나기만 했던 상대였건만 시류는 언제나 마음속에 무거운 생각을 품고 자신만을 봐왔던 것인지도 모른다.

이어지지 않는 생각. 교차되는 기억. 그렇게 둘의 사이는 200여 년 동안 건널 수 없는 평행선 위에서 지속되어 온 것이다.

"하지만 현실은 달라지지 않아."

바람을 타고 흩어져 가는 중얼거림은 서희의 귓가에 오랫동안 남아 있었다. 어쩌면 그것은 가슴속에 남아 끊임없이 메아리치는 말인지도 몰랐다.

수면제의 효과란 것은 정말 대단해서 벌써 일주일에 가까운 시간이 흘러갔음에도 불구하고 서희는 유하의 몸에서 벗어나지 않고 있었다. 언제 갑자기 쓰러지듯 눈을 감고 잠에서 깨어날지 모른다는 불안을 가슴속에 품고 있기는 했지만, 그것은 나중의 일이고 지금은 자신의 힘으로 해결할 수 있는 일을 처리하는 것이 급선무였다.

며칠의 기간 동안 나름대로 시류의 행방을 찾으려 노력했지만 그들은 일부러 의도한 것인지, 어느 누구도 시류가 있는 장소를 누설하지 않았다. 아니, 그런 존재가 있다는 사실을 잊은 것처럼 아예 입 밖에 꺼내지를 않았다. 자유롭게 돌아다닐 수 있다는 사실을 이용해서 이곳저곳을 기웃거려 보기도 했지만 어느 곳에서도 시류가 있다는 느낌은 받지 못했다. 그리고 사야나 노하의 손에 들어가 있을 것이 분명한 시류의 뿔의 행방 역시. 사야는 어느 곳에서 생활하고 있는지 은의 영토에 있을 때는 그렇게 끈질기게 따라 붙더니, 이곳에서는 가끔씩 자신이 머물고 있는 방에 찾아오는 것 이외에는 얼굴을 볼 수 없었다.

'사야를 만난다면 알 수 있을지도 모르는데, 사야는 이곳에서 행동이 자유롭지 않은 건가?'

서희는 의문을 가진 채 산책하듯 나무들이 들어서 있는 자연 정원을 거닐었다. 잎이 넓은 활엽수들이 빽빽하게 들어차 마치 깊은 숲속에 온 듯한 착각을 느끼게 만드는 이곳은 이곳에서도 특히 한적하고 여유로운 느낌을 자아내는 장소였다. 마치 자신의 처소가 있던 곳과도 비슷하게 여겨지는.

나뭇잎을 흔드는 바람은 사락거리는 부드러운 소리를 내며 자연 정원 속을 맴돌았다. 어느 누구도 자신의 시야에 들어오는 이 없이 오직 혼자만이 이 지나칠 정도로 한적한 숲 안에 있다는 생각이 들자 조금이지만 무거웠던 마음의 짐이 덜어지는 듯한 기분이 들었다. 지금의 자신은 혼자이며, 어쩌면 자신으로 인해 연유했을지도 모르는 일로 인해 피해를 입은 이들을 찾아내지 않으면 안 된다. 어쩌면 시류뿐만이 아니라 자신이 알고 있는 다른 많은 이들도 이곳 어딘가에 살아 있을지 모른다. 나무 사이로 비쳐 들어오는 강렬하지만 따갑지는 않은 햇살이 자신의 머리카락에 부딪혀 화려한 은색을 흩뿌렸다. 마치 백사장의 모래가 햇빛에 반짝이듯이.

'내가 처한 상황만 아니라면 정말 살고 싶을 정도로 좋은 환경인데……'

유하로서의 욕심과 서희로서의 욕심 두 가지를 다 합쳐서 내린 결론이었다. 그렇게 어느 누구의 방해도 받지 않고 얼마나 숲속을 거닐었을까. 계속 정처없이 발걸음을 옮기는 동안 어느새 숲의 끝이 보이고 있었다. 숲이 끝나는 곳에는 키가 작은 들풀들이 제멋대로 자라나 어떤 곳에는 푸른 갈대처럼 흔들리고 있었고, 어떤 곳에는 흐린 색의 꽃을 피워 여러 가지 색채로 주위가 물들어 있었다. 그리고 그 풀들이 이어져 있는 장소의 동쪽 끝에는 주위의 건물들과는 비교도 되지 않을 만큼 작은, 그렇지만 견고하고 화려하게 지어진 건물이 있었다. 지붕 부분은 청색의 기와가 뒤덮고 있었고, 높게 솟아오른 지붕 끝의 네 모서리에는 황금으로 만들어진 풍경이 운치있게 매달려 있었다.

"누군가 이곳에 있나? 은거라도 하는 듯한 모양새로군."

그렇게 중얼거리며 서희는 피식 웃었다. 불과 얼마 전까지만 해도 자신 역시 인적이 드문 깊은 곳에서 이렇게 은거하듯이 살고 있지 않았던가. 시류의 부름이 있으면 움직이고 그렇지 않을 때는 자신과 두 명의 사비만으로 이루어진 생활을 이어갔던. 그리 오랜 과거의 일이 아님에도 불구하고 수십 년은 더된 과거처럼 기억이 희미해진 듯한 기분이 들었다.

역시 유하가 자신에게 남긴 것은 기억뿐인지도 모른다. 몇 년간 이어졌던 은의 영토에서의 생활은 이곳에서의 서희를 유하도 아닌, 그렇다고 서희도 아닌 존재로 바꾸어놓았다. 남자이자 여자이며, 인간이자 은의 일족, 그리고 중국어에 매달려 있던 소녀와 사제라는 전혀 어울릴 것 같지 않으면서도 기이하게 연결되어 있는 관계로. 이제 자신이 유하인지, 그렇지 않으면 서희인지는 확실히 구분하지 않아도 좋다. 어느 쪽이든 간에 자신은 두 개의 기억과 힘 모두를 가지고 있다. 이곳이 현실인지 그렇지 않으면 이서희로서의 자신이 존재하는 19년 간 생활해 왔던 장소가 현실인지는 아직 판단할 수 없었다. 그러나 적어도 지금의 자신은 이곳에서 필요한 존재다. 그것만큼은 확실했다.

햇빛에 비치자 희미하게 푸른빛을 띠는 자신의 청의를 바라보며 서희는 옅은 그리움에 사로잡혔다. 청의 사제라는 이름과 청의수라는 이름이 겹쳐지며 자신에게 말을 건네던 시류의 웃음 띤 얼굴이 떠올랐다. 겉으로는 시류를 냉담하게 대했어도 마음속으로는 항상 그를 걱정했던 것은 아직 마음속 깊은 곳에 어린 시절의 기억이, 처음으로 마음을 열었던 상대가 시류라는 사실이 깊고 뚜렷하게 새겨져 있기 때문이었다.

'누가 있나?'

교차되는 생각에 사로잡힌 채 멈춤 없이 발을 움직이던 서희는 잠시 눈앞에 환영처럼 비쳤던 누군가의 움직임이 결코 스쳐 지나가는 영상이 아니라는 것을 확인했다. 몸의 곡선에 맞게 흘러내린 짙은 남색의 화의, 어깨보다 조금 더 길게 흘러내린 갈색 빛깔의 머리카락, 그리고 그 위에 솟아 있는 백색의 뿔 하나. 작은 사슴처럼 이곳저곳을 둘러보는 눈동자까지. 분명 자신이 익히 알고 있고 중요하게 여기는 이의 얼굴이었다. 설마 이런 곳에서 이런 식으로 만나리라고는 생각하지 못했지만.

'미르.'

서희는 마음속에서부터 피어오르는 반가움을 속으로 삭히며 걸음을 멈추지 않았다. 얼굴에 떠오른 표정 또한 어떤 감정도 끼여들지 않은, 그러나 부드러워 보이는 느낌의 표정을 하고서.

바사기를 돌보고 있는 언니 대신 주위를 둘러보기 위해 밖으로 나왔던 미르는 얼마 지나지 않아 자신들 이외에는 어느 누구도 없다는 사실을 확인하고는 안도의 숨을 내뱉었다. 시도 때도 없이 모습을 드러내는 금의 일족들 때문에 제대로 마음을 놓지 못하는 나날이 지금까지 계속 이어져 왔던 것이다. 바사기와 함께 지냈던 사실 때문에 은의 일족임에도 불구하고 비교적 자유롭게 이곳 금의 수가 머무는 처소에 함께 있을 순 있었지만, 이것은 결코 마음이 편한 일은 아니었다. 항상 불안에 떨며 깨어나지 않는 바사기를 보살피고, 또한 익숙해지지 않은 금의 일족들을 상대해야 한다. 아직 바사기의 친형제라는 금의 수 노하는 이곳에 모습을 드러내지 않았지만 언젠가 그를 보게 된다면 자신은 제대로 숨조차 쉬지 못하게 될 것이라고 미르는 생각했다.

이곳에서는 자신이 유일하게 신경 쓰고 즐기는 요리를 제대로 할 일도 없었다. 주위를 돌아다니다 보면 음식을 만들 수 있는 재료를 충분히 구할 수 있지만, 그것을 먹어줄 이는 자신과 언니 시라뿐이다. 과거처럼 유하님과 함께 사는 것도, 돌아오지 않는 유하님을 기다리며 셋이 함께 이야기를 나누며 보내던 시간도 이미 과거에 불과했다. 생각지도 못했던 현실이 아직도 적응하기 어렵고 믿기 어려운 현실 속에서 그저 살아남기 위해 하루하루를 지낼 뿐.

스륵—

그러던 어느 순간이었다. 미르는 자신 이외의 어느 누군가가 풀을 밟고 걸어오는 소리를 들었다. 사비의 일을 맡고 있는 이들은 언제나 모시는 자의 편의를 위해 최대한 소리를 자제하는 법을 익히고 신경 쓰지만, 그 외의 존재들은 그렇지 않다. 아무리 감시자라 하더라도 발걸음을 숨기지는 못한다.

또 누군가가 이곳에 찾아오는 것일까? 미르는 두려움으로 차오르는 마음을 가라앉히려 노력하며 조심스레 시선을 돌렸다. 과연 멀리에서 걸어오는 누군가의 모습이 보였다. 흰색의 청의를 걸친 남자. 옷과 마찬가지로 하얗게 보이는 머리카락과 그 위로 솟은 매끈하고 흰 하나의 뿔.

'하얀… 머리카락……?'

미르는 설마 하는 생각을 하며 다시 그 남자에게로 시선을 돌렸다. 자신이 알고 있기로 저런 머리색을 가진 것은 단 한 명뿐이다. 그것도 자신과 아주 가까운 존재.

미르가 생각을 거듭하는 와중에도 그 남자는 걸음을 멈추지 않았다. 얼마 지나지 않아 미르는 그의 머리카락이 흰색이 아닌 은청색이라는 것과 너무나도 그립고 익숙한 얼굴이라는 것을 알았다. 차가운 표정으로 백의 영토로 떠나던 그날처럼, 자신들 자매에게 손을 내밀었던 그날처럼 흔들림 없는 얼굴을 가진 청의 사제 유하의 모습이. 비록 은의 일족이 금의 일족에게 완전히 패했다 하더라도 죽을 때까지 자신에게 있어서 유하는 청의 사제였다.

"유하님……."

뺨을 적시는 따스한 액체. 미르는 자신의 얼굴을 적시는 눈물을 닦을 생각도 하지 못한 채, 눈을 감으면 유하의 모습이 환영처럼 사라져 버릴까 두려워 눈을 감지도 않은 채 걸음을 멈추고 유하를 응시했다.

"유하님…… 유하님……."

다른 말은 할 수도 없었고 생각나지도 않았다.

변함없는 유하의 모습을 보자 미르는 힘없이 쓰러져 가던 일족들의 모습이 생각나서, 잔혹하게 빛을 발하던 금의 일족들의 뿔에서 뿜어져 나오던 환한 금색의 빛이 떠올라서 더욱 눈물을 멈출 수가 없었다.

"유하님……"

서로의 얼굴을 확인할 수 있을 정도로 가까워지자 미르는 눈물 때문에 흐려진 눈을 소매로 닦아내고는 자신도 의식하지 못하는 사이 유하의 품안으로 뛰어들었다. 분명 보통 때의 자신이라면 감히 이런 행동을 하겠다는 생각조차 하지 못했을 것이지만 지금은 아니었다. 그저 몸이 움직이는 대로 미르는 발을 움직여 유하의 품에 안겼다. 유하의 따스한 손이 자신의 머리카락을 쓸어내리는 감각에, 언제나 느껴왔던 유하의 체향에 미르는 정신없이 얼굴을 파묻고 끊임없이 눈물을 흘렸다.

'꿈이 아니야, 꿈이 아니야.'

꿈이 아니었다. 유하는 살아서 이렇게 자신의 앞에 있었다. 살아 있는 모든 은의 일족들에게, 이제는 숨죽여서 살 수밖에 없게 된 은의 일족들에게 잔혹한 금의 일족들은 은의 일족에게 존재하던 수라는 이름은 이제 존재하지 않으며, 비전서 또한 사라졌다고 그렇게 말했다. 은의 일족에게 있어서는 무엇보다 커다란 존재였던 수와 비전서라는 이름. 처음 적의 수 화월의 죽음을 알았던 때와는 다르게 네 영토를 다스리던 수들의 죽음 속에 자신들의 수였던 청의 수 시류의 이름도 포함되어 있음에 미르는 놀랄 여유도 가지지 못했다. 선조들로부터 이어져 왔던 수천 년의 평화로운 시간들이 산산이 부서졌다는 사실은 아직도 믿기지 않았다. 이렇게나 간단하게 모든 것이 사라져 버리리라고는 생각하지 못했다.

"유하님, 분명 유하님이라면… 어딘가에 살아 계실 거라고… 그럴 거라고 생각했어요."

유하는 아직 아무 말도 하지 않고 있었다. 그저 얕게 숨을 내쉬며 가만히 미르를 내려다볼 뿐.

"유하님."

한참의 시간이 지나서야 미르는 겨우 유하의 품에서 벗어났다. 아쉬웠지만 언제까지 유하에게 안겨 있을 수는 없는 법이다. 상황이 아무리 달라졌어도 유하는 사제였고, 자신은 사비였다. 유하의 표정은 과거처럼 냉정하기 그지없는 사제의 얼굴은 아니었지만 미르는 별다른 생각을 떠올리지 않고 있었다. 유하의 표정까지 자세히 살피기에는 미르의 마음에 여유가 없었다.

"언니와 저는 그 일이 있은 후로 줄곧 이곳에 있었어요. 바사기도 함께……"

미르는 아직 바사기에게 어떤 호칭을 써야 할지 망설이고 있었다.

"유하님, 유하님은 어디에 계셨어요. 살아 계셔서 정말… 정말 다행이에요."

일부러 어두운 생각을 피하기 위해 미르는 자신에 관한 일을 다시 마음속에 접어두었다. 이미 지나간 과거를 끄집어내서 괴로워할 필요는 없는 것이다. 그리고 유하에게 쓸데없는 사실을 알리고 싶지 않았다. 그렇지 않아도 유하는 많은 일들 때문에 지쳐 있을 것이 분명하기 때문에.

"유하님?"

미르는 지금에서야 겨우 유하가 이상하다는 것을 깨달았다. 자신이 이토록 많은 말을 하는 동안에도 유하는 단 한 마디의 말조차 꺼내지 않고 있었던 것이다. 고개를 들어올려 유하의 얼굴을 바라보자 확실히 어딘가 과거와는 다르다는 것을 느낄 수 있었다. 지나치게 힘을 쓴 탓으로 몇 번인가 쓰러지고 기억의 혼란을 겪었던 과거에도 유하는 이런 표정을 지은 적이 없었다. 희미한 동정이 담긴 시선으로 자신을 바라보는 유하는 분명 모습은 조금도 달라지지 않았지만, 늘 기억하고 있는 고고하고도 아름다운 유하의 모습 그대로였지만, 완전한 타인이었다.

"나는 내 이름 이외에는 어떤 것도 기억하고 있지 않아."

자신에게로 향해 있던 시선을 천천히 하늘로 향하며 유하는 말했다. 짐작하고 있기는 했지만 미르는 금방이라도 눈물이 흐를 것 같은 감정에 사로잡혔다. 힘을 지나치게 쓴 탓으로 육체와 정신의 균형 모두를 무너뜨리던 유하였지만, 가끔은 주위의 누군가를, 기억을 잃을 때도 있었지만 그때에도 유하는 자신들은, 사비인 자신과 시라 두 자매만큼은 기억해 주었다. 그러나 지금은 아니다. 유하는 완벽하게 모든 것을 잊은 것이다. 미르는 무엇이 원인이 되어 유하의 기억을 앗아간 것인지 그런 것에는 관심이 없었다. 오직 지금의 유하가 모든 것을 잊고 저렇게나 자신에 대한 배려가 담긴 시선을 보내는 것을 보고 눈물이 흐를 만큼 슬펐을 뿐이다.

'미안하다, 미르.'

마음은 아프지만 어쩔 수 없었다. 적을 속이기 위해서는 자기 편까지 완벽하게 속여야 한다. 그렇지 않으면 언제 위험이 닥칠지 알 수 없는 것이다.

미르는 너무나도 당혹스러운 눈을 하고 떨려오는 몸을 억지로 바로 세우며 자신을 응시하고 있었다. 분명 자신의 귀로 들었던 조금 전의 말을 믿을 수 없는 것이다. 몇 번이고 되새기며 유하의 말이 무엇을 내포하고 있는지 생각하고 있는 것이 틀림없었다.

"유하님?"

사야와는 다른 슬픈 어조로 미르는 유하라는 이름을 불렀다. 200여 년의 세월 동안 줄곧 불려오던 자신의 이름이건만 타인의 입에서 울려퍼지는 그 이름은 마치 낯선 이를 부르는 것 같았다.

"미안하지만 그대의 이름을 말해 줄 수 있나?"

유하라면 절대 하지 않을 상대방에게의 사과의 말과 표정. 그 사실 하나만으로도 미르는 유하의 말이 거짓이 아니라고는 생각할 수 없었다. 그렇다면 조금 전의 일도 이해가 간다. 반가운 마음에 유하에게 달려가 안기기는 했지만 과거의 유하라면 절대 자신을 가만히 안아주지도, 머리를 쓰다듬어 주는 일도 없었을 것이다. 그리고 이렇게나 부드러운 눈동자로 자신을 바라보는 일도.

"미르, 미르입니다……."

그 이외에 미르는 무슨 말을 꺼내야 할지 도무지 알 수가 없었다.

"기억을 되찾기 위해서라도 가끔은 이곳에 올 테니까 그때마다 말상대라도 되어주면 좋겠어."

왠지 모르게 편안함이 느껴지는 말투였지만 이런 말투를 쓰는 유하는 유하가 아닌 것 같았다.

"네, 그렇게 하세요."

미르는 아무렇지 않은 듯 대답했다. 그러나 그 표정에는 다 숨기지 못한 슬픔이 배어 있었기에 서희는 너무나 미안해졌다. 겉으로는 조금도 그런 감정을 드러내지 않았지만 마음속은 무척이나 아팠다. 유하로서의 자신과 수십 년의 세월을, 그리고 서희로서의 자신과는 비록 몇 년에 불과하지만 같이 시간을 공유해 온 가족과도 같은 존재가 아닌가. 마음 같아서는 미르나 시라 둘에게만은 모든 것을 이야기하고 협조를 구하고도 싶었지만, 상대는 다른 누구도 아닌 노하가 아닌가. 은의 일족 모두를 설 자리가 없게 만들어 버리고, 시류를 제외한 다른 세 명의 수를 죽음으로 몰고 간, 그리고 시류마저도 뿔을 잃은 비참한 신세로 만들어 버린 노하를 속이기 위해서는 필요 불가결한 일이다.

'나중에 이곳에서 벗어나게 되면 다 이야기해 줄 테니까 지금은 참아줘. 정말 미안해.'

서희는 마음속으로 전해지지 않을 사과의 말을 계속 이어갔다.

아직 어린 표정이 남아 있는 얼굴이지만 미르는 얼마 되지 않는 기간 동안 많이 성숙해져 있었다. 외모를 말하는 것이 아니라 시라처럼 차분해진 태도가 그랬다. 아직 시라에 비하면 많이 모자라지만 과거의 미르와는 비교도 할 수 없을 정도로 차분하고 생각이 깊어져 있었다.

'고생이 심했겠구나.'

달라진 미르를 보자 서희는 불현듯 그런 생각이 들었다. 적어도 자신이 곁에 있었다면 많은 일들이 달라졌을지도 모르는데, 단 한 번의 선택으로 결과는 상상할 수 없을 만큼 크게 달라져 있었던 것이다. 시류를 비롯한 자신과 친분이 있는 모든 이들의 얼굴이 떠올랐다. 노하가 자신에게 어떤 특별한 관심을 가지고 있다는 것을 이용했더라면 결과는 이보다 훨씬 좋은 방향으로 흘렀을 것이다. 자신이 하늘의 흐름을 읽어냈던 그때 조금 더 깊이 생각했더라면, 백의 영토에 가는 것을 조금 더 미뤘더라면 많은 것은 달라졌을 것이다.

'후회는 아무리 빨라도 늦는 법이랬지.'

서희는 속담 하나를 떠올리며 쓰게 웃었다.

"유하님은… 이곳에서 자유로우신가요?"

미르의 물음에 서희는 고개를 끄덕이며 답했다.

"그래, 어디든 가도 좋다고 하더군."

"저희는 이곳에서 나갈 수 없으니 유하님이 찾아오시면 언제든 만날 수 있을 거예요."

아무렇지 않게 말하려 애쓰는 미르를 응시하며 서희는 또다시 쓴웃음이 배어나오는 것을 느끼고 있었다.

그리고 얼마간 그렇게 어색한 가운데 이야기를 나누고 나서 서희는 등을 돌렸다. 더 많은 이야기를 나누고 시라나 바사기의 안부도 묻고 싶었지만, 너무 이곳에 오래 머물다가는 노하에게 어떤 의심을 살지 모른다. 지금 자신이 이곳에 와 있다는 사실을 알고 있을지 모르고 있을지는 확실하지 않지만 그의 눈에서 벗어나는 것이 쉬운 일이 아니라는 것만은 분명했다.

"미르, 무슨 일이라도 있었니?"

자매라는 피를 이은 관계 때문인지 시라는 금세 방으로 들어선 미르의 얼굴에 옅은 그림자가 드리워져 있는 것을 알아채고 걱정이 섞인 목소리로 물었다. 그렇지 않아도 낯선 곳에서의 생활 때문에 서로가 불안하다는 것은 잘 알고 있었다.

"으응, 아무 일도 아니야."

미르는 의아함을 품은 얼굴로 자신에게 말을 거는 시라에게 아무렇지 않은 듯 애써 웃어 보이며 고개를 저었다.

"바사기는 아직?"

"여전히 그렇지. 몸은 완전히 회복했는데 정신은 차리지 못하고 있어."

"그렇구나."

미르는 건성으로 대답하며 창 밖으로 시선을 돌렸다. 창 밖에
비치는 것은 평상시와 조금도 달라지지 않은 길다란 풀이 가득
들어찬 들판이었지만 조금 전까지만 해도 그곳에는 유하가 있었
다. 비록 낯선 표정을 떠올리고 있기는 했지만 분명 유하였다. 그
사실만은 조금도 달라지지 않은.

*　　　　*　　　　*

빛 하나 들어오지 않는 지독한 암흑. 오랫동안 이런 곳에 있으
면 자기 자신을 잃어버릴 정도로 그것은 지독한 암흑이었다. 잠시
우연한 기회에 이곳에 들어선 자신도 그런 생각을 품을 정도인데
만약 이 안에 누군가가 있다면 분명 자아를 잃어버렸을 것이다.
서희는 불현듯 그런 생각이 들었다.

"이런 분위기는 정말 질색이야."

서희는 작은 목소리로 중얼거리며 한치 앞도 보이지 않는 어둠
속으로 발걸음을 내디뎠다. 어느 누가 시킨 것도 아니고 어째서
이곳에 오게 된 것인지도 알지 못한다. 그저 정신을 차린 순간에
자신이 있는 곳이 금의 영토에 새롭게 얻은 방이 아니라, 이 암흑
속이었다는 것을 깨달은 것밖에는. 하지만 불쾌감보다 먼저 마음
을 지배한 것은 이 암흑을 지나 어딘가로 나아가야 한다는 본능
적인 생각이었다. 목적도, 이유도 알 수 없는 마음속의 움직임이
마치 조종하듯이 서희를 이끌고 있는 것이었다.

짙은 어둠은 마치 주위의 모든 소리마저 그 안으로 흡수한 것

처럼 서희의 귓가에는 어떤 소리도 들려오지 않았다. 심지어 자신의 발소리와 숨소리마저도. 완벽하게 정지된 세상에서 서희가 스스로 존재하고 있다는 것을 알려주는 것은 오직 자신의 몸에 느껴지는 주위의 식은 공기와 몸이 움직이는 감각뿐이었다.

대체 이곳은 어디일까. 서희의 의문은 깊어져 갔다. 그저 안개처럼 한없이 뻗어 있는 어둠 속에서는 이곳이 숲속인지, 넓은 평원인지, 그렇지 않으면 어느 건물의 안인지도 알 수 없었다. 그러나 이상하게도 방향 감각을 잃어버릴 듯한 어둠임에도 불구하고 서희는 아무런 방해도 받지 않고 스스로도 알지 못하는 어딘가를 향해 끊임없이 나아가고 있었다.

무엇이 자신을 부르기라도 하는 것일까?

서희는 한없이 이어진 어둠 속을 쉼 없이 걷고 또 걸었다. 방향 감각과 평형 감각을 앗아간 어둠 속에서는 자신이 과연 어디를 향하고 있는지, 얼마만큼의 시간이 흐른 것인지도 알 수 없었다.

'빛?'

깊은 어둠 속에 있었던 까닭일까. 새벽녘의 아스라한 빛과는 비교도 할 수 없을 정도로 희미한 빛이 저편에서 비쳐 들어왔다. 자신을 부른 것은 저것이었을까?

서희는 걸음을 조금 더 빨리했다. 어슴푸레한 빛을 발하는 그곳은 어둠에 가리워져 보이지 않던 주위의 풍경을 드러내 주었다. 어딘가에서 본 듯한 익숙한 건물이었다. 크지는 않지만 튼튼하고 정교하게 지어진 목조 건물. 둥근 창과 나무 살이 달린 두 짝의 문이 정면에 나 있었다. 문 한쪽은 빼꼼이 열린 채 마치 서희에게 들어오라고 손짓하는 것 같았다. 대체 어디일까, 이곳은. 이토록 익숙한 장소인데. 그러나 정확히 어느 곳인지는 떠오르지 않았다.

서희는 마음이 이끄는 대로 발을 움직여 열린 문 안으로 들어섰다. 건물 안은 어슴푸레한 빛으로 들어 차 있었고, 몇 개의 붉은 초가 흐린 향을 풍겨내며 타오르고 있었다. 책이 꽂혀 있는 몇 개의 책장과 작은 탁자 하나, 그리고 얇게 흔들리는 푸른 천이 드리워진 또 하나의 둥근 문. 서희는 망설임 없이 그곳으로 몸을 움직였다.

그리고 그 안에 존재하는 것은…… 그 언젠가의 잔혹한 꿈속에서처럼 짙은 청색의 머리카락을 바닥에 흩트린 채, 마치 죽은 듯이 눈을 감고 있는 시류였다. 인간의 그것처럼 그저 머리카락으로만 뒤덮여 있는 머리 부분은 그저 눈으로 보는 것만으로는 뿔이 존재했다는 것을 믿을 수 없을 정도였다. 보통의 인간과 조금도 다를 바가 없이.

"시류……."

낮은 중얼거림에 아픔이 배어나왔다.

창백하게 식어버린 하얀 피부와 굳게 감겨 있는 음영이 진한 눈, 뚜렷하고 매끄러운 얼굴선, 그리고 빛 바랜 입술까지 너무나도 생생했다. 그러나 시류의 모습은 손을 대면 그 순간 얼음과도 같은 차가움에 몸이 얼어붙기라도 할 것처럼 보였다. 아니, 그런 느낌이 들었다.

한참을 굳어진 자세로 선 채 쓰러져 있는 시류의 모습을 내려다보던 서희는 결심을 굳히고 천천히 몸을 숙였다. 미미한 떨림이 담긴 가느다란 손이 시류의 얼굴에 닿았다. 그러나 생각했던 것과는 반대로 시류의 몸에는 온기가 남아 있었다. 평소보다는 차가웠지만 시체의 그것처럼 싸늘함이 느껴지는 것은 아니다.

"휴……."

서희는 안도감에 깊은 한숨을 내뱉었다.

'그때 조금만 생각을 더 하고 행동했었다면 이런 일이 일어나지 않았을지도 모르는데, 사제라는 이름을 가지고서도 결국은 아무것도 바꾸지 못했어.'

그것은 서희인 자신, 그리고 유하인 자신이 동시에 떠올린 후회의 색이었다.

서희는 가만히 시류의 머리 위의 어느 부분. 정확하게는 뿔이 있었던 부분을 응시하며 한참 동안 눈조차 깜박이지 않았다. 손을 뻗어 머리 위를 만져 보고 싶었지만 그것은 생각일 뿐, 마음속 깊숙이 가라앉아 있는 두려움에 서희는 손을 펴는 것조차 하지 못했다.

"시류."

몸 속에 남아 있는 유하로서의 추억이 마음을 움직인 것일까. 서희는 속에서 피어오른 깊은 안타까움과 후회 때문에 가슴이 너무나도 아팠다.

'그래, 치유의 힘이라면……'

아무것도 하지 못하는 자신이 너무나 괴로워서 움직이는 것조차 제대로 하지 못하고 있던 서희는 문득 생각을 떠올렸다. 시일이 지나기는 했지만 자신이 가지고 있는 치유의 힘이라면, 모든 힘을 다 끌어낸다면 어쩌면 시류를 치료할 수 있을지도 모른다. 시류를 과거의 모습으로 되돌릴 수 있을지도 모른다.

"좋아. 할 수 있는 한 최선을 다하는 거야."

서희는 힘주어 그 말을 내뱉고는 시류의 얼굴에 닿아 있던 손을 떼고 천천히 머리 위로 옮겼다. 손바닥을 펴고 힘을 손에 집중한다고 생각하자 뿔에서 온화한 은색의 빛이 뿜어져 나오기 시작했다. 그리고 그 빛은 뿔에서 뻗어나와 서희의 손바닥으로 모여들었다. 찬란한 별빛이 자신의 손안에 담겨 있는 듯한 느낌. 주위는 여전히 어두웠지만 오직 시류와 자신이 있는 공간만은 환한 빛에 둘러싸여 있는 것처럼 부드럽고 온화한 공기가 흐르고 있었다. 서희는 손바닥에 모인 찬란한 빛을 시류의 머리에 가져다 댔다. 피부의 다른 곳과 달리 차갑게 식어 있는 머리카락의 감각이 손바닥에 와닿았다. 그렇게 정신이 아득해질 정도로 오랜 시간을 서희는 단 한 순간도 쉬지 않고 치유의 힘을 끌어내 시류의 머리 위로 쏟아부었다. 자신은 이 자리에서 쓰러지더라도 시류의 모습이 다시 당당하고 활기찬 과거의 그것으로 되돌아오기를 바랬기 때문이다.

그렇게 영원처럼 길고도 찰나처럼 짧은 시간이 흘렀다. 서희는 온몸에서 기운이 빠져 나간 듯한 느낌에 제대로 몸을 지탱할 수도 없을 정도였지만 여전히 시류의 머리 위에 은백색의 빛을 끊임없이 흩뿌렸다.

"이건……."

그리고 자신도 모르게 입술을 타고 새어나온 음성.

자신의 바램대로 시류의 머리 위에서 조금씩 움직임이 생겨나고 있었다. 그리고 얼마 지나지 않아 그 움직임은 머리카락을 헤치고 서서히 솟아올랐다. 자신의 것과 같은 순백의 뿔이 조금씩 자라나고 있었던 것이다. 처음에는 느렸지만 한번 자라나기 시작하자 뿔이 자라는 속도는 점점 빨라지기 시작했다. 그리고 얼마 지나지 않아 시류의 뿔은 본래의 모습을 되찾았다. 하얗고 길게 뻗어 올라간 나선형의 조각.

다행이다. 정말 다행이었다. 안심을 하자 온몸이 금방 쓰러질 것처럼 무겁게 느껴졌지만 서희는 참아냈다. 지금 쓰러져 버리면 기쁜 순간을 맞이할 수 없을 게 아닌가. 그렇게 생각한 순간 서희의 마음을 읽기라도 한 듯이 시류의 눈꺼풀이 서서히 올라갔다.

"시류, 정신이……!!"

서희는 순간 너무나도 놀라 자신이 말을 멈춘 것도 깨닫지 못했다.

정신을 차린 시류의 눈동자는 불길하고 섬뜩할 정도로 붉은빛을 발하고 있었다. 시류가 본래 지니고 있어야 할 검은 눈동자는 사라지고 악마의 그것과도 같은 붉은 핏빛의 눈동자가 싸늘하게 가라앉은 시선으로 자신을 응시하고 있었다. 그리고 그것과 때를 같이 해 곧게 뻗어 있던 시류의 백색 뿔이 검은색으로 물들고, 점점 더 길게 뻗어 나와 굽이치듯 휘어지며 아래를 향해 뻗어내려왔다. 그 전율스러운 광경에 서희는 마른침을 삼키며 조금도 움직이지 못하고 있었다. 그 순간에도 머리카락을 스치고 자라나는 뿔의 소리는 조금도 멈추지 않고 섬뜩하게 울렸다. 이윽고 변화를 마친 뿔은 시류의 어깨를 타고 내려와 허리 부근까지 길게 굽이치며 뻗어 있었다.

스윽, 하는 뿔이 바닥을 스치는 소리가 들리며 시류는 천천히 몸을 일으켰다. 서희는 어떤 생각도, 동작도 취하지 못한 채 그저 망연한 시선으로 시류를 바라보고만 있을 뿐이었다. 지금은 마치 인형이 된 것 같은 기분이 들었다. 아무것도 하지 못하는.

"……!!"

인식하지도 못했던 짧은 순간 시류의 손이 뻗어나와 뺨에 닿아 있었다. 마치 쓰러져 있던 시류를 보고 자신이 그랬던 것처럼. 그러나 그 감각은 따스함이 아닌, 그러나 차가움도 아닌 알 수 없는 거부감. 시류의 손가락이 천천히 뺨을 타고 내려와 목에 닿았다.

"유하, 네 죽음은 내 손으로 이루어주겠다."

그리고 그렇게 시류는 소름 끼치도록 차갑게 미소 지었다.

"헉!"

서희는 소스라치게 놀라며 튕겨오르듯이 몸을 일으켰다. 그리고 자신도 의식하지 못하는 사이 중얼거림을 토해내고 있었다.

"시류……"

온몸에 전율을 남기는 끔찍한 꿈.

"무언가를 기억해 낸 모양이군."

생각을 정리할 여유도 없이 귓가에 파고든 기분 나쁜 음성이 현실을 인식하게 만들었다. 서희는 고개조차 돌리지 않은 채 노하를 외면했다. 지금은 너무나도 세차게 뛰는 가슴 때문에 노하를 바라보며 어떤 생각을 짜낼 여유도 가질 수 없었다.

'시류……'

가슴을 진동시키는 격렬한 떨림. 꿈이라는 것을 알고 있는 지금에도 몸의 떨림이 멈추지 않을 정도로 그것은 끔찍하고 두려운 영상이었다. 다른 누구도 아닌 시류에게서 그런 말을 들을 줄은. 과거에 보았던 꿈속의 노하와는 비교도 할 수 없을 정도로 악마적이고 소름 끼치는 미소. 과연 그것이 정말 시류의 모습이었을까. 앞으로 자신이 맞이하게 될 미래의 모습인 것일까. 서희는 어떻게 할 수 없을 만큼 커다란 두려움을 느꼈다.

사제라는 힘은 이제 더 이상 달갑지 않다. 계속 이런 영상만을 보게 된다면, 자신의 힘으로도 어찌할 수 없는 미래를 보게 된다면 그것은 차라리 눈을 감는 것이 더 낫다는 생각을 더 깊게 만들

뿐이다. 차라리 현실 속에서 서희라는 이름만으로 살아갈지언정 유하로서는 두 번 다시 눈을 뜨고 싶지 않다는 생각이 들게 만들 정도로.

"헉……!!"

갑자기 뿔에 누군가의 손이 닿았다. 이곳에 존재하는 것은 자신과 노하뿐이기에 의심할 여지도 없이 그것은 노하의 손이었겠지만 혼란스러운 마음에 사로잡혀 있던 서희에게는 심장이 멎을 정도로 커다란 충격이었다. 아직도 눈앞에서 사라지지 않는 붉은 눈을 가진 시류의 모습을 보았을 때처럼 온몸에 흐르는 전류. 스스로도 자신의 온몸이 차갑게 식어가고 있다는 것을 느낄 정도였다.

"악몽이라도 꾼 모양이지?"

소스라치게 놀라는 유하의 모습을 보고 노하는 빙긋이 웃으며 말했다. 그러나 유하의 얼굴은 무슨 이유에선지 하얗게 질린 채 노하의 웃음에도 어떤 반응조차 내보이지 않고 있었다. 노하는 더욱 그런 유하의 태도에 흥미를 느끼고 차가운 감촉을 전해주는 유하의 뿔을 부드럽게 쓰다듬었다. 알싸한 간지러움이 뿔을 타고 전해져 온몸에 퍼지는 듯한 느낌이었다. 손톱보다 더 딱딱한 각질로 이루어진 부분임에도 뿔에서 느껴지는 감각은 놀랍도록 선명하고 민감했다. 서희는 마치 처음 보는 사람을 보듯이 천천히 고개를 들어올려 노하의 모습을 바라보았다.

전체적으로 큰 키와 단단해 보이는 체격의 노하는 웬만큼의 단련으로는 생기지 않을 것 같은 다부진 몸을 매끈하게 빛나는 밝은 갈색의 청의 속에 숨기고 있었다. 여자인 서희의 시선으로 본 때문일까. 예전에는 의식하지 못했던 그의 냉정한 비웃음을 띤 얼굴에 숨겨진 작은 틈새를 발견한 것도. 생소한 시선으로 바라본 노하는 그렇게 달라 보였다. 적당한 황색의, 전형적인 동양인의 피부색과 뚜렷한 이목구비를 가진 차가운 인텔리. 그러나 그 차가움은 얼굴보다는 분위기로 인해 차갑게 느껴지는 것이었다. 유하의 얼굴이 싸늘한 아름다움인 것과는 반대로.

"그대에게 그런 눈을 하게 만들다니. 과연 시류는 어떻게 되었어도 시류란 말인가?"

나직하게 중얼거리는 듯한 노하의 말 속에는 옅은 비웃음이 담겨 있었다. 그러나 서희는 그의 입술 사이로 새어나온 시류라는 말의 울림이 커다랗게 귀에 남아서 그의 비웃음을 받아들일 겨를도, 계속 자신의 뺨에서 떨어지지 않는 기분 나쁜 손의 감각도 잊었다.

왼쪽 무릎을 세운 자세로 앉아 왼손으로는 창백해진 이마를 짚은 채 유하는 움직이지 않았다. 어떤 거대한 충격에 사로잡힌 것일까. 노하는 기억을 잃어버린 후로 점점 더 자신에게 흥미를 자아내게 만드는 유하에게 마음속 깊은 곳에서부터 우러나온 미소를 건넸다. 타인의 눈에는 그것이 어떻게 비치든 간에 그것은 노하에게 있어 무척 기분 좋은 웃음이었다.

길고 가느다란, 그러나 단단한 유하의 뺨은 노하의 손안에서 기분 좋은 감각을 전했다. 자신의 뺨이나 남의 뺨을 만지는 취미는 없었지만, 이상하게도 유하에게만큼은 손을 내밀게 된다. 더군다나 지금의 유하는 금방이라도 부서져 버릴 듯이 위태로워 보이지 않는가.

"자, 유하. 기운을 차리면 밖으로 나가서 산책이라도 하는 게 좋을 거다. 그대의 얼굴이 그렇게 창백한 것은 지금까지 늘 한곳에 있었기 때문일 거야. 이곳에서는 아무도 그대를 구속하지 않으니

내키는 대로 행동해도 좋아."

뿔을 어루만지며 달래듯이 부드럽게 이어지는 노하의 음성에 서희는 순간 기대고 싶은 충동을 느꼈다. 너무나도 커다란 충격 때문에 지금 자신에게 위안의 말을 건네는 것이 가장 주의해야 할 상대인 노하라는 것도 잊고 만 것이다. 금방 그 사실을 깨닫기는 했지만 노하의 음성으로 인해 조금이지만 마음이 가라앉은 것은 사실이었다.

"노하님."

미미한 떨림이 내포된 유하의 목소리. 창백하게 굳어진 얼굴만큼이나 유하의 목소리는 연약했다.

계속 고개를 숙이고 있던 유하는 천천히 얼굴을 들어올려 노하와 시선을 마주했다. 마치 갓 태어난 어린 아이와도 같은 순수한 빛이 담긴 눈동자.

"이제는 어느 누구도 그대에게 해를 입히지 못할 테니 안심해도 좋아."

'이상해. 노하가 어떤 성격을 가진 자인지 누구보다 잘 알고 있는데, 지금은 너무나도 편안하고 안심이 돼. 왜 이렇게 된 거지?'

서희는 스스로도 이해할 수 없는 감정의 변화가 분명 그 소름 끼치는 꿈에서 연유한 것이라 생각했다. 그렇지 않고서는 도저히 설명할 수 없는 일이었다.

'나쁜 사람인 건 알고 있지만 지금은……. 과거의 나와는 상관없이 행동해도 되니까 조금이라면, 아주 조금이라면 안도해도 되겠지? 오늘이 지나면 분명 다시 예전의 상태로 되돌아갈 테니까.'

대답은 돌아오지 않았지만 서희는 마음속으로 그렇게 자문했다.

"기."

나직하게 말을 내뱉자마자 마치 기다리기라도 한 것처럼 기가 모습을 드러냈다. 작은 소리도 내지 않는 바람처럼 빠른 움직임이 었다.

"부르셨습니까."

"시류의 상태는 어떻지?"

"여전히 정신을 잃고 있습니다."

기대했던 대답이 돌아왔다.

그렇다면 유하를 그렇게 만든 것은 혹시라도 있을지 모르는, 알 수 없는 시류의 힘이 아니라 유하가 본래 지니고 있는, 기억을 잃었어도 변함없이 작용하는 사제로서의 힘 때문인 것이다. 미래를 내다보는 사제로서의 힘이 유하에게 커다란 충격을 가져다 준 것이 분명했다. 자신으로서는 그것이 무엇이었는지는 알 수 없지만 말이다.

왜 유하와 같이 사제라는 이름을 가지게 만드는 특별한 힘, 시간의 흐름을 읽어 미래를 본다든가, 비전서라는 쓸모없는 문장의 나열 속에서 의미를 찾아내는 힘을 지녔는지, 스스로의 생명을 단축해 가며 다른 이를 치유하는 능력을 지니고 있는지, 그렇게 자신의 몸을 지키기보다는 다른 이들을 지키기 위해 필요한 힘을 가지고 태어난 자가 있는지는 모른다. 더군다나 그런 힘을 지닌 자는 극히 적은 숫자가 아닌가. 그런 힘 따위는 있으나 없으나 살아가는 데 지장은 주지 않는다. 오히려 스스로의 생명을 단축시키며 고통을 전해주지 않는가. 그러나 은의 일족 자체를 경멸하던 노하는 스스로도 뚜렷한 이유를 대지는 못하지만 그 힘을 지닌 유하를 없애겠다는 생각은 하지 못했다.

유하라는 인물 자체에게 느끼는 관심만이라고 말하기에는 부족한 무언가가 분명 존재하고 있었다.

"시류를 이곳으로 데려와라."

"지금… 말씀입니까?"

기로서는 드물게도 조금 놀란 듯한 말투였다.

"유하의 눈에 띄는 장소가 아닌 곳이라면 이곳이라도 상관없겠지. 이곳에 존재하는 모든 방에 다 가볼 수는 없는 일이니까."

"이대로 깨어나지 않을지도 모르지만, 유하님의 힘으로 그것을 뒤바꿀 수 있을지도 모릅니다. 아직 저희들도 사제의 힘에 대해서는 많은 것을 알지 못하고 있습니다."

"상관없어, 설사 만난다 하더라도."

무엇을 생각하는지 노하의 표정에는 음모를 꾸미듯 알 수 없는 미소가 담겨 있었다.

"그리고 힘으로는 우리를 당해낼 수 없다. 알지 않나? 그나마 은의 일족 중에서는 가장 강한 힘을 가졌다던 시류도 기, 네 손에 의해 저런 신세가 되었으니."

노하의 말에 기는 작게 미소 지었다. 어딘지 모르게 노하와 닮아 있는 미소에는 노하보다는 옅은 것이었지만 음험함이 숨어 있었다.

"동쪽 별원에 있는 외실로 데려가라. 하루빨리 정신을 차리게 만들지 않으면 곤란해. 시류의 앞에서 기억을 잃은 유하가 어떻게 변했는지 들려주고 싶으니까. 기, 그대도 역시 보고 싶겠지? 가장 깊은 절망에 잠긴 눈빛이 어떤 것인지를."

"분부를 받들겠습니다."

기는 노하와 같은 의미가 담긴 미소를 교환하며 정중히 답했다.

한낮임에도 불구하고 희미한 빛밖에 들어오지 않는 장소. 시류가 유폐되어 있는 건물은 금의 수 노하의 거처 안에서도 가장 외진 곳에 위치하고 있었다. 노하의 궁 안에서 살아가는 이들조차 대부분이 존재를 알지 못할 정도로 깊고 외진 곳. 기는 희미하게 삐걱이는 소음을 내뿜는 문을 지나쳐 자신에게 고개 숙여 인사를 건네는 감시자에게 눈으로 답을 하고는 건물 안으로 들어섰다. 몇 번이나 길게 이어진 복도를 돌아서야 겨우 기는 시류가 머물고 있는 방 앞에 당도했다. 손 두 뼘 정도의 높이밖에 되지 않는 낮은 침상만이 놓여 있는 방 안에서는 어떤 작은 소리도 들려오지 않았다. 자세히 시선을 집중하지 않는다면 그 안에 누군가가 있다는 것도 알지 못할 정도로 안은 어둡고도 조용했다. 방 안을 지배하는 색은 한밤중에서 막 새벽으로 넘어가는 청명한 어둠의 빛깔이었다.

그 어둠 속으로 기는 아무런 거리낌도 없이 발을 들이밀고 걸음을 내디뎠다. 특별히 안력을 돋우지 않아도 기는 시류가 어디에 어떤 자세로 누워 있는지 알고 있었다. 굳게 감긴 눈과 처음에 비해 확연히 드러날 정도로 야윈 얼굴. 그러나 극한의 상황에 처해 있으면서도 시류의 몸에서는 그가 200여 년의 세월 동안 지녀왔던 위엄의 흔적이 남아 있었다. 그리고 밝고 용기있는, 그러면서도 따뜻한 그만의 특색이 바래긴 했지만 분명 존재하고 있었다. 기는 작은 의식의 조각도 없이 인형처럼 조용히 눈을 감고 있는 시류를 내려다보며 버릇처럼 손을 들어올려 보기 흉하게 잘려나간 자신의 오른쪽 뿔 끝을 만지작거렸다.

"시류, 넌 아직 절망을 맛보지 못했어."

그리고 이어지는 낮은 중얼거림.

얼마 지나지 않아 유폐된 시류를 지키고 있던 감시자는 자신과 비슷한 체격의 시류를 가뿐하게 안아 들고 밖으로 나온 기와 두 번째로 눈을 마주쳤다.

그리고 같은 시간.

겨우 꿈의 충격에서 벗어난 서희는 얼마 전 자신이 했던 행동을 되돌아보며 괴로워하고 있었다. 아무리 마음이 불안했다고는 하지만 진심으로 노하에게 기댔던 자신을 책망하면서.

"어떡하면 좋아. 미치겠네."

연신 혼잣말을 중얼거리며 서희는 고개를 저었다.

"미안해요, 시류님."

*　　　*　　　*

마디가 굵지는 않지만 한눈에 남자의 손이라는 것을 알 수 있을 만큼 길고 큰 그 손은 천천히 몇 장의 종이를 넘기고 있었다. 자신의 명령을 충실히 수행한 감시자들에게서 받은 그것은 한 인물의 일거수일투족을 면밀히 관찰한 결과를 적어놓은 종이였다. 비록 과거와는 많이 달라졌다고는 해도 그 인물이 가진 특수한 능력을 생각해서 되도록 눈에 띄지 않도록 몸이 빠르고 행동이 신중한 자들을 그의 곁에 붙여놓았다. 그리고 지금까지는 그 사실을 눈치 채이지 않은 듯했다.

"넌 어떻게 생각하지?"

그 손이 가리킨 것은 하얀 종이 위에 적혀진 가장 아래의 문장이었다.

"기억이 없더라도 몸은 사실을 알고 있다는 게 가장 그럴듯한 해답이 될 것 같군요."

"그럴 수도 있지."

"노하님."

조용히 자리를 지키고 있다가 간간이 노하의 물음에 답을 하고 있던 사야는 어딘지 모르게 몽롱한 듯한 표정으로 노하를 불렀다.

"할말이 있나?"

노하는 비스듬한 시선으로 사야를 응시하며 책상 위에 종이를 내려놓았다. 새로운 흥미 거리를 발견한 그에게 이미 그 종이 조각은 쓸모없는 단순한 쓰레기에 지나지 않았다.

"유하님을 만날 수 있을까요?"

예상하고 있던 질문이 그녀의 입에서 터져 나왔다.

노하가 과연 어떤 표정을 지을지 염려하며 사야는 그의 얼굴에 떠오른 기색을 살폈다. 그러나 약간의 미소를 띤 노하의 얼굴에서 그녀는 어떤 것도 읽어낼 수 없었다.

차갑지만, 보는 이에게 그 차가운 아름다움을 간직하고 싶다는 마음이 들게 만드는 존재. 어딘지 모르게 이 세상과 동떨어진 존재처럼 느껴지는 청의 사제 유하를 손에 넣는 것. 늘 함께 머무는 것. 오직 처음부터 사야가 목적하던 것은 그것 하나뿐이었다. 노하도 그것을 잘 알고 있었지만 그는 일부러 대답을 하지 않았다.

"……."

불안한 침묵이 계속 이어지자 사야는 더 이상 노하에게 시선을 두지 못했다. 지금까지 어느 누구도 두려워한 적이 없던 사야였지만 노하만큼은 속을 읽을 수도, 쉽게 적응할 수도 없었다. 그렇다고 쉽게 물러날 사야도 아니지만 적어도 겉으로는 아무런 기색도 드러내지 않았다. 그저 금의 영토에 온 이후로 자신에게 주어진, 지금까지의 어떤 옷보다 화려한 붉은색과 황금색이 조화된 화의 자락을 내려다보면서 시선을 고정시킬 뿐이었다.

"그 동안 쭉 이곳에서 지냈는데, 금의 영토가 어떤 곳이라 생각하지?"

불쑥 던져진 노하의 질문은 사야가 생각하던 말과는 전혀 상관없는 내용이었다. 그러나 갑작스러운 질문에도 불구하고 사야의 대답은 망설임이 없었다.

"노하님과 닮은 곳입니다. 고요하고 절제된, 그렇지만 격렬함을 품고 있는."

"하하하, 그래?"

유쾌한 듯 웃으며 되묻는 노하의 얼굴은 정말 편안해 보였다. 그의 지위가 어떤 것인지 잊게 만들 만큼. 순간의 편안한 표정을 거두고 나서 노하는 버릇처럼 입가에 떠올리고 있던 미소마저도 완전히 지워버렸다. 그리고 그는 길게 흘러내린 사야의 머리카락을 손으로 훑어내렸다.

"좋다. 앞으로는 그대에게 보통의 금의 일족과 같은 권리를 주지. 금지된 몇몇 장소를 제외하고는 어디를 가도 좋고, 어떤 행동을 해도 좋다. 내게 거스르지 않는다는 전제하에서."

노하의 말은 정말이지 의외의 것이었다. 과연 지금의 말이 자신에게 건넨 것인지 의심이 갈 정도로.

"그 말씀은……."

사야는 조심스럽게 물었다.

"그대에게 나는 지금 금의 일족이 되라고 말하는 것이다. 선천적인 것은 어쩔 수 없지만, 그대가 마음먹기에 달려 있는 것이니까. 그리고 그대를 금의 일족으로 만들 방법은 얼마든지 있다."

잠시 동안 사야는 망설였다. 이미 자신을 구속하는 것도, 자신이 소유하고 있는 것도 존재하지 않는다. 과거에 자신이 은의 일족 중 백의 수 유현의 딸이었다는 것도 지금에 와서는 어떤 효력도 미치지 못하는 자리가 되었다. 오히려 수의 핏줄이라는 이유로 죽임을 당할 수도 있었던 자리다. 은의 일족이 그 자리를 잃어버린 지금 이 순간에 자신이 살아갈 수 있게 된 것은 순전히 자신 혼자만의 힘이었다. 강력한 능력이 있었던 것은 아니지만 순간에 대처하는 능력이나 머리를 쓰는 방법으로 인한 것이든 아니든 간에 그녀는 스스로의 힘으로 살아남은 것이다. 이제 필요치도 않은 은의 일족이라는 허울뿐인 이름은 자신을 구속할 어떤 힘도 가지지 못한다. 오랜 시간을 은의 일족으로 살아왔지만 지금의 자신이 미련을 가질 필요는 없지 않은가. 그럼에도 불구하고 마음 한구석에서 자신도 이해하지 못하는 감정이 떠오르는 것은 분명 시간의 탓일 것이다.

"감사합니다, 노하님."

사야의 망설임은 짧은 순간에 끝이 났다.

그리고 만개하는 꽃처럼 환하게, 시선이 마주친 자의 얼굴에도 같은 밝음을 선사할 정도로 사야는 아름다운 미소를 지어 보였다.

그리고 노하 역시 그녀의 미소에 같은 미소로 답했다. 마음속으로 그녀가 과연 앞으로 어떤 행동을 보여줄 것인지, 얼마나 자신을 지루하지 않게 만들어줄 것인지 기대하면서.

지금만큼이나 자신의 모습이 아름답다고 느낀 적이 있었을까.

새하얗고 풍성한 소매 자락과 하늘거리는 옷의 선. 전체적으로 몸의 곡선을 살려주는 자신의 뿔만큼이나 하얀 화의를 걸친 사야는 거울에 자신의 모습을 비춰보며 미소 지었다. 별다른 장식을 하지는 않았지만 곱게 빗어내린 윤기 흐르는 머리카락과 하얗게 반짝거리는 자신의 뿔. 모든 것이 너무나 만족스러웠다. 사야는 오른손에 쥔 매끈한 물체까지 확인하고 나자 매력적이고 당당한 자세로 자신의 방을 나섰다. 그녀의 목적지는 아침부터 잘 정돈된 풀숲에 앉아 사색에 잠겨 있는 유하의 곁이었다.

노하의 궁에서도 남쪽으로 한참을 나아가야 하는 곳에 위치한 작은 풀숲은 건물이 들어서 있는 곳에서 떨어진 조용하고 한적한 곳이었다. 그야말로 유하가 좋아할 만한, 키 높은 풀들과 굵은 기둥을 가진 몇 그루의 나무가 들어서 있는 서늘하면서도 아늑한 곳이었다. 그리고 그곳에서 한 나무 기둥에 등을 기댄 채 유하가 앉아 있었다.

앉은 자세에서 땅에까지 닿을 만큼 길게 자란 매끄러운 은청색의 머리카락과 살짝 감은 눈에 드리워진 나무 그림자, 그리고 짙은 고동색의 나무 기둥 때문에 더욱 하얗게 보이는 긴 뿔, 그의 몸을 감싸고 있는 옅은 하늘색의 청의, 예전에 비해 더욱 가늘어진 듯이 보이는 얼굴선까지 유하의 모든 것들은 사야의 시선을 사로잡은 채 움직이지 않았다.

'유하님.'

사야는 유하에게로 향한 시선을 돌리지 않은 채 그의 앞을 지나쳤다. 열 걸음 정도밖에 떨어지지 않은, 눈을 감고 있어도 소리만으로 누군가 있다는 것을 알 수 있을 만한 거리에서 사야는 조심스레 발을 내디뎠다. 그리고 유하가 앉아 있는 곳에서 얼마 떨어지지 않은 곳까지 왔을 때, 마치 우연인 것처럼 사야는 유하의 앞에서 새하얀 물체를 떨어뜨렸다. 그리고 입가에 떠올린 희미한 웃음 속에서 사야는 유하의 시선이 자신을 향해 돌아서는 것을 느꼈다.

"아······!"

마치 놀란 것처럼 일부러 작은 신음성을 터뜨리며 사야는 천천히 허리를 숙여 그 하얀 물체에 손을 뻗었다. 말할 필요도 없이 그것은 유하가 기억을 잃고서도 소중하게 지니고 있던 시류의 뿔이었다. 갑작스럽게 정신을 잃은 유하에게서 가져온.

원래의 몸에 붙어 있지 않는 이상 그것은 그저 단순한 뿔 조각에 지나지 않았으나, 유하에게 있어서는 무엇보다 중요한 과거의 기억을 되살려낼 실마리가 될 뿐 아니라, 그의 약점이 될 수도 있었다.

"사야."

예상했던 대로 조용히 앉아 있던 유하가 어느샌가 몸을 일으켜 자신에게 다가와 있었다. 정확하게는 자신의 오른쪽 어깨를 살짝 잡은 채.

"유하님?"

정말로 놀란 듯이 얼굴을 굳히며 사야는 고개를 들어올렸다. 그렇게 고개를 들어올려 유하의 눈을 바라본 순간, 사야는 그의 시선이 바닥에 떨어져 있던 뿔로 향해 있다는 것을 알았다.

"이건······."

아직 완전히 회복된 것은 아닌지 창백한 기운이 남아 있는 유하는 작은 목소리로 말을 꺼내며 사야와 시선을 마주쳤다. 맑은 빛을 간직한 푸른색의 눈동자가 조용히 자신에게 향해 있는 것을 알고 사야는 환하게 미소 지었다.

"노하님께 받은 거예요. 제가 금의 일족이 되었다는 표식으로."

"금의 일족의 표식?"

"네, 전 이제부터 금의 일족이에요, 유하님."

유하의 얼굴에 떠오른 희미한 당혹감을 읽어낸 사야는 승리감에 취해 더욱 깊게 미소 지었다. 그리고 망설임 없이 허리를 숙여 바닥에 떨어진 시류의 뿔을 집어 들었다.

"그런 일이 가능한가?"

"본질을 바꾸지는 못하지만 제가 그렇게 여긴다면 그렇게 될 수 있겠지요. 만약 유하님이 그것을 원하신다면 유하님도 그렇게 될 수 있을 거예요."

서희는 눈앞의 사야가 정말이지 죽이고 싶을 만큼 미웠다. 자신이 남자였다면 단번에 속아 넘어갔을 사야의 연기도 여자의 마음으로는 눈에 뻔히 들여다보이고 있었기 때문이다. 일부러 자신의 앞에 나타나 예쁜 미소를 지어 보이며 말을 거는, 더군다나 시류의 뿔까지 가지고 나타나 연기를 하는 사야는 마음 같아서는 한 대 때려주고 싶을 정도였다.

'사야, 넌 정말……'

차마 뒷말은 마음속으로라도 제대로 내뱉을 수가 없다.

그리고 자신이 할 수 있는 행동 역시 하나뿐이었다. 바보처럼 망연하게 그녀를 바라보는 것밖에는.

'그래, 바라는 게 뭐야. 내 앞에 나타나서……'

비록 자리에서 움직이지는 않았지만 서희는 그녀의 움직임에서 단 한 순간도 시선을 돌리지 않았다. 그리고 그런 서희의 시선을 받으며 사야는 천천히 거리를 좁혀왔다.

"지금은 기억하시지 못하지만 유하님의 기억을 가져간 것은 저예요. 그러니까 유하님의 기억을 되찾아드릴 거예요."

서희는 일부러 아무 말도 하지 않았다. 자신의 침묵을 사야가 혼란으로 받아들이길 바라면서.

"유하님."

"나는……."

"지금은 기억하시지 않아도 좋아요. 제가 과거의 유하님을 알고 있으니까요."

그리고 너무나도 갑작스럽게 사야의 몸이 움직였다. 마치 춤을 추듯이 부드러운 동작으로.

한순간 서희는 수면제를 먹은 것을 후회했다. 이런 일이 생길 줄 알았다면 그냥 현실 속에, 자신의 세계 속에서 서희라는 이름의 여자아이로 머물러 있었을 것이다. 그러나 어찌 보통 인간인 자신이 그런 미래를 예측할 수 있었겠는가. 유하의 몸에 있는 지금이라면 가능했을지 몰라도, 아니, 아무리 유하였다고 해도 이런 식의 미래는 읽어내지 못했을 것이다.

사야의 끔찍하게 사랑스러운 미소와 눈을 현혹시키는 아름다운 얼굴, 그리고 자신의 목을 감싼 그녀의 팔. 과거의 어떤 순간처럼 금방이라도 자신을 찌를 듯이 위협하는 그녀의 뿔. 전혀 그런 의도는 없었겠지만 서희는 그렇게 느꼈다. 보통 때는 아무런 불편을 느끼지 못하는 뿔이지만 지금처럼 포옹을 할 때만은 그 불편함이란 이루 말할 수가 없었다. 끌어안기는 입장에서는 특히.

"그때처럼 제 이름을 불러주세요."

'미치겠군.'

스멀거리며 피어오르는 거부감.

서희의 머뭇거림을 사야는 기억을 잃은 것 때문이라고 여겼는지 희미하게 한숨을 내뱉었다. 그러나 다른 말을 덧붙이지는 않았다.

"사야."

전혀 이런 행동을 할 기분도 아니었고 내키지도 않았지만 시류에 대한 조그마한 실마리를 얻기 위해서는 어쩔 수 없다. 서희는 속으로 그렇게 마음을 위안하며 사야의 행동에 동조했다. 마음을 비우고 진짜 남자가 된 것처럼, 아무것도 기억하지 못하는 상태에서 자신의 기억을 되찾아주기 위해 노력하는 이에게 보답하듯이. 부드럽게 팔을 뻗어 상대를 감싸안았다.

"유하님."

서희에게는 보이지 않았지만 사야의 얼굴에는 기쁨으로 가득 찬 미소가 번져 있었다. 그리고 그와는 반대로 날카롭게 빛을 발하는 눈동자가 유하의 시야 아래에서 침묵하고 있었다.

"유하님, 이젠 매일같이 유하님과 만날 수 있어요. 유하님이 잃어버린 기억을 되찾을 수 있도록 돕겠어요. 제가 알고 있는 유하님의 과거 이야기도 들려드릴게요."

지금의 사야가 진심에서 우러나온 말을 내뱉고 있다는 것을 서희는 알 수 있었다. 여자 특유의 직감으로.

그 말을 하고 나서 사야는 유하의 등을 감싸고 있던 손을 풀었다. 그녀의 몸에서 느껴지던 온기가 조금씩 사그라들었다.

"이건 유하님께 드리겠어요. 유하님의 기억이 되돌아올 가장 큰 실마리가 될지도 모르니까요."

사야는 부드럽게 미소 지으며 자신의 손에 들려 있던 새하얀 뿔을 유하에게 내밀었다.

"고마워."

서희는 자신이 할 수 있는 유일한 진심의 말을 건넸다. 짐작했던 대로 시류의 뿔을 가져간 것은 그녀였지만 다시 되돌려준 것에는 마음 깊은 곳에서 고맙다는 감정이 피어올랐다.

'이젠 함께예요, 유하님.'

마음속으로는 결코 유하의 기억이 되돌아오기를 바라지 않았지만, 사야는 그것을 전혀 겉으로 드러내지 않았다. 이제 자신은 겨우 시작했을 뿐이다. 금의 일족의 영토에서 새로운 이름을 얻고 발을 내디뎠을 뿐이다. 아직 자신에게 주어진 시간은 많고, 그것을 보여줄 상대 또한 눈앞에 존재한다. 남아 있는 문제는 시일을 두고 그 동안의 매듭을 풀어가는 것뿐이다. 사야는 유하가 시류의 뿔을 받아 든 것을 확인하고는 다시 한 번 화사하게 미소 지으며 유하에게 인사를 건넸다. 그 인사라는 것이 유하를 곤혹스럽게 하는 포옹이었지만 말이다. 그보다 더한 행동을 하지 않은 것이 다행이기는 했지만 곤혹스럽기는 마찬가지였다.

"그럼 편히 쉬세요, 유하님."

사야의 인사를 받아들이며 서희는 마음속으로 깊고도 깊은 한숨을 내뱉었다. 정말이지 방금 전의 그저 몇 분에 지나지 않은 시간은 결코 끝나지 않을 것처럼 길게 느껴졌다. 사야의 이중 인격을 파악하고 있기는 했지만, 이번과 같은 태도를 보이리라고는 상상하지 못했기 때문이었다.

"그야말로 십 년 감수했네."

섬세한 곡선에 둘러싸인 사야의 뒷모습이 손가락만한 크기로 줄어들자 그때서야 서희는 마음속의 말을 겉으로 내뱉을 수 있었다.

'괴로워.'

하지만 겨우 서희는 시류의 뿔을 다시 손에 넣었다. 연기였다고
는 해도 내키지 않은 일을 했기에 마음이 불편하기는 했지만 지
금의 자신이 할 수 있는 방법은 이것뿐이다. 그리고 그 사실을 사
야 역시 잘 알고 있었을 것이다.

아무런 온기도 과거의 힘도 지니지 못한 잘려진 뿔이었지만, 그
것은 시류의 것이었다. 지금 시류가 어디서 어떻게 지내고 있는지
알지 못하는 자신에게는 무엇보다 크게 마음의 위안을 전해주는.
서희는 오른 손안에서 다 채워지지 않는 길다란 시류의 뿔을 감
싸 쥐고는 뿔에서 느껴지는 감촉에 젖어들었다.

'언젠가는 분명… 만날 수 있을 테니까.'

다시 그를 만난다면 이제는 손을 내밀며 환하게 웃어줄 것이다.
마음을 감싸고 있던 거짓의 그림자는 모두 지워버리고. 완벽한 유
하가 아니니까 이제 솔직해져도 어느 누구도 뭐라하지 않을 것이
다. 서희는 시류에게 유하 이외에는 누구보다 깊은 친근감과 정을
느끼고 있었고, 그것은 시류 역시 마찬가지일 것이다. 피는 이어지
지 않았지만 마치 형제처럼 오랜 시간을 함께 지내온 둘이 아니
었던가. 이제 더 이상은 마음속의 진심을 숨기지 않을 것이다.

아직 아무것도 알 수 없는 불안한 곳에서 불안한 마음으로 자
기 자신조차 어떻게 변해버릴지 알 수 없는 상황이었지만, 서희는
가슴속이 밝은 희망으로 가득 차오르는 것을 느꼈다.

그렇다. 그것은 분명 희망이라는 이름의 옅은 기대감이었다.

제27장

만약 우연이라면

흐릿하지만 생기가 담겨 있는 시선. 얼마 만에 이 눈동자와 다시 마주친 것인지 시라는 알지 못했다. 지금 자신이 느끼고 있는 가슴을 뛰게 만드는 반가움이 이질감이 느껴질 정도로 생소하다.

"바사기."

시라는 조심스럽게 그의 이름을 불렀다. 그러자 미미한 움직임이기는 했지만 그의 검은 눈동자가 자신을 향해 옮겨지는 것을 볼 수 있었다. 온몸에 퍼져 가는 짙은 안도감.

비록 몇 년에 불과한 짧은 인연이었지만 그 짧은 시간 동안 시라 자매와 바사기 서로간에는 유하와는 다른 종류의 깊은 감정이 싹터 있었다. 일족간에 감도는 적대감을 떠나서 마음을 교류하는 그런 단계. 서로간에 그런 마음을 품게 된 것은 분명 유하라는 존재의 영향이 클 것이다. 유하라는 절대적인 존재가 있었기에 좀더 쉽게 마음을 열 수 있었던 것이다.

지금은 비록 그의 신분이 자신과는 비교할 수 없을 정도로 다르다는 것도, 그의 핏줄이 모든 은의 일족에게 비참함을 가져다 준 존재라는 것도 알고 있지만 가슴속에 남아 있는 옅은 감정의 조각은 그런 것을 벗어나 바사기와의 재회를 기뻐하고 있었다.

　"정신이 드나요. 여기가 어디인지 알겠어요?"

　시라는 조심스레 바사기에게 말을 걸었다. 그러나 대답은 기대하지 않았다. 그의 눈빛이 아직 몽롱한 것을 보면 제정신을 찾지 못한 것일 수도 있었다.

　시라의 예상대로 바사기는 한동안 눈앞에 시라를 두고도 망연한, 그리고 어딘지 모르게 안개에 감싸인 듯한 눈빛을 하고는 가만히 앉은 자세로 몸을 움직이지 않았다.

　"아직 혼란스러울지도 모르니 마음을 안정시키고 생각을 해봐요."

　바사기의 침묵을 오랜 수면 상태에서 온 혼란으로 이해한 시라는 그의 마음을 안정시키기 위해서 최대한 부드러운 어조로 말을 꺼냈다. 그러나 시라의 노력에도 불구하고 바사기의 얼굴에 떠오른 표정은 조금도 나아지지 않았다. 오히려 시간이 갈수록 점점 더 혼란이 가중되는 듯한 표정이 되어갈 뿐.

　'……'

　시라는 그저 가만히 그를 지켜볼 수밖에 없었다. 미르라도 있었다면 둘이 어떻게든 상의해서 다른 방법을 찾을 수도 있었겠지만 지금은 자리를 비울 수도 없고 그저 지켜볼 뿐이었다.

　[뭐지……?]

　의아함을 담은 음성.

　[도, 도깨비?]

그리고 이어진 흔들림이 담긴 음성.

"바사기, 무슨 일이에요. 갑자기 왜 그런 알아들을 수도 없는 말을……"

시라는 당황을 감출 수가 없었다.

방금 바사기의 입에서 흘러나온 말은 자신으로서는 결코 이해할 수 없는 낯선 언어였기 때문이었다.

[도대체… 이게 뭐야. 나 지금 꿈꾸고 있는 건가?]

그러나 시라의 의문이 풀릴 새도 없이 바사기는 또다시 이해할 수 없는 언어를 내뱉고 있었다.

"바사기!"

시라는 소리 높여 그의 이름을 불렀다. 지금 그의 행동은 분명 오랜 수면 상태에서 갑자기 깨어난 후에 느끼는 혼란 때문이라고 여겼기 때문이다. 그의 정신이 다시 본래의 상태로 되돌아온다면 분명 아무렇지 않게 예전과 같은 표정을 지을 것이라고.

[눈이 즐거우면 꿈이라도 별 상관없지만……]

바사기는 다시 한 번 중얼거리더니 시라를 뚫어져라 응시했다. 마치 처음 대하는 누군가를 바라보는 듯이 생소함과 호기심이 담긴, 그리고 풍겨나오는 이질적인 분위기. 모습은 분명 자신이 기억하는, 함께 지내왔던 바사기와 조금도 다를 바가 없지만 지금의 바사기는 분명 과거와 달랐다. 마치 유하가 힘을 과도하게 쓰고 나서 쓰러진 후에 달라졌던 것처럼, 아니, 그보다 더 심하게.

그리고 이번에는 시라가 말을 잃을 차례였다.

[분명 꿈일 텐데…… 왜 말이 안 통하지?]

아무 말도 하지 못하는 시라를 앞에 두고 바사기의 입에서는 끊임없이 낯선 언어가 흘러나왔다. 마치 낯선 곳에 처음 도착한 것처럼 방 안을 이리저리 둘러보며 말을 꺼내는 바사기는 너무나도 낯선 표정을 하고 있었다.

'왜 자꾸 이런 일들이 생겨나지?'

시라는 마음속으로 고민을 내뱉을 수밖에 없었다. 유하의 행방도 알 수 없는 지금 은의 일족이 설 자리는 모두 없어져 버렸다. 그나마 자신들이 이곳에 머물 수 있도록 끈을 제공해 준 존재인 바사기가 겨우 정신을 차렸나 했더니, 이젠 그의 상태조차도 자신으로서는 이해할 수 없는 상황이다. 대체 무슨 일이 벌어지고 있길래 세상이 점점 이해할 수 없는 방향으로만 변해가는 것인지, 그리고 그것을 알 수 없는 시라는 너무나도 답답했다.

"언니, 저……."

곤욕스러운 듯한 표정의 미르가 문을 열고 들어섰다. 그러나 미르가 본 것은 평소의 침착함을 잃은 시라의 모습이었다.

"언니."

보통 때였다면 그런 시라를 보고 몇 마디의 말이라도 던졌겠지만 지금은 미르 혼자만이 이곳에 들어선 것이 아니었기에 어떤 말도 꺼낼 수가 없었다. 마음속의 불안을 애써 감추는 것이 다일 뿐.

방문을 열자마자 바사기가 깨어나 있는 것이 보였지만 미르는 그 사실을 알고도 조금도 놀라는 기색이 없었다. 분명 보통 때의 그녀라면 격하게 감정을 드러냈을 것이 분명한데 말이다.

"들어오세요."

미르는 시라를 향해 다시 한 번 시선을 던지고 나서 조용히 몸을 돌려 문을 활짝 열고 그녀의 뒤에 서 있던 누군가를 안으로 들어서게 했다.

크고 마른 체격에 강한 눈빛을 지닌 감시자. 시라와 바사기의 앞에 모습을 드러낸 것은 처음 두 자매가 바사기와 함께 이곳에 왔을 때부터 그녀들에게 앞으로의 역할을 알려준 존재, 천서였다. 생각했던 것만큼 금의 일족의 두려움을 느끼게 만드는 존재는 아니었지만, 그가 가진 위압감은 자연스럽게 거부감을 안겨주었다. 아직 금의 수를 본 적은 없지만 감시자에 불과한 천서만을 보더라도 금의 수가 어떤 인물일지를 짐작하는 것은 그리 어렵지 않았다. 본질적으로 무언가가 다르다는 느낌. 두 일족을 지칭하는 이름이 서로 다르듯이, 어쩌면 그것이 은의 일족과 금의 일족 사이에서 느껴지는 가장 큰 벽인지도 모른다.

"노하님께서 부르십니다."

천서는 방 안으로 들어서자마자 정중한 자세로 바사기에게 말을 건넸다. 그러나 노하에게 하는 것처럼 고개를 숙이는 인사를 건네지는 않았다. 아무리 같은 피를 이었다고 하더라도 노하와 바사기는 완전히 다르기 때문이었다.

바사기는 새로운 누군가가 방 안에 모습을 나타내자 잠시 흥미 있는 표정을 떠올렸다. 그리고는 또다시 알 수 없는 말을 중얼거리더니 미소 지었다. 그러나 지금의 미소는 뭐라고 집어서 말할 수는 없지만 예전의 분위기와는 확연하게 달라져 있었다. 보통 때의 바사기도 잘 웃긴 했었다. 그러나 지금 같은 이해할 수 없는 의미를 담은 웃음은 아니다. 그의 웃음은 어떤 때는 무척 어리숙해 보였고, 어떤 때는 진심이 담겨 있는 밝은 웃음이었다.

"노하님께서 기다리고 계십니다."

그저 미소만을 짓고 있는 바사기를 향해 천서는 또다시 말을 건넸다.

그러나 바사기는 이번에도 알 수 없는 말을 내뱉더니 굳건히 자리를 지키고 앉아 있을 뿐이었다.

"무슨 일인가. 갑자기 알 수 없는 언어를 말하다니."

바사기의 상태가 이상한 것을 확인하자 천서의 시선은 시라와 미르 두 자매에게로 옮겨졌다.

"눈을 뜬 순간부터 갑자기 낯선 언어만을 썼습니다."

시라는 사실 그대로 답했다. 그녀 역시 그 이외에는 아무것도 알지 못했기에 당연한 것이었다.

"……"

시라의 대답을 듣고 나자 천서는 잠시 생각에 잠긴 듯 가만히 서 있다가 바사기에게로 다가갔다.

"죄송하지만 강제로라도 노하님 앞으로 모셔가겠습니다."

여전히 뭐라고 말을 꺼내는 바사기를 무시한 채 천서는 침상 위에 앉아 있던 바사기를 가볍게 들어올리고는 어깨에 들쳐 멨다. 말투는 정중했지만 그의 얼굴은 무표정했다.

경악이 담긴 외침이 들려온 것도 같았지만 의미를 알 수 없기에 어느 누구도 말을 꺼내지 않았다. 금의 일족 중에서도 드문 회색의 눈동자를 가진 천서는 두 눈에 어떤 감정도 담지 않은 채 움직였다. 말없이 자신에게로 향한 자매의 시선을 받으며 천서는 바사기와 함께 방을 빠져 나갔다.

"기억을 잃었어도 유하라는 이름은 제 값을 하는군."

그리고 자매는 문 밖으로 나서면서 내뱉은 그의 중얼거림을 똑똑히 들었다.

예언자라는 말은 책이나 옛 문헌 속에만 존재하는 것인 줄 알았다. 그러나 자신이 그 단어의 주인공이 되었을 때의 느낌은 막연한 상상만을 통해서 생각하던 것과 달리 뭔가 기묘함을 내포하고 있었다. 자신의 생각을 지배하는 것은 서희라는 이름의 인간 소녀의 것이지만, 예전의 혼란스러웠던 때와 달리 유하의 기억은 자신을 지배하지 않았다. 그저 자연스럽게 서희가 살아가는 데 필요한 지혜를 전달하는 이외에는 어떤 반발도 일어나지 않았다. 마치 처음부터 이것이 서희의 몸이고 서희의 기억이었던 것처럼.

"이상해."

서희는 무릎까지 오는 길다란 풀숲에 발을 디디며 혼잣말로 중얼거렸다.

어제 저녁 때 노하와 이야기를 나누며 무심코 하늘을 올려다본 순간, 자신은 너무나도 자연스럽게 미래의 일을 읽어냈던 것이다. 아차, 하는 생각과 놀라움이 교차하는 순간 노하의 눈에 스치고 지나간 소름 끼치는 무엇을 보고 나서 그냥 자신의 방으로 돌아왔다. 그리고 거의 잠도 제대로 이루지 못하고 이른 새벽 밖으로 나와 정처없이 거닐고 있는 것이다. 한순간에 미래의 일을 조금은 읽어낼 수 있었지만 더욱더 절실한 사실. 자신의 미래에 관한 것은 알 수 없었다. 마치 점쟁이가 자신의 일은 점칠 수 없는 것처럼 말이다.

"미래란 건… 도대체……"

서희는 중얼거리며 고개를 좌우로 저었다. 아직은 모든 것이 생소하고 낯설기만 하다. 이미 이곳은 자신에게 익숙한 곳이 되었음에도 불구하고 이상하게도 희미하게 따라붙는 감정은 어떻게 할 수 없이 난감하기만 했다.

하루빨리 시류가 어디에 있는지 알아내고, 미르와 시라와 함께 이곳을 벗어나야만 한다. 줄곧 그렇게 생각해 왔지만 아직 자신은 아무것도 해내지 못했다. 오직 시류의 뿔만을 되찾았을 뿐, 그것만으로는 어떤 일도 시작할 수 없는 것이다.

아무렇지 않게 지내고 있기는 하지만 사야의 끈질김에서, 그리고 노하를 비롯한 금의 일족들에게서 조금이라도 빨리 벗어나고 싶었다. 겉보기에는 너무나도 조용하고 평화롭기만 한 금의 영토였지만, 이곳은 언제 폭발할지 모르는 시한 폭탄과도 같은 장소다. 더군다나 자신이 그 도화선이 될지도 모르는 상황에서는.

'유하, 어디 있어요. 이렇게 기억만 남겨주고 가버리다니 너무 하잖아요.'

서희는 이제 과거처럼 자신과 함께 육체에 머물지 않게 된 유하를 원망했다. 그때 사야의 힘에 의해 정신을 잃고 몇 개월의 시간이 지난 후에 다시 이곳에 돌아왔을 때는 이미 유하의 존재는 어디에도 없었다. 아무리 기억이 생생하게 남아 있다고 해도 그것이 전부가 될 수는 없다. 자신은 아직 20년의 세월도 보내지 못한 소녀에 불과하다. 그에 비해 유하는 200년이라는 시간을 살아온 그야말로 깊은 경험을 가진, 그리고 명석한 존재가 아닌가.

자신과는 아예 처음부터 비교의 대상이 될 수도 없는 존재. 처음 그가 자신과 함께 존재하고 있다는 것을 알았을 때는 원망도 했었지만 결국은 그게 얼마나 이로운 일이었는지 깨달았다. 그러나 지금은 어떤가. 그저 남겨진 지식만을 가진 채 헤매고 있는 어린 아이 같은 꼴이다.

처음에는 어느 정도의 자신감도 있었지만, 지금은 어느 정도의 시간이 지났음에도 아무것도 이루어내지 못한 자신에게 그저 실

망만을 느낄 뿐이다. 같은 육체와 같은 기억과 같은 힘을 가졌음에도 유하와 자신은 이렇게나 달랐다.

"하~ 바보같이."

갑자기 눈물이 솟아나올 것 같았다. 지금의 현실이 너무나 답답해서.

'약해지면 안 돼.'

하지만 잘 알고 있다. 스스로의 힘으로는 앞을 보며 나아갈 수밖에 어떤 것도 할 수 없다는 것을. 지금 믿을 수 있는 것은 오직 자기 자신의 힘뿐이다.

'이럴 때는 정말 시류님이라도 있었으면 위안이 될 텐데. 시류님 바보……'

서희는 속으로 끊임없이 되뇌었다.

"그 표정은 뭐지?"

노하는 지금까지 단 한 번도 보인 적이 없던 표정을 짓는 바사기에게 날카로운 시선을 던지며 물었다. 그러나 돌아오는 대답은 그로서도 알지 못하는 언어일 뿐.

비록 자신을 배반하고 등을 돌렸지만 노하는 조금도 바사기를 자신의 곁에서 떠나도록 내버려둘 생각은 하지 않고 있었다. 그랬기 때문에 반항하는 그를 억지로 잠재워 이곳까지 데려온 것이 아니었던가. 깨어나는 데 많은 시간이 걸리리라는 것은 예상했지만 이토록 달라진 모습이 돼버릴 줄은 몰랐다.

"내가 누군지 모르는 것은 아닐 테지?"

노하는 포기하지 않고 또다시 말을 걸었다. 그러나 이번에 돌아온 것은 가만히 앉아서 알 수 없는 말을 내뱉던 바사기가 아니라 몸을 일으켜 금방이라도 이 장소에서 빠져 나가겠다는 몸짓을 보이는 낯선 느낌의 존재였을 뿐이다.

"이곳을 빠져 나갈 수 있을 것 같은가."

의미를 알 수는 없었지만 분명 화가 난 듯한 대답이 돌아왔다. 그러자 노하는 피식 웃었다. 그리고 나서 그는 팔짱을 낀 채 냉정한 시선으로 바사기의 행동을 응시하며 소리없이 감시자들에게 신호를 보냈다.

그러자 마치 그림자라도 되는 것처럼 문 앞에 나란히 서 있던 짙은 갈색 무복을 걸친 두 명의 감시자가 바사기의 옆으로 다가와 그의 양쪽 어깨를 잡았다.

그러자 바사기는 알 수 없는 고함을 치며 거칠게 몸을 빼내려 했다. 그러나 이미 하나의 뿔을 잃은 데다가 오랜 잠에서 깨어난 지 얼마 되지 않은 몸으로는 두 명의 감시자들에게서 벗어날 수 없는 것이 당연했다.

"무슨 생각으로 그런 행동을 하는지는 모르겠지만, 그것이 언제까지 통하리라고는 생각하지 마라."

노하의 시선은 결코 피를 나눈 친혈육을 대하는 것이 아니었다. 어느 누구를 대할 때보다 더욱 냉랭한 시선과 찌르는 듯한 말투. 그럼에도 불구하고 노하의 얼굴에는 그의 속마음을 대변하는 그 어떤 감정의 조각도 떠올라 있지 않았다.

노하가 어떤 말을 하든, 자신이 어떤 상황에 놓여 있든 간에 바사기의 반항은 조금도 수그러들지 않았다. 마치 아무것도 모른 채 날뛰는 어린 아이 같은 모습. 한동안 그런 바사기를 어떻게 하면 원래의 상태로 되돌릴 수 있을까 생각하던 노하였지만, 결국은 어떤 해결책도 발견해 내지 못했다. 단 하나를 제외하고는.

"유하를 데려와라. 깨어나는 것을 알았으니 이렇게 된 까닭도 알고 있겠지."

노하는 두 명의 감시자들에게 몸을 붙잡혔음에도 불구하고 변함없이 날뛰고 있는 바사기를 냉정한 눈으로 바라보며 말했다.

"알겠습니다."

노하의 말이 떨어지자마자 방 안에서 한쪽에 대기하고 있던 또 다른 감시자 중 한 명이 나서서 대답을 하고는 방을 빠져 나갔다.

평소에는 그 어떤 소란스러움도 일어나지 않는 금의 일족의 수 노하의 집무실에는 때 아닌 소음이 퍼져 가고 있었지만 그 소란의 원인을 제외하고는 어느 누구도 그 술렁임에 말려들지 않았다.

[여긴 대체 뭐 하는 곳이야! 도깨비들만 잔뜩 있고! 알아듣지도 못하는 말로 자꾸 말을 걸면 대체 나보고 어쩌라는 거야. 말이라도 통해야 뭘 하든지 말든지 하지!]

너무나도 귀에 익숙한 언어. 단어 하나하나 문장 하나하나에서까지 정겨움이 느껴지는.

"아……."

서희는 그저 감탄성만을 내뱉었을 뿐, 어떤 말도 할 수가 없었다. 마음속으로는 물론 많이 놀랐지만 지금 자신의 행동을 정당화시키기 위해서는 아는 척을 해서는 안 되기 때문이다.

"유하님."

낯선 얼굴의 감시자를 따라 노하의 집무실에 도착하자 문 앞에 서 있던 큰 키의 남자 천서가 정중하게 인사를 건네며 서희를 맞이했다. 이름은 모르지만 이곳에 머물게 된 후로 자주 마주친 얼굴이었다.

보통 때라면 자신보다 훨씬 큰 키를 가진 그에게 마음속으로 투덜거림의 말을 꺼내면서 지나쳤을 테지만 지금은 그런 것을 느낄 경황도 없었다. 오직 귓가에 파고드는 그리운 언어만이 서희의 생각을 지배하고 있을 뿐. 그 말을 내뱉는 주인공이 누구인가 하는 것은 중요하지 않았다. 그저 혼자라는 마음에서 이제는 동지 의식을 느낄 만한 누군가가 생겼다는 것이 다른 모든 사실을 잊게 만들었기 때문이다.

"인사드립니다, 노하님."

마음속의 동요에도 불구하고 서희는 겉으로는 어떤 표정의 변화도 내보이지 않으며 그저 그들이 알고 있는 유하의 얼굴로 인사를 건넸다. 아마도 다른 이들의 눈에는 기억을 잃은 유하가 의지하고 있는 유일한 존재인 노하에게 마음속으로 표하는 진심의 인사처럼 보였을 것이다. 그들이 아는 유하는 시류 이외의 어떤 누구에게도 고개를 숙이지 않았기 때문에.

"그대라면 기억을 가지고 있지 않아도 알 수 있을 테지. 왜 갑자기 이자가 알 수 없는 언어를 말하게 되었는지."

서희는 천천히 노하에게로 향해 있던 시선을 바사기에게 옮겼다. 두 명의 감시자에게 어깨를 붙잡힌 채 한눈에 보기에도 단단히 화가 난 모습으로 소리를 지르고 있는, 분명 그 모습은 자신이 알고 있는 멍해 보이는 바사기의 모습도, 한순간이지만 우울한 눈빛을 하고 생각에 잠겨 있는 바사기의 모습도 아니었다. 이유는 알 수 없지만 그리운, 너무나도 그리운 언어를 말하는 이방인. 그렇다. 그는 분명 바사기의 모습을 한 이방인이었다. 마치 자신이 유하의 몸 속에 들어와 있는 이방인인 것처럼.

서희는 대답없이 조용한 시선으로 바사기를 응시했다. 외모는 분명 자신이 알고 있는 바사기와 조금도 다를 바가 없었다. 스스로의 힘으로 잘라버린 한쪽 뿔의 흔적도, 어딘지 모르게 세상과 동떨어져 보이는 표정도. 그리고 겉으로는 말라 보이지만 의외로 단단한 그의 체격도.

[정말, 장난이 아니네. 진짜 잘생겼잖아. 조금 전까지만 해도 저 차가운 말투의 남자가 제일 잘생긴 줄 알았는데……]

갑자기 들려온 상황에 전혀 어울리지 않는 감탄사. 그러나 자신이 알고 있는 누군가를 연상케 하는 말투.

'설마, 그럴 리가……'

서희는 속으로 자신의 짐작이 착각이 아닌가, 라는 생각을 했다. 하지만 착각이라기에는 너무나도 그의 말투가 익숙하다.

"어떤가, 유하. 원인을 알 수 있겠나?"

서희는 노하에게 시선을 돌리고는 입을 열었다.

"짐작하고 계시는 것처럼 이곳의 언어는 아닙니다."

"그렇다면 그대도 의미를 알 수 없다는 말인가?"

서희는 고개를 가로 저었다.

"입으로만 의사 소통을 할 수 있는 것은 아닙니다."

그 말이 끝나기가 무섭게 노하의 눈빛이 달라졌다. 마치 재미있는 장난감을 발견한 어린 아이의 그것처럼, 아니, 그것과는 본질적인 무언가가 달랐지만 노하의 눈빛에는 분명 흥미로움이 떠올라 있었다.

'상관없어, 어떻게 보든지.'

서희는 주위의 시선을 의식하지 않기로 마음을 먹었다. 어쨌거나 지금 자신은 타인에게는 기억을 잃은 존재이다. 그렇게 생각을 굳히자마자 자신을 향한 노하의 흥미로운 시선도, 굳어 있는 감시자들의 시선도, 그리고 그리운 언어를 내뱉는 바사기의 의문에 찬 시선도 느껴지지 않게 되었다. 그리고 온몸의 힘이 한곳으로 모여드는 듯한 기분과 함께 조금씩 그 힘이 머리의 중앙에 자리하고 있는 뿔로 모여드는 것이 느껴졌다.

눈으로 보지 않아도 피부로 느껴지는 온화한 공기가 자신의 뿔에서 미미하게 빛이 퍼져 나오고 있음을 알려주었다. 유하가 남겨준 기억을 통해 자유자재로 사용할 수 있게 된 그의 힘. 마치 인간인 자신이 아닌 진정한 유하가 된 듯한 느낌. 이 느낌은 오직 뿔의 힘을 사용할 때만 느낄 수 있는 유하와의 일체감이었다.

"인간이여, 그대의 이름은……?"

서희는 일부러 마음속으로 유하의 말투를 흉내내어 바사기의 의식에 전달했다. 그리고 자신의 말이 그의 뇌리 속에 전달되었는가는 일부러 확인하지 않아도 알 수 있었다. 바사기의 몸이 마치 번개라도 맞은 듯이 격렬한 떨림을 보였기 때문이다. 그의 어깨를 붙잡고 있는 감시자들이 느낄 정도로 거세게.

[왜 말소리가 머리 속에서 울리지?]

의아함을 담은 그러나 조금 전과는 확연히 다르게 한풀 꺾인 듯한 음성, 그리고 그 음성에는 경외감을 넘어선 미미한 두려움의 감정까지 드러나 있었다. 서희는 웃음이 나오려는 것을 참으며 여전히 얼굴 표정에 어떤 변화도 두지 않았다.

"그대의 이름은?"

되풀이되는 서희의 질문에 바사기는, 아니, 바사기의 모습을 한 어떤 존재는 조심스럽게 입을 열었다.

결코 움직이리라 생각하지 않고 있던 굳게 감긴 눈이 조금씩이기는 하지만 움직임을 보이고 있었다. 마치 죽은 듯이 조용히 잠들어 있던 그가 깨어나는 것을 바라보고 있는 이들이 그와 깊은 관련이 있는 자들이라면 눈물을 흘리며 기뻐했을 광경이 분명했다. 하지만 안타깝게도 그 장면을 바라보고 있는 것은 그가 눈을 뜨는 순간을 바로 절망으로 바꾸어 버릴 존재 중 한 명이었다.

"시류."

정확하지만 기분 나쁜 감정이 배어 있는 음성.

시류는 귓가에서 희미하게 울리는 그 목소리가 누구의 것인지 기억해 내려고 애썼다. 그러나 이상하게도 온몸에 힘이 제대로 들어가지 않는 것처럼 그 음성이 누구의 것인지 생각하는 것 역시 너무나도 힘들었다. 머리 속이 완전히 텅 빈 듯한, 아니, 모호한 안개로 가득 찬 듯한 느낌.

'누구지?'

시류는 멍한 머리로 생각했다. 과연 아무렇지 않게 자신의 이름을 부를 수 있는 존재가 누구인가에 대해, 그러나 모호함으로 둘러싸인 지금의 상황에서도 시류는 결코 자신에게 말을 건 존재가 누구보다도 익숙하고 그리운 음성을 가진 존재와는 다르다는 것을 느끼고 있었다.

"이제는 몸을 일으킬 기운도 남아 있지 않은 모양이지?"

아무렇지 않게 넘겨버릴 수 있을 만큼 별다른 감정이 섞이지 않은 음성이었다. 그러나 그 소리를 듣자마자 시류는 기이한 불쾌감에 사로잡혔다. 그 아무렇지 않은 듯한 말투에서 느껴지는 가시 돋친 듯한 섬뜩하고 기이한 감정. 어쩌면 그것은 음성에서 느껴지는 것이 아니라 그 말을 내뱉은 누군가가 내뿜는 기운을 본능적으로 감지하고 있기 때문인지도 모른다.

시류는 여전히 딱딱한 바닥에 몸을 눕힌 채로 시선만을 움직여 자신에게 말을 건 누군가를 바라보았다.

감정의 자락조차 내비치지 않는 굳어진 얼굴. 그러나 시류에게 그 얼굴은 무의미한 비웃음을 떠올리고 있는 것처럼 느껴졌다.

'기.'

불현듯 떠오른 그의 이름. 그리고 머리 속을 스치고 지나가는 희미한 영상. 뿔에서 퍼져 나오는 환한 금색과 은색의 빛이 불러 일으킨 힘의 충돌, 부러져 나간 뿔의 조각, 그리고 유하를 위해 무릎을 꿇은 자신.

시류는 눈동자만을 움직여 기를 바라보았다. 지금은 시간 감각조차 느낄 수 없다. 자신이 과연 얼마만큼의 시간을 이곳에서 보냈는지, 그리고 지금 자신이 있는 장소가 어디인지도. 어느 것도 명확하지 않다. 평소에는 너무나도 당연하게 느껴지던 주위의 감각 중 어느 것도 제대로 느낄 수 없었다. 그저 시력과 청력만이 미미하게 남아 있는 듯한 그런 느낌.

스스로도 충분히 느끼고 있었다. 자신은 이미 예전과 같지 않음을. 뿔을 잃은 까닭 때문인지도 모르지만 몸을 움직이는 것조차 너무나 힘겹고 지치는 일이 되었다.

"기쁜 소식을 먼저 알려주지."

기는 시류의 얼굴을 내려다보며 여유있게 입을 열었다.

"조금 전 유하님과 만나고 오는 길이지."

그의 말투는 결코 오만하지 않았지만 그보다 더한 비꼬는 듯한 의미가 담겨 있었다.

"유하가… 살아 있다고?"

시류는 자신의 음성이 떨리고 있다는 것도 알지 못했다. 그리고 자신에게 말을 걸고 있는 것이 누구인지도 잊었다. 그 정도로 시류는 지금 자신이 들은 말이 믿겨지지 않을 정도로 기쁘게 느껴지고 있었다.

"물론이다. 아주 건강한 몸이고, 가지고 있던 능력 또한 건재하지."

기는 친절하게도 유하의 근황을 자세하게 시류에게 알려주었다.

그때 자신이 마지막으로 보았던 유하는 어떤 상황으로 치닫는다 해도 이상하지 않을 정도의 상태였다. 그렇게 쉽게 유하가 눈을 감으리라고는 생각하지 않았지만 창백한 유하의 얼굴을 바라보는 것만으로도 시류는 가슴 한구석이 무너져 내리는 느낌이었다. 아직 어떤 말도 하지 못했는데 유하가 다시는 눈을 뜨지 않게 된다면이라는 생각이 시류를 지배했다. 그러나 지금은 비록 자신의 상황이 이토록 비참하게 변했다고는 해도 유하의 안위를 확인하게 된 사실만으로도 기뻤다.

"이제 유하님이 고개를 숙이는 상대는 시류, 네가 아니라 노하님이라는 것이 다르지만."

"……!!"

시류는 깜짝 놀라 순간적으로 세차게 고개를 들어올렸다. 그 반동으로 인하여 머리가 울리는 듯한 느낌이 들었지만 지금 그런 것은 아무런 상관이 없다.

기의 입가에는 어느새 가느다란 미소가 떠올라 있었다.

"유하님에게 남아 있는 것은 오직 능력뿐이지. 과거의 기억은 존재하지 않는다. 자신이 청의 사제였다는 것도, 그리고 네가 시류라는 사실 역시. 아니, 시류라는 이름조차 기억하고 있지 않아."

시류는 자신의 귀를 의심할 사이도 없이 계속 이어지는 기의 말에 그저 넋을 잃고 있었다. 분명 지금 자신이 듣고 있는 것은 모호한 정신에 파고드는 꿈의 영상일지도 모른다고. 그러나 몸은 그것이 자신의 망상에 불과하다는 것을 여실히 드러내주고 있었다. 힘의 상징이자 자기 자신, 즉 시류를 의미하던 머리 위의 뿔은 여전히 존재하지 않았고, 온몸의 무기력함 역시 변함이 없었다.

'그래, 그렇단 말이지…….'

시류는 그저 허탈하게 웃었다. 그리고 그런 시류를 바라보는 기의 눈에는 노하의 그것과도 닮은 흥미로움이 조금씩 진하게 배어나오고 있었다.

"유하."

시류는 자신의 귀에만 들릴 정도로 작게 중얼거렸다.

온몸을 뒤흔드는 절망감.

이런 감정은 시류로서는 단 한 번도 느껴본 적이 없는 격렬하고도 안타까운 흔들림이었다. 유하가 자신을 적대적인 표정과 말투로 대하던 그 오랜 시간들 속에서도 자신은 언제나 한결같은 시선으로 유하를 대해왔고 그를 배려했다. 시류의 마음속에는 언제나 유하에 대한 한가닥의 죄책감이 자리잡고 있었기 때문이다. 어느 누구보다 소중하게 생각해야 할 친구를 생명을 깎아먹는 자리로 내몬 자기 자신에 대한 실망과 자신의 진심을 받아들여 주지 않는 친구의 차가움 사이에서 시류는 언제나 한결같은 모습을 유지하기 위해 애써왔다.

'어째서지, 유하? 너는 왜 언제나 예상하지 못한 방법으로 나를 놀라게 만드는 거지?'

시류는 소리없이 피식거리며 웃었다. 그러나 그 웃음은 누가 보기에도 힘이 빠진 비어 있는 미소에 불과했다.

유하가 그런 상태가 돼버리다니. 그때 자신이 조금만 더 깊이 생각했더라면 유하를 그렇게 무방비한 상태로 놓아두지 않았을 것이다. 그때만큼 사야의 본래 모습을 꿰뚫어보지 못했던 안일한 자신이 원망스러웠던 적은 없었다.

'유하.'

시류는 고개를 숙인 채 마음속으로 절망이 뒤섞인 한숨을 토해 냈다.

지금의 유하가 그렇게 변해 있으리라고는, 살아 있는 모든 것에 존재하는 기억이 그토록이나 많은 것을 달라지게 할 줄은 몰랐다. 그 기억의 유무에 의해 유하라는 어느 누구도 범접하지 못할 것이라 여겼던 금단의 땅이 침범당한 것이다.

'왜 항상 내게 기회를 주지 않지?'

시류는 또다시 마음속으로 물었다. 마치 자신의 질문을 유하가 듣고 있기라도 한 것처럼.

시류의 기억 깊은 곳에 가라앉아 있는 유하의 영상은 언제나 하나의 모습에서 시작한다. 희미한 바람에 흩날리는 밝은 은청색의 머리카락으로. 언제나 시류가 바라보고 있던 유하의 뒷모습은 오랜 과거에도, 그리고 자신에게 남아 있는 가장 최후의 만남에서도 언제나 같았다.

어떤 일족들도 가지지 못한 힘의 영향으로 유하는 항상 피로해 보였고 확실히 지쳐 있었지만, 유하에게는 언제나 빠지지 않는 자신감이 있었다. 그것은 스스로를 믿고 있음에서 우러나오는 당당함이었다. 그 감정이 있었기에 유하는 자신에게 주어진 어떤 것보다도 무거운 사제라는 직책을 묵묵히 수행할 수 있었던 것이리라.

"시류님."

그리 멀지 않은 과거의 어느 날이었다.

비전서의 해독을 위해 청의 수의 처소에 머물고 있던 유하가 무척 드물게도 먼저 시류에게 다가와 말을 걸었던 적이 있었다.

"유하, 무슨 일이지?"

"후⋯⋯."

시류의 부드러운 물음에 유하는 이유도 없이 깊은 한숨을 내뱉었다.

그리고 기억하기로는 그때의 유하가 보여주었던 표정에 무척이나 많은 흔들림이 담겨 있었다. 시류는 그때도, 그리고 지금도 그 이유를 알지 못했지만 분명 그때의 유하는 자신에게 무언가를 말하고 싶어하는 것 같았다. 결국은 아무런 말도, 그리고 해답도 얻지 못한 채 시류는 돌아서는 유하의 뒷모습을 바라보고 있어야 했지만.

점점 더 창백해져만 가는 유하의 얼굴을 바라보면서도 시류는 아무 말도 하지 못했다. 수로서 당연하게 약사에게 말을 건네 유하를 치료해야 한다는 간단한 일조차 그는 하지 않았다. 약사로서의 능력은 유하도 충분히 지니고 있었지만 무엇보다 사제라는 특수한 지위는 어떤 약이나 능력을 가지고도 수명을 연장시킬 수 없는 자리라는 것을 잘 알고 있기 때문이었다. 그리고 그 자리를 유하의 것으로 만든 것 역시 자신이라는 사실을 그는 잊지 않았다.

겉으로는 누구보다 능력있고 당당한 청의 수 시류지만, 마음속의 그는 친구인 유하의 진심을 얻지 못해 괴로워하는 한 존재에 불과했다.

"노하님이 허락하신다면 유하님과 만날 수도 있겠지."

잊고 있던 기의 음성이 시류의 정신을 일깨웠다. 지금 자신이 어떤 상황에 처해 있는지를.

자신은 그저 시류라는 이름을 가진 그들의 포로라는 것을 기억해 냈다.

지금의 감정을 어떤 말로 표현하면 좋을까. 서희는 알 수 없었다. 기쁨이라고 하기도, 그렇다고 황당함이라고 말하기도 어려운 감정. 반가움이 담겨 있는 것은 분명한데 그와 동시에 놀라움도 커져만 갔다.

노하의 앞에서는 아무렇지 않게 말을 건네고 그들의 반응을 살피고 되돌아왔지만, 자신만의 공간에 다다르자마자 서희는 저절로 미소가 번져 나오는 것을 막을 수가 없었다.

"설마 이것도 꿈은 아니겠지?"

서희는 미소를 지우지 않은 채 중얼거렸다.

비록 지금은 금의 영토에 있지만 자신이 이곳 은의 영토에 오게 된 것이 도대체 어떤 방법을 통한 것인지 서희는 알지 못한다. 이곳에서 유하의 몸으로 몇 년 간의 생활을 했었지만 그것 역시 현실의 자신, 서희로 되돌아간 시점에서는 단 몇 시간에 불과한 잠 속에서 이루어진 일이었다. 과연 지금의 이것이 현실인지, 그렇지 않으면 서희라는 이름을 가진 인간 소녀로 있는 시간이 현실인지 굳이 구별할 생각은 없지만 혼란이 일어나는 것은 어쩔 수 없었다. 처음에는 많이 불안했고, 당혹스러웠고, 무서웠지만 지금은 많이 달라졌다. 연륜이 쌓였다고 할까. 그렇다고 편하게 모든 것을 이룰 수 있는 것은 아니지만 낯선 곳에 홀로 있다는 감각보다는 많이 적응이 된 게 사실이다.

유하와 서희라는 두 존재간의 괴리감과 진실을 구별할 수 없는 두 개의 현실 세계 속에서 지내온 지금까지의 시간. 그러나 앞으로는 혼자가 아니게 될지도 모른다. 자신을 알리는 것을 어떤 방법으로 진행할 수 있을지는 아직 모르지만, 지금은 그저 마음의 작은 위안 하나가 생겼다는 것만으로도 너무나 기뻤으니까.

서희는 또다시 미소 지었다.

아직도 귓가에 그 말이 맺혀 울리고 있는 듯한 느낌. 정신의 언어를 사용해 듣지 않아도 그저 그 발음만으로도 이해할 수 있는 낯익은, 그리움을 품은 언어.

'은선아……'

서희는 그 이름을 그저 마음속으로만 불렀다.

정말이지 한눈에 반하지 않고서는 배기지 못할 정도로 미형인 얼굴을 눈앞에 두고 있으면서도 아무 말도 할 수 없는 자신이 얼마나 답답한지. 꿈이 아니라면 자신이 이런 남자와 만날 일이 생기기나 할까. 아무리 인간이 아니라고는 해도, 말이 통하지 않는 장소라고 해도 이 사실 하나만은 무척 마음에 들었다. 그러나 가장 중요한 의사 소통을 할 수 없다는 사실은 숨이 막힐 정도로 답답했다. 이런 답답함은 처음 느껴보는 감정이라고 말할 수 있을 정도로.

말이 통하지 않는 외국이라 할지라도 바디 랭귀지나 어설픈 영어라도 하면 어느 정도는 의사 소통을 할 수 있기 마련이다. 그러나 이곳에서는 아예 그런 일 자체가 불가능하다. 종족 자체가 다르고 언어 자체가 달라서 아예 어떻게 할 수도 없는 것이다. 그나마 유일하게 의사 소통을 할 수 있는 상대가 눈앞에 있지만 그가 말을 걸지 않는 이상 자신으로서는 그저 지켜보는 수밖에는 가능한 일이 없었다.

"휴~"

자신도 모르게 새어나오는 한숨.

아직 이것이 현실인지, 그렇지 않으면 꿈인지도 구별할 수 없는 모호한 상태에 놓인 은선은 몇 시간째 한숨만을 내쉬며 불온한 침묵을 견뎌내고 있었다.

"갑자기 다른 이의 몸에 들어온 기분은 어떤가?"

그러던 어느 순간이었다. 머리 속에 울리는 기묘한 언어가 전달된 것은.

은선은 그때까지만 해도 자신이 상대방에게 아무 말도 걸 수 없다는 사실만을 괴로워하고 있었지만, 그의 말을 듣는 순간 흠칫하고 놀랐다. 주위의 모든 이들이 낯선 외모를 하고 있던 탓에 가장 중요한 사실을 깨닫지 못하고 있었던 것이다.

자신이 과연 어떤 모습을 하고 있는지를.

은선은 거의 하루가 다 되도록 느끼지 못하고 있었던 것이다.

[세, 세상에……]

그리고 은선은 얼마 지나지 않아 경악으로 가득 찬 얼굴이 되어 자신조차 무엇을 말하고 있는지 알 수 없을 정도로 혼란에 빠져 버렸다. 두 눈으로 직접 모든 곳을 살펴 보지는 못해도 감각이라는 것이 있기에 은선은 확연하게 모든 것을 깨달아 버렸다.

[난… 여자가 좋다구. 내 몸이 갑자기 왜 이렇게 됐지?]

그리고 평소의 버릇처럼 은선은 망연한 표정을 띠고 중얼거렸다.

혼란과 당혹감에 빠져 미처 느끼지 못하고 있었지만, 은선의 눈을 한번에 돌아가게 만들 정도로 뛰어난 외모를 자랑하는 눈앞의 남자는 그런 은선의 반응을 보고 얼굴에 미미한 웃음기를 떠올리고 있었다.

"아직 자각하지 못한 모양이군."

또다시 남자가 말을 걸어왔다.

[갑자기 내가 이런 상태가 된 것도 믿기 힘든데 몸까지 살피기란 무리 아닌가요?]

그새 마음을 가라앉히고 자연스럽게 반문한 은선이었지만 마음속으로 뭔가 이 질문이 우선이 아닌데, 라는 생각이 들었다.

"그럼, 무엇이 우선이지?"

이어진 남자의 질문에 은선은 순간적으로 경악한 나머지 입을 벌린 채 아무 말도 하지 못하고 있었다. 분명 바보스럽게 비쳤을 만한 표정을 떠올리고 있었을 테지만 놀람을 참기란 어려웠다.

[서, 설마, 마음도 읽는 건가요?]

약간은 거부감이 담겨 있는 듯한 음성으로 은선은 말했다. 자신이 듣기에도 결코 익숙하지 않은 남자의 음성이었지만 그것조차 지금까지는 의식하지 못하고 있었다. 그러나 하나를 깨달아 버린 순간 작은 것 하나하나까지 모두 거북한 무엇이 되어 표면에 떠오르고 있었다.

'역시, 은선이 다운 반응이잖아.'

서희는 겉으로 드러나는 웃음을 애써 참으며 아무렇지 않은 얼굴을 했다.

말을 내뱉지 않아도, 평소의 은선의 얼굴이 아니어도, 서희는 바사기의 얼굴이 짓고 있는 표정만으로 은선의 생각을 짐작할 수 있었다. 둘은 말싸움을 많이 하기는 하지만 서로를 가장 잘 아는 친구 사이였기 때문이다.

그러나 반가움에 앞서 서희에게 의문으로 다가오는 것이 하나 있었다. 어째서 은선이 이곳에 와 있는가. 그것도 자신과 마찬가지로 타인의 몸 안에 들어와서. 처음에는 그저 반가움 때문에 아무것도 생각할 겨를이 없었지만, 어느 정도 시간이 지나고 마음이 가라앉은 지금은 달랐다. 아직 자신이 이곳으로 오게 된 정확한 사유도 알지 못하는데 또 어떤 이유로 은선이 이곳에 온 것일까. 그리고 이곳은 과연 현실에 존재하는 세계인가. 그렇지 않으면 자신이 만들어낸 꿈일 뿐인가. 그렇다면 왜 은선이 이곳에 지금 존재하고 있는가. 이 모든 의문들이 떠나지 않고 서희를 괴롭혔다.

[저, 그럼 먼저 이곳이 어떤 곳인지 말해 주실래요?]

눈앞에서 계속 당황한 표정으로 말을 내뱉고 있는 은선에게서 시선을 떼지 않으면서도 서희는 생각을 멈추지 않고 있었다.

"이곳은 금의 영토, 금의 일족과 지금은 존재하지 않게 된 은의 일족들이 살고 있는 곳이다."

언젠가 자신이 처음 이곳에 발을 들여놓고, 곧 죽음이 다가오리라고 여겨질 정도로 긴박한 상황이었을 때 자신에게 처음으로 말을 걸어준 유하가 그랬듯이 서희 역시 천천히 말을 전달했다. 인간이 아닌 은의 일족의 대변자 유하로서.

[금의 영토… 금이랑 은 일족? 도깨비가 아니라?]

마치 자신이 생각했던 것을 그대로 답습하듯이 은선 역시 혼란과 놀라움에서 벗어나지 못한 채 예상한 그대로의 반응을 보였다.

"인간들에게는 다른 이름으로 불리고 있겠지만 우리는 금의 일족과 은의 일족이라는 말을 쓴다. 그리고 그것은 뿔의 생김새로 구별하지."

자세히 말하자면 힘과 지금의 달라져 버린 사정까지도 꺼내야
할 테지만 지금은 그런 것을 세세히 말하고 있을 여유가 없었다.
그리고 어떻게 되었든 간에 가장 중요한 것은 은선이 이곳의 말
을 할 수 있게 되느냐 안 되느냐였다. 자신이 그랬듯이 분명 방법
을 찾아낸다면 은선도 이곳의 말을 할 수 있게 될 것이다. 속은
아닌지 몰라도 겉모습, 즉 육체는 바사기의 것이고 바사기의 기억
또한 온전히 존재할 것이기 때문이다.

　어떤 식으로든 노하의 인정을 받고 그가 어떤 의심도 하지 않
을 정도로 만들기 위해서는 바사기의 일을 잘 해결해야만 한다.
친구 은선과의 만남도 중요하지만 지금 유하의 역할로서 이곳에
존재하는 이상 빨리 시류가 있는 곳을 알아내야 할 의무가 있다.

　'그래, 가장 중요한 건 그거니까…….'

　은선에게는 조금 미안한 일인지 몰라도 서희의 마음은 그랬다.
반가움이 반 의무가 반이었던 것이다. 자신의 의지는 분명 서희라
는 인간의 것이지만 이곳에서의 자신은 오직 그 이름과 의지만으
로는 존재할 수 없다. 유하라는 존재가 있기에, 유하라는 이름이
있기에 자신이 이곳에 있어야 하는 것이다.

　'다른 설명을 하는 것보다 지금 사정을 밝히고 함께 이야기하
는 편이 나은 일이겠지?'

　서희는 그렇게 생각하고 생각을 정리했다. 과연 어떤 것부터 어
떻게 말해야 하는지를.

　그리고 막 은선에게 모든 것을 이야기하고 앞으로의 일을 함께
헤쳐 나가자고 말하려던 순간이었다. 갑자기 문이 열리는 소리가
들려왔다.

　"그보다 은……."

서희는 아쉬움을 접은 채 막 전달되려던 언어를 접어버렸다.

'할 수 없지.'

이런 외모를 하고 있는 자신을, 그리고 평소의 자신이라고 말할 수 있는 표정조차 지을 수 없는 자신을 과연 본래의 서희로 봐줄 것인가를 떠나서 말을 할 수 있는 유일한 상대를 만났다는 기쁨에 서희는 말을 꺼내려 한 것이다. 그리고 그것이 지금 자신에게 놓여진 일을 풀어갈 수 있는 지침이 되리라 생각했다. 그러나 그런 생각을 실천에 옮기기도 전에 사야와 노하 다음으로 싫어하는 상대인 기의 목소리가 들려왔다. 마치 서희의 행동을 막기라도 하는 것처럼.

"유하님."

'정말 타이밍도 좋아.'

서희는 결코 겉으로는 불만을 드러내지 않으며 과거의 유하만큼 차갑지는 않지만, 그렇다고 함부로 넘볼 수 있을 만큼 풀어져 있는 표정도 아닌 그야말로 적당한 얼굴을 하고서 그를 응시했다.

"노하님께서 유하님께 얼마 동안 바사기님을 맡기시겠다고 하셨습니다. 본래의 상태로 되돌아올 때까지 유하님이 책임을 져주셨으면 좋겠다는 말씀이십니다."

바사기와, 아니, 바사기의 몸 안에 들어와 있는 은선과의 대면 이후로 서희는 노하가 자신에게 이런 일을 맡기리라고 예상하고 있었다. 그리고 그것은 자신이 바라던 바이기도 했다.

"노하님께 뜻을 거스르지 않도록 노력하겠다고 전해주기 바랍니다."

서희는 담담하게 말을 이었다.

"비록 과거를 되찾지는 못했지만, 노하님 덕분에 여러 가지를 얻었고, 또 앞으로도 그렇게 될 것 같으니 말입니다."

평소의 유하라면 절대 높이지 않을 상대방이건만 서희는 일부러 기에게까지 높임말을 사용했다. 한 명이라도 더 자신을 의심하지 않게 만들기 위해서였다.

"알겠습니다, 유하님."

기는 정중한 어조로 답했지만 서희는 이상하게도 기의 눈빛이 자신을 비웃고 있다는 듯한 느낌이 들었다. 마음에 들지 않는 상대를 대하고 있기 때문에 느껴지는 과대 망상인지도 모르지만, 피부에 파고드는 느낌은 달라지지 않았다.

'역시 재수없어.'

마음의 외침은 정직했다.

간단한 명령 하나를 전달하기 위해 직접 이곳까지 모습을 드러낸 것이 기라는 사실이 조금 의외이긴 했지만, 그만큼 자신이 노하에게 특별한 존재로서 받아들여지고 있다는 사실도 된다. 그리 기분이 좋은 일은 아니지만 어쨌거나 지금은 자신의 이러한 입장이 필요하고, 또 중요했다. 아무런 힘도 가지지 못하는 자리에 있는 것보다는 좀더 자유롭고 편한 위치에 있는 것이 시류를 찾는데도 더 도움이 될 테니까.

"또 찾아뵙겠습니다, 유하님."

어느 한군데 모자람이 없는 예의 바른 태도와 음성. 기는 닮지 않은 듯하면서도 노하와 많은 공통점을 지니고 있었다.

[도대체 뭐가 어떻게 돌아가는지 알 수가 있어야지. 이게 도대체 어떻게 된 일이야. 정신없이 뭔가가 일어나기만 하고……]

기가 방을 빠져 나가자마자 마치 존재하지 않는 것처럼 침묵을 지키고 있던 은선이 불만이 가득 담긴 음성을 토해냈다. 그것은 뭔가 마음에 들지 않는 일이 있을 때 곧잘 보이곤 했던 은선의 습관이었다.

마치 현실로 돌아간 듯한 그리운 감각에 순간 서희는 마음을 놓을 뻔했다. 그러나 아직은 마음을 놓을 때가 아닌지도 모른다. 아무리 친한 친구와 다시 만나게 되었다고 해도 모든 것을 밝혀내고 함께해 나가기에 은선의 지식은 너무나도 부족하다. 지금은 은선이 바사기의 육체만을 입고 있을 뿐, 언어까지는 알지 못하기 때문에 상관없지만 나중 일이 어떻게 될지는 아무도 모른다. 어느 날 일족의 언어로 누군가에게 말을 꺼내기라도 한다면 일이 어떻게 변할지는 아무도 모른다. 미래를 읽는 힘을 가진 유하로서도 결코 읽어내지 못했던 의외의 미래. 서희는 마음속 가득히 차올랐던 반가움과 그리움의 감정, 그리고 인간 이서희로서의 모든 생각들을 한쪽으로 접어두고 중요한 일을 먼저 살펴야 한다. 지금의 자신이 유하로 존재한다는 것을 언제나 잊어서는 안 된다. 그것이 처음 유하와 만났을 때, 그와 몸을 교환하면서 한 약속이었다.

'그래, 지금은 유하가 되자.'

"순서가 잘못된 것 같군. 다시 처음부터 시작하도록 하지."

귀에 직접적으로 전달되는 음성은 아니었지만 은선은 조금 전에 확인했던 남자의 음성을 되살리며 생각했던 것보다 그의 목소리가 그에게 너무 잘 어울린다고 느꼈다.

물론 몇 시간 전에도 그의 음성을 들었지만 그때는 너무나 정신이 없어서 대체 무슨 목소리로 말을 하는지 신경 쓸 겨를도 없었던 것이다. 그리고 그 다음에는 그의 얼굴을 바라보느라 바빴고.

이것은 정말 여자의 본능인지도 모른다. 그렇게 말한다면 분명 서희는 그건 너한테만 해당되는 일이라고 받아쳤을 게 분명했지만.

"그대의 이름은 은선이라고 했다. 그런가?"

어찌 생각하면 심문하는 듯이 느껴지겠지만 은선은 눈앞의 얼굴을 바라보는 것만으로도 기분이 좋아져서 머리 속으로 울리는 말투가 어떤 것인가는 전혀 염두에 두지 않았다.

[맞아요. 은선, 최은선이에요.]

남자는 가볍게 고개를 끄덕였다.

[저… 당신의 이름을 물어도 될까요?]

은선은 가장 중요한 이름을 묻지 않았다는 사실을 떠올리고는 바로 입을 열어 그에게 물었다. 그는 아주 약간이기는 했지만 부드러워 보이는 미소를 짓고 나서 자신의 이름을 말해 주었다.

"유하."

왠지 모르게 남자에게 너무나 잘 어울린다는 느낌이 드는 이름. 부드럽게 퍼져 나가는 발음. 그 이름은 눈앞에 있는 은청색의 길고 매끄러운 머리카락을 가진 데다 맑은 푸른 눈동자로 자신을 바라보는 남자를 위해 만들어진 이름인 것 같았다. 저런 남자가 현실에 있었다면 분명 연예계의 큰 별이 되었을 것이다. 지금과 같은 상황을 만나기 전까지만 해도 반 년째 사귀고 있던 오빠가 최고라고 생각했는데, 마음이라는 것은 정말 순식간에 변하는 모양이었다.

[유하……]

은선은 자신도 모르게 그 유하라는 이름을 중얼거리고 있었다.

"잊지 말아야 할 것은 그대의 본래 이름이 은선이라고 해도 이곳에서는 바사기라는 이름이 그대를 지칭하는 것이라는 사실이다."

[바사기? 맞아. 아까도 그런 발음을 들은 것 같았어.]

은선은 기억을 되살려 알아듣지 못할 언어 속에 섞여 있던 반복되는 단어를 기억해 냈다.

"이곳은 금의 일족들이 살아가는 금의 영토다. 그리고 그대는 이곳의 가장 높은 지위에 있는 자의 동생이고."

[왠지 만화 같은 설정 같은데. 바꿔서 말하면 왕족이라는 얘기……?]

은선은 유하의 말을 듣자마자 기분이 좋아졌다. 사람이란 게 좋은 것에 먼저 눈이 가기 마련이듯이 어떤 황당한 상황이라고 해도 지금처럼 괜찮은 자리가 생겨나는 거라면 마다할 이유가 없다.

몸만 여자인 상태였으면 완전히 공주가 되는 설정인데, 라고 생각하며 은선은 약간의 아쉬움을 속으로 삼켰다.

"그러나 이곳에서는 힘으로 모든 지위가 결정되기 때문에 혈연을 가지고는 어떤 것도 얻을 수 없다."

유하는 마치 자신의 마음을 읽기라도 하는 것처럼 곧 이어 마음에 가득 차올랐던 바람을 빼버리는 말을 했다. 그러나 유하는 은선이 미처 마음속을 정리하기도 전에 여러 가지 사실들을 하나하나 알려주기 시작했다.

"내 머리 위에도, 그리고 그대의 머리 위에도 달려 있는 이 뿔은 바로 힘의 상징이자, 도구다. 뿔을 통해 우리들은 힘을 드러내고 또 여러 가지를 얻지."

그렇게 은선은 처음 듣는 생소한 사실들을 유하라는 부드러운 어감의 이름을 가진 남자의 낯선 언어, 소리가 아닌 정신으로 전달되는 언어를 통해 받아들이며 보다 많은 것들을 기억하기 위해 노력했다. 꿈이든 꿈이 아니든 지금 자신이 맞이한 상황 속에서 할 수 있는 일을 하는 게 최선이라 여겼기 때문이다. 솔직히 그리 사실이라는 단어에 연연해하지 않는 성격의 덕도 컸다. 그저 자신이 상황에 맞게 어떻게 움직이느냐가 은선에게는 무엇보다 중요했다. 즐거운 것이 있을 때는 그것 하나만을 생각하고, 슬픈 일은 금방 잊어버리는 자신의 성격 덕분에 이런 믿어지지 않는 상황 속에서도 은선은 금방 본래의 자신을 되찾았다.

[이곳은…….]

처음으로 접해보는 밖의 세상을 바라보며 은선은 놀람에 가득 찬 말을 내뱉었다. 무슨 생각을 하고 있는지는 말로 하지 않아도 알 수 있다. 자신도 처음 이곳에 왔을 때 그런 느낌을 받았으니까.

어떤 잘 보존된 문화 유산보다도 화려하고 정교하게 지어진 수십 채의 건물들, 웅장함만이 아닌 미적 감각이 떨어지는 어느 누가보더라도 한번에 감탄을 터뜨릴 만한 압도적인 광경. 더군다나 회색 빛의 도시에 식상해 있던 사람이라면 더욱 이 거대하고 아름다운 광경에 탄성을 터뜨릴 것이다. 단지 노하의 처소만이 아니라 밖에 나간다면 이보다 더 아름다운 풍경을 얼마든지 만날 수 있다. 꽃으로 가득 찬 초원이나 은색의 물살이 반짝이는 잔잔한 호수, 여유로워 보이는 자연 그대로의 풍경, 가슴을 벅차게 만드는 대자연의 숨결.

그러나 지금은 이 겉모습이 전부가 아니라는 사실을 안다.

"힘으로 구성되고 힘으로 유지되는 세상이다. 겉보기는 무척 아름다워 보이지만."

서희는 솔직한 자신의 감상을 말했다.

은의 영토에 있을 때만 해도 그런 생각을 한 적은 없었다. 떠날 수 없을 것 같았던 도시에서의 생활에서 벗어났어도, 많은 것을 그리워하지 않았던 지난 시간들. 혼란 속에서 괴로워하고, 슬퍼하고, 즐거워했던 길고도 짧았던 추억. 처음 보는 순수하고 아름다운 자연에 둘러싸인 경치와 동경하던 중국의 풍광과도 닮은 건물들의 집합. 전설 속에서나 나올 법한 도깨비들만의 세상. 그런 금단의 세상에 자신은 어떤 연고도 없이 뛰어들었고, 그 세계의 일부가 되었다.

유하라는 높은 곳에 자리한 존재가 되어 많은 이들을 만났고, 결코 평소의 자신이라면 경험하지 못했을 일들을 겪었다. 오직 스스로의 힘으로 불안한 세상 속을 걸어나가야 했고, 끊임없이 자기 자신을 의심했지만 결국 믿을 수 있는 것은 자신뿐이었다.

혼재하는 두 개의 기억. 과연 자기 자신을 이서희라는 이름으로 확실하게 말할 수 있을까. 그렇지 않으면 유하라는 이름으로 존재하는 것을 아무렇지 않게 받아들일 수 있을까.

[유하, 이곳은 정말 아름다워요.]

순수한 감탄이 담겨 있는 바사기, 아니, 은선의 음성은 진실을 모른 채 표면만을 바라보고 꺼낸 것이기에 더욱 씁쓸한 느낌을 자아내게 만들었다. 동전의 양면과도 같은 이곳의 이면.

자신의 귓가에 맴도는 은선의 말은 그리 오래되지 않은 과거에 아무것도 모르던 자신이 유하에게 건네던 말투와 닮아 있었다.

'그때의 유하도 이런 느낌이었을까.'

서희는 불현듯 그런 생각이 들었다. 자신의 죽음을 예상하고 괴로움을 품은 채 시간을 보내던 유하. 자신에게 주어진 커다란 무게에 언제나 지쳐 있던 유하. 그도 자신이 건넸던 질문을 들으며 이런 느낌을 받았을까.

서희는 기억만이 아닌 진실한 유하의 전부를 알고 싶다는 생각이 들었다. 그가 느꼈을 세세한 감정 하나하나까지 전부. 그렇게 해서 완전한 유하가 되고 싶었다.

"그대는 먼저 이곳의 언어를 기억해 낼 수 있게 노력해야 한다."

분명 말로 내뱉었다면 무감동한 어조였을 것이 분명한 말이었지만 정신으로 전달된 언어에는 억양이 존재하지 않았기에 서희는 자신의 마음을 숨길 수 있었다. 그리고 그것으로 작은 위안을 삼을 수가 있었다.

[어떻게 처음 듣는 이곳의 말을 기억해 내요. 천재라면 또 몰라도…….]

"그건 내가 도와주지. 분명 그대의 몸은 기억하고 있을 테니까."

마음속에 떠도는 무수한 생각들을 지우며 서희는 한쪽 뿔이 잘린 바사기의 얼굴을, 친한 친구와 하나가 되어 있는 그의 얼굴을 응시하며 말했다.

*   *   *

누가 보아도 기분 좋은 미소라고 여겨질 만큼 밝은 웃음을 떠올린 채 사야는 노하의 집무실이 있는 건물로 향하고 있었다. 얼마 동안은 자중한다는 의미에서 자신에게 주어진 다섯 채짜리의 건물 안에서 조용히 지냈지만, 이제는 무언가를 꺼릴 필요가 없다는 생각이 들었다. 외모는 영원히 같아질 수 없다고 해도 자신은 이미 금의 수 노하에게 인정받은 금의 일족이기에.

곳곳에 자리하고 있는 무표정하게만 보이는 금의 일족 감시자들의 얼굴에 희미하기는 하지만 관심 어린 표정이 나타나는 것은 분명 자신의 영향일 것이다. 사비들 이외에 이곳에 당당하게 출입할 수 있는 유일한 여자인 자신.

원래 금의 일족들은 여자가 드물었지만 노하가 여자를 꺼리기 때문인지, 아니면 단순히 그의 강한 힘에 두려움을 느꼈기 때문인지 금의 수 노하의 거처에는 최소한의 사비 이외의 여자는 없었다. 그런 공간에 유일하게 자리를 차지하고 들어선 것은 자신이 처음이다.

물론 사야에게 있어서 지위 따위는 처음부터 중요하지 않았다. 은의 일족으로서 존재하던 때에도 결코 자신이 백의 수의 핏줄이기 때문에 행복하다든가 하는 생각은 한 적이 없었다. 처음부터 아버지를 향한 애정 같은 것도 존재하지 않았고, 오직 필요에 의해서만 딸이 되었을 뿐이다. 그랬기 때문에 은의 일족이 금의 일족에 의해 패배한 직후 처음 희생자가 되었던 적의 수를 제외하고 다른 수들이 포로로 잡히고 뿔을 잘리는 굴욕적인 일을 당했을 때도 사야는 아무 느낌도 받지 않았다. 그 속에 자신의 아버지인 유현이 들어 있었음에도 사야는 어떤 감정의 변화도 경험하지 않았다. 오히려 아버지보다는 시류에게 더 관심이 갔다. 유하에게 고개를 숙이게 만드는 유일한 존재이자, 가장 처음부터 유하의 곁에 있었던, 그리고 유하의 생명을 깎아내게 만든 존재. 시류에게 시선을 돌렸다.

'시류, 당신은 지금보다 더한 고통을 당해야 해. 그것으로도 유하님이 잃어버린 시간들을 보상하기에는 모자라지만.'

사야는 소리없이 웃으며 머리 속에 떠오른 영상을 지워버렸다.

아직 부족하기는 하지만 시류는 더 이상 과거의 모습이 아니었기에. 그러나 만족을 얻기 위해서는 조금쯤 기다리는 자세를 배우는 것도 중요하다. 사냥감이 방심하고 있는 때를 노리는 맹수처럼.

'누구도 나를 막을 수는 없을 테니까. 유하님은 내 곁으로 돌아오게 될 거야.'

지독할 정도로 집요한 그녀의 생각은 그저 그녀의 마음속에서만 맴도는 것이었고, 어떤 누가 보기에도 사야는 조용하고 아름다운, 그러나 보통의 은의 일족과는 다른 여인이었다.

지금 그녀의 얼굴에 떠오른 부드럽지만 색다른 매력이 담긴 웃음처럼.

사야는 노하의 집무실 앞에 다다르자 자신에게 향한 두 명의 감시자들의 시선을 느꼈지만 결코 시선을 그쪽으로 돌리지 않았다. 얼마 전까지의 자신이라면 물론 은의 일족과는 확연하게 다른 감시자들의 태도에 위화감을 느꼈겠지만 지금은 아니다. 자신은 이미 노하에게 인정받은 그들과 같은 일족이기에, 그리고 노하와의 대면을 허락받은 존재이기에 어떤 두려움도 가질 필요가 없었다.

물론 처음부터 그들을 의식하지 않고 있기는 했지만.

"노하님을 뵙고 싶습니다."

흔들림 없이 당당한 어조. 사야의 목소리가 울리자 감시자들은 한동안 그녀의 모습을 바라보더니 대답없이 문을 열었다.

"인사드립니다, 노하님. 그리고 갑자기 찾아와서 죄송해요."

자신의 등뒤에서 문이 닫히는 것을 확인하자마자 사야는 단정한 태도로 노하에게 인사를 건넸다. 노하는 등을 돌리고 창문 앞에 선 채 창 밖의 무언가를 응시하고 있었다. 분명 사야의 등장을 눈치 챘을 텐데도 노하는 아무런 반응이 없었다.

지독할 정도로 길게 이어지는 노하의 침묵. 사야는 그런 그를 바라보며 어떤 행동도 할 수 없었다. 단지 뒷모습일 뿐이었지만 짙은 검은색의 청의에 감싸인 그에게서 알 수 없는 감각이 전해지고 있는 것 같았다.

"이곳이 마음에 드는 모양이군."

천천히 몸을 돌리며 노하는 말을 꺼냈다. 그리고 사야에게 자리를 권하며 손수 탁자 위에 놓여 있던 차가운 물을 따라주었다. 의외의 행동에 놀랐지만 사야는 부드러운 표정을 떠올리며 상황을 받아들였다.

"시류와 유하를 대면시킬 예정이다. 물론 우연을 가장해서."

노하는 마치 사야가 올 것을 미리 알고 있기라도 한 것처럼 아무렇지 않게 그녀를 맞아들였고, 또 의외의 말을 꺼냈다.

"이렇게 빨리… 말인가요, 노하님?"

사야는 의문을 담아 말을 건넸다. 그러나 노하는 빙긋이 웃기만 할 뿐 사야가 원하는 답을 말해 주지 않았다.

"유하는 기억을 잃은 상태이기 때문에 결코 시류를 알아보지 못할 테니까."

"하지만……."

그리고 한참이 지난 후에 흘러나온 대답. 그러나 사야는 결코 유하의 기억 속에서 시류가 지워져 있다는 사실을 받아들일 수 없었다. 머리 속에 기억이 남아 있지 않다고 해도 유하는 분명 잘린 시류의 뿔을 소중히 간직하고 있었으니까. 육체의 기억, 아니, 영혼의 기억이라는 것은 결코 어떤 작용으로도 지울 수 없을 만큼 강력한 것인지도 모른다.

"그대가 수고해 줘야겠다, 사야."

은근한 미소를 떠올리며 말하는 노하에게 사야는 최대한의 예의를 표하며 답했다.

"무엇이든 따르겠습니다."

여전히 노하는 무서운 상대였지만 이제 조금씩 사야는 그의 행동을 읽어낼 수 있었다. 그가 자신에게 바라는 것이 무엇인지, 그리고 그에 맞추어 자신은 어떻게 행동해야 하는지를.

"하아……."

바사기를, 아니, 은선을 방까지 데려다 주고 난 후 넓게 이어진 자연 정원으로 나와 몇 걸음을 뗀 순간 생각지도 않았던 한숨이 터져 나왔다.

예상치 못한 놀랄 만한 사건 때문에, 그리고 그로 인한 반가움 때문에 마음이 즐거워야 할 것이 당연하지만 이상하게도 마음의 움직임은 정반대였다. 어째서 유하의 힘을 가진 자신도 예상하지 못했던 일이 일어났고, 또 아무것도 이야기할 수 없는 현실을 맞았는지. 그 때문에 마음이 무거운 것일 수도 있다.

그러나 한순간의 지독한 기쁨이 사라지고 나자 마음은 더욱더 빈 상태가 되었다. 아무리 자신이 본래의 자신인 이서희라고 생각하고 있다지만 유하의 육체와 기억을 가진 이상 완전한 자신이 되기는 무리인 모양이었다. 사고의 패턴이 너무나도 금방 뒤바뀌는 것이 그 증거이리라. 무수하게 머리 속에 자리잡은 기억들이 새로 태어난 어린 아이처럼 이곳에 관해서는 무지한 상태인 은선에게 쏟아내듯 많은 지식들을 전해주었다. 머리와 입술이 따로 움직인다는 느낌이 들 정도로 생각하는 것보다 빨리 몸이 움직였고, 입술이 말을 전했다.

'갑자기 이렇게 가라앉은 기분이라니…….'

즐거워야 할 것이 분명한 일인데 지금의 감정은 너무나도 이상했다. 혹시라도 미래에 생길 어떤 일 때문에 몸이 이렇게 반응하는 것일까. 그렇게 의문을 떠올려 보았지만 결국은 고개를 저으며 힘없이 웃는 것이 다였다. 감정에는 자신이 없다. 지식으로 자신이 무언가를 알고 있다지만 그것이 완전한 자신의 것이 아니기에 그것이 완전한 지식으로 인해 파생된 것인지, 아니면 일시적인 감정의 움직임인지를 자신할 수 없다. 마치 몸과 마음이 따로 움직이는 지금의 상황과 맞물린 듯이 그렇게.

"하아……."

다시 한 번 한숨이 입술 사이로 새어나왔다.

"유하님!"

분명 지금의 자신은 어딘가 이상해져 있는지도 모른다.

보통 때라면 죽이고 싶을 만큼 미워야 할 사야가 아무렇지 않게 느껴지는 것은. 사사건건 자신에게 걸림돌이 되는 그녀의 등장을 이렇게 무덤덤하게 받아들일 수 있다니.

"유하님!"

밝은 웃음을 떠올린 채 달려오다시피 자신에게 향하는 사야의 모습은 아직 그녀에 대해 많은 것을 몰랐던 시절, 그리고 스스로에 대해서도 많은 것을 인식하지 못하고 있던 그 시절에 만났던 그녀의 모습과 닮아 있었다. 어떻게 보면 아련한 그리움마저 떠오르게 만드는 과거의 추억. 자신이 맞이할 미래가 이런 것이라는 사실을 알지 못했던 그때는 모든 것이 평화롭고 아름답기만 했다. 심각할 정도로 이중적인 사야의 모습을 그저 특이하다고만 여길 정도로. 그러나 모든 것을 알게 된 지금, 결코 어떤 방법으로도 과거의 시간 속으로 되돌아갈 수 없다는 것을 아는 지금은 환한 사야의 얼굴이 아픔으로 다가왔다.

이유는 막연하게 머리 속에서 맴돌 뿐 실체화되어 눈앞에 드러나지 않았다.

혼자이기 때문일까, 아니면 지금까지는 혼자였지만 이제 마음의 위안이 될 상대를 만났기 때문에 생겨난 마음의 편안함 때문일까. 그러나 그 상대에게 지금은 결코 자신이 진실을 털어놓아서는 안 됨을 알기 때문일까. 서희는 눈앞에서 점점 가깝게 다가서는 사야의 펄럭이는 머리카락과 환한 미소가 담긴 얼굴, 그리고 몸의 곡선에 따라 움직이는 그녀의 붉은색 화의가 더욱 선명해지는 것을 바라보고만 있었다.

머리와 몸이 따로 움직이는 것 같은 이질감. 서희는 눈을 한번 깜박였다.

세상에서 가장 알기 힘든 것은 자신의 마음이다.

이제 몇 발자국의 거리로 가까이 다가선 사야의 얼굴과 미소.

"유하님, 오랜만이에요."

귓가에 스며드는 밝고 부드러운 음성.

마음의 깊은 곳에서부터 다시 한 번 통증이 울려퍼졌다. 참을 수 없을 만큼 답답한 것도, 눈물이 날 만큼 아픈 것도 아닌데 둔하게 울리는 통증은 마음 한구석을 쉼 없이 두드렸다.

두 번 다시 같은 현실은 반복되지 않음을.

어떤 것도 달라지지 않음을.

그리고 모든 것을 알고 있으면서도 아무것도 알지 못하는 것처럼 연기해야 하는 자신에 대해.

그런 자신을 모든 이들 역시 과거의 모습으로만 기억하고 받아들일 뿐이라는 사실을 알기에 서희는 그저 미소와 함께 팔을 뻗어 자신의 품에 안겨오는 사야를 아무렇지 않게 받아들였다.

〈 4권에 계속 〉

시류님의 착각

이상하게도 궁 안에는 인적이 드물었다. 문 앞에서 만난 감시자 이외에는 사비들의 모습도, 궁 안을 지키고 있을 감시자의 모습도 보이지 않았다.

무슨 일이라도 생긴 것일까?

시류의 머리 속은 알 수 없는 사태에 대한 의문으로 가득 차오르기 시작했다. 이곳 백의 영토는 다른 일족의 영토가 금의 일족의 땅에 맞닿아 있는 것과 달리 가장 안쪽에 위치해 있다. 그 말은, 즉 이곳 백의 영토가 다른 곳에 비해 안전하다는 말이 된다. 그럼에도 불구하고 가장 사람의 움직임이 많아야 할 궁 안이 이토록이나 조용하다는 것은 무슨 일이 생겼다고밖에 설명할 수 없는 일인 것이다.

'설마 유하를 어디론가 데려간 건 아니겠지?'

그런 생각이 떠오르자 시류는 마음이 조급해졌다.

오랜 세월이 지난 지금에 이르러서야 겨우 예전처럼 되돌아갈 수 있게 되었는데, 이제서야 겨우 유하를 친구로 되돌릴 수 있게 되었는데 이렇게 허무하게 끝낼 수는 없다.

탁탁—

지나치게 큰 궁전 안에 울리는 것은 시류 자신의 발소리뿐. 시류는 유하에게 들은 말에 의지하여 유하가 머물고 있는 방으로 향했다. 같은 수의 궁이기 때문에 구조는 비슷했지만 모든 방까지 비슷한 것은 아니다. 동쪽 끝에서부터 방을 하나하나 살피기 시작했지만 벌써 한 시간이 지나도록 유하의 모습은 보이지 않았다. 시류는 점점 더 불안해지기 시작했다.

'유하.'

조급하게 거의 뛰다시피 발걸음을 옮기던 시류의 눈에 순간 이상한 장면이 비쳤다. 바쁘게 걸음을 옮기느라 미처 보지 못했던 복도 사이에 나 있는 작은 문 하나가 눈에 띈 것이다. 분명 조금 전까지만 해도 열려 있지 않아서 문의 존재를 알아채지 못했었는데 마치 시류에게 이곳으로 들어서라고 말하는 듯 빼꼼하게 열린 문은 시류의 움직임을 멈추게 만들었다.

그리고 그 사이로 퍼져 나오는 희미한 웅성거림. 그것은 분명 많은 이들이 그곳에 있다는 사실을 말해 주는 것이었다.

유하는 온몸에 긴장의 빛을 띠며 조심스럽게 문 안으로 들어섰다. 그러자 또다시 길게 이어진 복도가 자리하고 있었다. 그렇게 길지 않은 복도였음에도 불구하고 시류에게는 너무나도 길게 느껴지는 길이었다.

"아, 어떻게 해."

"말려야 하는 것 아니야?"

사비임이 분명한 여자들의 목소리. 왠지 모를 걱정이 배어 있는 목소리를 듣고 시류는 잠시 고개를 갸웃거리며 걸음을 천천히 했다.

"이곳에 유하가 있나?"

10명은 족히 넘어 보이는 사비들이 황금색으로 빛나는 문 앞에 모인 채 웅성거리고 있었다. 그리고 그런 그녀들에게 다가선 시류는 특유의 낮게 내려앉은 음성으로 물었다.

"어머, 시류님."

역시 젊고 강한 청의 수 시류라서인지 시류의 얼굴을 모르는 사비는 없었다. 시류의 얼굴을 보며 사비들은 하나같이 수줍은 표정을 지으며 고개를 숙였다. 그리고 한참이 지나서야 한 사비가 시류의 물음에 답했다.

"네, 이 안에 계세요. 하지만……."

"하지만?"

"아… 말씀드릴 수 없어요."

그 말만을 하고 고개를 푹하고 숙여버리는 사비의 모습에 시류는 무언가 심상치 않은 일이 일어나고 있다는 것을 직감했다.

"아, 시류님."

또 다른 사비 하나가 시류에게 무언가를 말하려는 듯했지만 앞의 사비와 마찬가지로 고개를 숙인 채 입을 다물어 버렸다.

'대체 무슨 일이 벌어지고 있는 것이지?'

시류는 애써 긴장한 기색을 감추며 문을 향해 손을 뻗었다. 그리고 막 손에 힘을 가하려던 그 순간 시류는 자신의 귀를 의심하고 말았다.

이것이었던가. 바로 이것 때문에 사비들이 이토록 웅성거리며 안절부절못하고 있었단 말인가? 유하에게서 자신조차 알지 못하는 새로운 일면을 본 듯한 느낌에 시류는 말로는 설명할 수 없는 착잡함을 느꼈다.

"아, 유하님. 거긴… 거긴 안 돼요."

"엄살이 심하군."

그리고 잠시 침묵.

"아, 아파요. 유하님은 너무 난폭해요."

시류는 자신의 안에서 무언가 무너져 내리는 것 같은 느낌을 받았다.

"자, 그럼 처음부터 다시 할까?"

좀더 귀를 기울이자 옷깃이 스치는 소리가 들려오는 것 같았다.

"좋아요. 하지만 이번엔 제가 먼저 할 거예요."

"좋을 대로."

시류는 잠시 이대로 이 소리를 들어야 할 것인지, 그렇지 않으면 문을 열고 들어서야 할 것인지 망설였다. 여기서 이렇게 선 채 그들의 대화를 듣고 있다는 것은 청의 수인 자신에게 어울리지 않는 일이었다.

'어쩌지? 유하, 넌 나에게 이곳에서 꺼내달라고 말하지 않았었나. 그런데 대체 무슨 일이 생긴 것이지?'

시류의 고뇌는 멈추지 않고 계속되었다.

"유하님."

"아직도 아픈가?"

조심스럽게 묻는 목소리.

"아프긴 하지만 유하님이 해주시는 거라면 전 참을 수 있어요."

"훗, 입에 발린 말은 그만둬."

"정말이에요. 유하님도 참……."

시류는 더 이상 참지 못하고 손에 힘을 주었다. 그리고 벌컥 문을 열어제쳤다.

그러자 방 안에서 펼쳐지고 있는 광경은…….

빨갛게 부은 이마를 문지르며 애틋한 시선으로 유하를 바라보고 있는 사야와 무료하다는 표정으로 두 개의 주사위를 굴리고 있는 유하의 모습이었다.

탁자 하나를 사이에 두고 마주 앉은 사야와 유하는 주사위 놀이를 하고 있었던 것이다.

여전히 지루하다는 표정의 유하. 주사위가 굴러가는 소리가 들리고 사야의 투덜거림이 이어졌다.

"쳇, 유하님은 너무 세요."

순간 다리에서 힘이 빠진 시류는 무너지려는 몸을 벽에 기댔다. 그 소리에 유하의 시선이 그쪽으로 향했다. 그리고 금세 냉정한 표정으로 돌아온 유하의 입에서 나오는 말은.

"늦었어."

시류는 한숨을 내쉬며 자세를 바로 했다.

"미안해."

유하는 뒤도 돌아보지 않고 시류에게로 걸음을 옮겼다. 그러자 그때까지 부은 이마를 문지르고 있던 사야가 몸을 일으키더니 베어버릴 듯한 날카로운 시선으로 시류를 응시했다.

"유하님을 데려갈 수는 없어요."

시류가 고개를 돌리자 사야는 다시 입을 열었다. 시류는 다시 긴장했다. 사야의 입에서 과연 어떤 말이 나올 것인가.

"제가 이길 때까지 다시해요."

다시 몸에서 힘이 빠져 버릴 것 같은 시류와 달리 유하는 피식, 웃었다.

"백 년쯤 더 연습하고 찾아와."

그리고 다시 고개를 돌려버리는 유하. 망연한 표정의 시류를 이끌며 유하는 걸음을 옮겼다.

〈終〉